Sammlung Luchterhand 798

Über dieses Buch:

»Vielleicht existieren wirklich alle überhaupt möglichen Welten in einem gewissen Sinn nebeneinander wie die Gleise auf einem riesigen Rangierbahnhof. Aber wir fahren trotzdem stets nur auf einem der Schienenstränge. Könnten wir zurückfahren und ein entscheidendes Ereignis der Vergangenheit ändern, dann hieße das nichts anderes, als daß wir uns zu einer bereits passierten Weiche begäben und dort auf ein anderes Zeit-Gleis überwechselten.

So einfach wird es indessen nicht gehen.«

(Arthur C. Clarke)

Sähe die Welt heute anders aus, wenn Karl der Große Europa dem Islam überlassen hätte, wenn England den amerikanischen Unabhängigkeitskrieg gewonnen hätte; wenn Napoleon in Moskau und bei Waterloo gesiegt hätte; wenn der Zweite Weltkrieg anders beendet worden wäre . . .? Wie sähe die Welt aus?

SF-Autoren schreiben die Geschichte neu. Aber nicht immer ist die verkehrte Welt die schönere.

Über den Herausgeber:

René Oth, geb. 1945, lebt in Luxemburg, promovierte über Science-fiction-Literatur, ist SF- und Fantasy-Experte mit zahlreichen Veröffentlichungen.

SCHÖNE VERKEHRTE WELT

*Phantastische Geschichten
zur Geschichte*

Herausgegeben und mit einem Nachwort
von René Oth

LUCHTERHAND LITERATURVERLAG

CIP-Titelaufnahme der Deutschen Bibliothek:
Schöne verkehrte Welt : phantast. Geschichten zur Geschichte /
hrsg. u. mit e. Nachw. von René Oth – Orig.-Ausg. – Darmstadt :
Luchterhand-Literaturverl., 1988
(Sammlung Luchterhand ; 798)
ISBN 3-630-61798-0
NE: Oth, René [Hrsg.]; GT

Originalausgabe
Sammlung Luchterhand, März 1988

Lektorat: Wieland Eschenhagen
Umschlaggestaltung: Thomas Nagel
Herstellung: Petra Görg

Gesamtherstellung bei der
Druck- und Verlags-Gesellschaft mbH, Darmstadt
ISBN 3-630-61798-0

Inhalt

Meinen Kindern, Jocelyn und Adrien, in Liebe

R. A. Lafferty
KARL DER GROSSE, FRUSTRIERT

»Wir haben ja schon ein paar ziemlich steile Sachen in den Fingern gehabt«, sagte Gregor Smirnow vom Institut, »aber das hier ist das größte Projekt, vor dem wir jemals gestanden haben, und bei keinem anderen waren die Resultate so unsicher. Immerhin, wenn Epiktistes alles richtig berechnet hat, muß die Sache klappen.«

»Leute, sie wird klappen«, sagte Epikt.

Das war also Epiktistes, der ktisthetische Computer? Wer hätte das geglaubt! Der größte Teil von Epikts Körpermasse befand sich fünf Stockwerke tiefer; aber er hatte eine Abzweigung seiner selbst bis in dieses kleine Penthouse hinaufgetrieben. Dazu brauchte er nur ein Kabel von etwa einem Meter Durchmesser, mit einem funktionalen Kopf am Ende.

Und was er sich für einen Kopf ausgesucht hatte! Den Kopf einer Seeschlange, eines Drachens! Anderthalb Meter lang und nach dem Bug eines alten Karneval-Wagens kopiert. Epikt hatte sich auch eine Art menschlicher Sprache beigebracht, eine Mischung aus Irisch, Jiddisch und dem Stil der alten deutschen Gesangspossen. Epikt war ein Witzbold bis zu seinem letzten Para-DNA-Relais, und wenn er sein plumpes, glotzäugiges Haupt auf die Tischplatte legte und eine der größten und stinkigsten Zigarren rauchte, die jemals geboren waren, dann sah er auch so aus.

Aber mit diesem Projekt war es ihm ernst.

»Wir haben erstklassige Testbedingungen«, sagte der Computer Epikt, und es klang, als riefe er die Anwesenden zur Ordnung. »Wir haben Basis-Texte ausgearbeitet, und wir registrieren den gegenwärtigen Weltbestand mit der größten Sorgfalt. Wenn die Welt sich verändert, dann müssen sich die Texte hier vor euren Augen ebenfalls verändern. Als Leit-Objekt für unseren Test haben wir den Teil unserer mittelgroßen Stadt ausgesucht, den wir hier von diesem vorzüglichen Aussichtspunkt übersehen können. Wenn sich die Welt in ihrer Kontinuität von Vergangenheit und Gegenwart durch unser Eingreifen verändert, dann wird sich das Gesicht unserer Stadt vor unseren Augen ebenfalls schlagartig verändern.

Die besten, urteilsfähigsten Geister der ganzen Welt sind hier versammelt: acht Menschen und eine Ktisthetik-Maschine, nämlich Ich. Vergeßt nicht, daß wir zu neunt sind. Es könnte von Wichtigkeit sein.«

Die neun Weisesten waren: Epiktistes, von dem das K in Ktisthetik stammt (ein transzendenter Computer); Gregor Smirnow, der Direktor des Instituts, ein Mann mit breiter russischer Seele; Valerie Mok, eine weithin leuchtende Wissenschaftlerin; Charles Cogsworth, ihr überintelligenter und überschatteter Ehemann; der humorlose, nie irrende Glasser; Aloysius Shiplap, ein Genie auf dem Gebiet der Besamung; Willy McGilly, ein Mann mit ungewöhnlichen Körperteilen (z. B. dem linken, sehenden Mittelfinger, den er auf einem Planeten des Sternbildes Kapteyn aufgegabelt hatte) und ohne jede falsche Bescheidenheit; und schließlich Audifax O'Hanlon und Diogenes Pontifex. Die zwei Letztgenannten waren (wegen des Satzungsparagraphen über das Minimum an Anständigkeit) nicht Mitglieder des Instituts, aber wenn man die besten Köpfe der Welt beieinander haben will, kann man auf diese beiden nicht gut verzichten.

»Wir werden mit einem kleinen historischen Detail der Vergangenheit herumspielen und den Effekt feststellen«, sagte Gregor Smirnow. »Das ist, wenigstens so direkt, bisher noch nicht geschehen. Wir gehen auf eine geschichtliche Periode zurück, die gern als ›ein Lichtblick in der langen Dunkelheit‹ bezeichnet wird: die Zeit Karls des Großen. Wir prüfen die Frage, warum dieses Licht erlosch, ohne andere anzuzünden. Dadurch, daß diese Flamme ausging, obwohl weiterer Brennstoff offensichtlich bereitlag, verlor die Welt vierhundert Jahre. Wir gehen also in diese falsche Morgendämmerung Europas zurück und überlegen uns, worin die Gründe für dieses historische Versagen liegen. Es handelt sich um das Jahr 778; die geographische Region ist das heutige Spanien. Karl der Große war eine Allianz mit Marsilies, dem arabischen König von Saragossa, eingegangen, und zwar gegen den Kalifen Abd er Rhaman von Cordoba. Karl nahm die Städte Pamplona, Huesca, Gerona und andere und machte so den Weg zu Marsilies, also nach Saragossa, frei. Der Kalif fand sich mit der Lage ab. Saragossa sollte eine unabhängige, sowohl für Moslems als auch für Christen offene Stadt werden. Die nördlichen Gebiete zur französischen Grenze hin sollten christlich bleiben dürfen, und so würde jedermann in Frieden leben können. Dieser Marsilies hatte in Saragossa die Christen schon lange als gleichberechtigt behandelt; und nunmehr würde auch der Islam freie Bahn ins Fränkische Reich haben. Marsilies schenkte Karl dreißig Gelehrte (Moslems, Juden und Christen) sowie eine Anzahl spanischer Maultiere, um den Handel zu besiegeln. So hätten sich die beiden Kulturen gegenseitig befruchten können.

Aber bei Ronceval war der Weg versperrt. Dort geriet die Nachhut Karls des Großen auf dem Rückweg nach Franken in einen Hinterhalt und wurde versprengt. Unter den Angreifern waren mehr Basken als Moslems, aber Karl machte das Tor an den Pyrenäen zu und schwor, in Zukunft nicht einmal mehr einen Vogel über die Grenze zu lassen. Er sperrte den Paß; desgleichen taten seine Söhne und Enkel. Jedoch indem er sich gegen die mohammedanische Kultur abschloß, riegelte er auch seine eigene Kultur ab. In seinen späteren Jahren versuchte er, eine Kultur-Renaissance in die Wege zu leiten – mit Hilfe eines zusammengewürfelten Haufens irischer Halbgelehrter, griechischer Vagabunden und römischer Kopisten, die grade noch eine blasse Ahnung vom alten Rom besaßen. Die reichten zwar für eine Wiederbelebung der Kultur nicht aus, aber Karl kam einer solchen immerhin nahe. Wäre die Tür zum Islam offengeblieben, so wäre schon damals eine echte Renaissance der Bildung und Wissenschaft möglich gewesen, und nicht erst vierhundert Jahre später. Wir werden nun bewirken, daß dieser Überfall von Ronceval nicht stattgefunden hat, so daß die Tür zwischen den beiden Kulturen offenblieb. Dann werden wir sehen, was passiert.«

»Gleich einem Räuber schleicht er ein«, zitierte Epikt.

»Wer ist ein Räuber?« fragte Glasser.

»Ich«, sagte Epikt. »Wir alle hier sind Räuber und Einbrecher. Es ist aus einem alten Gedicht, ich habe den Autor vergessen. Er ist unten in meinem Haupt-Gehirn registriert, falls ihr daran interessiert seid.«

»Als Ausgangspunkt haben wir einen Basistext des Historikers Hilarius vorliegen«, fuhr Smirnow fort. »Wir sehen ihn uns sorgfältig an; wir müssen uns genau daran erinnern können, wie er jetzt lautet. Ich glaube, daß die Worte auf der betreffenden Seite sich unter unseren Augen verändern werden, in dem Moment, da wir tun, was wir zu tun vorhaben.«

Der in dem geöffneten Buch angestrichene Absatz lautete folgendermaßen:

> Gano, der Verräter, spielte ein doppeltes Spiel und mietete mit dem Gelde des Kalifen von Cordoba eine Anzahl baskischer Christen, die (als saragossische Mozaraber verkleidet) der Nachhut des französischen Heeres einen Hinterhalt legen sollten. Dazu war es erforderlich, daß Gano mit den Basken Verbindung hielt und gleichzeitig dafür sorgte, daß die Nachhut der Franken in Verzug geriet. Gano diente den Franken als Führer und Pfadfinder. Der Plan gelang. Karl verlor seine spanischen Maultiere. Und er schloß das Tor zur Welt der Moslems.

Soweit der Text nach Hilarius.

»Wenn wir jetzt, wie die Dinge liegen, auf den Knopf drücken (es genügt, wenn ich Epiktistes zunicke), dann wird sich das verändern«, sagte Gregor. »Epikt wird mittels eines Komplexes von Schaltungen, den er akkumuliert hat, einen Avatar aussenden (der zum Teil mechanischer, zum Teil geisterhafter Struktur ist), und dem Verräter Gano wird an irgendeinem Abend, bei Sonnenuntergang, auf dem Wege nach Ronceval irgend etwas passieren.«

»Ich hoffe, der Avatar ist nicht zu teuer«, sagte Willy McGilly. »Als ich ein Junge war, machten wir so was mit einem selbstgeschnitzten Wurfpfeil aus dem Holz der Glatt-Ulme.«

»Witze sind hier nicht angebracht«, protestierte Glasser. »Wen haben Sie denn überhaupt als Junge getötet, Willy?«

»Eine ganze Menge. Den Mandschu-König Wu, den Papst Hadrian VII., Marcel, den König der Auvergne, den Philosophen Gabriel Toeplitz. Ganz gut, daß wir sie erwischt haben. Ein übler Haufen.«

»Aber ich habe nie etwas von denen gehört, Willy«, bohrte Glasser.

»Natürlich nicht. Wir haben sie ja umgebracht, als sie noch klein waren.«

»Genug von diesem Geblödel, Willy!« schnitt Glaser die Debatte ab.

»Willy blödelt keineswegs«, sagte die Maschine Epikt. »Was glaubt ihr denn, wo ich die Idee her habe?«

»Schauen Sie sich doch die Welt an«, sagte Aloysius sanft. »Wir erblicken hier unsere mittelgroße Heimatstadt mit ihrem halben Dutzend Türmen aus pastellgetönten Ziegeln. Wir werden ja sehen, ob sie wächst oder schrumpft. Wenn die Welt sich verändert, wird sich die Stadt auch verändern.«

»Da laufen zwei Shows in der Stadt, die ich noch nicht gesehen habe«, sagte Valerie. »Daß die bloß nicht weggenommen werden! Schließlich gibt es ja nur drei in der ganzen Stadt.«

»Was die Schönen Künste anlangt, so gehen wir von diesen Kritiken hier aus, die wir ebenfalls in den Basistext aufgenommen haben«, sagte Audifax O'Hanlon. »Sie können sagen, was Sie wollen – mit der Kunst war nie weniger los als jetzt. In der Malerei gibt es nur noch drei Stilrichtungen, und alle drei taugen nichts. Die Bildhauer gehören entweder zur Schrotthaufen-Schule, oder sie arbeiten im obszönen Blechspielzeug-Stil. Die einzige populäre bildende Kunst, Sgraffiti auf Mingitorio-Wänden, ist phantasielos, maniert und häßlich geworden.

Die einzigen eines Gedankens werten Denker sind der verstorbene Teilhard de Chardin und die totgeborenen Philosophen Sartre, Zielinski und Aichinger. Na ja, wenn Sie lachen wollen, hat es keinen Zweck, daß ich weiterrede.«

»Wir sind hier alle Experten auf irgendeinem Gebiet«, sagte Cogsworth. »Die meisten sind sogar Experten für alles. Wollen wir also tun, was zu tun ist, und uns dann die Welt ansehen.«

»Drück auf den Knopf, Epikt!« befahl Gregor Smirnow.

Aus ihren Tiefen sandte Epiktistes, die Ktisthetik-Maschine, einen Avatar (teils mechanischer, teils geisterhafter Struktur) aus. Und bei Sonnenuntergang des 14. August A. D. 778 wurde der Verräter Gano auf der Straße von Pamplona nach Ronceval gefangengenommen und an einem Johannisbrotbaum am Wege aufgehängt, dem einzigen in diesem Tal der Eichen und Buchen. Und daraufhin kam alles ganz anders.

»Hat es geklappt, Epikt? Ist es passiert?« fragte Louis Lobaschewski. »Ich kann nirgends eine Veränderung feststellen.«

»Der Avatar ist zurück und meldet, daß er seine Mission erfüllt hat«, äußerte Epikt. »Ich kann ebenfalls in keiner Hinsicht eine Veränderung konstatieren.«

»Sehen wir uns den Text an«, sagte Smirnow.

Die dreizehn, nämlich zehn Menschen und dazu die Ktisthetik-, die Chresmoëidek- und die Proaisthematik-Maschine, wandten sich mit wachsender Enttäuschung dem Text zu.

»Nicht ein Wort hat sich in dem Hilarius-Text verändert«, knurrte Gregor; und in der Tat lautete der Basistext nach wie vor:

Der König Marsilies von Saragossa spielte ein verschlungenes Spiel: er nahm vom Kalifen von Cordoba Geld dafür, daß er angeblich Karl überredete, die Eroberung von Spanien aufzugeben, (welche dieser niemals ernsthaft ins Auge gefaßt hatte und auch nie hätte durchführen können); nahm Geld von Karl als Belohnung für die Rückführung der Städte der nördlichen Gebiete unter die christliche Herrschaft (obgleich Marsilies selbst diese Städte nie beherrscht hatte) und nahm schließlich Geld von jedermann als Zoll für den neuen Handel, der seine Stadt passierte. Er gab dafür nichts weiter als dreiunddreißig Gelehrte, die gleiche Anzahl Maultiere und eine Wagenladung Buchmanuskripte aus alten hellenistischen Bibliotheken. Aber damit war für die beiden Kulturen der Weg über das Gebirge frei geworden; außerdem wurde ein Sektor des Mittelmeeres zum freien Seeweg für beide. Eine zwar begrenzte, aber freie Verbindung zwischen den beiden Welten war geschaffen, und daraus ergab sich, wenigstens in gewissen Grenzen, eine Neubelebung beider Kulturen.

»Nein, kein Wort des Textes hat sich geändert«, knurrte Gregor. »Die Geschichte hat den gleichen Verlauf genommen. Warum ist unser Experiment mißlungen? Wir haben versucht – durch ein Verfahren, das mir allerdings jetzt ein wenig unklar vorkommt –, die Zeit der Kulturschwangerschaft etwas zu verkürzen. Sie läßt sich aber anscheinend nicht verkürzen.«

»Die Stadt hat sich in keiner Weise verändert«, sagte Aloysius Shiplap. »Sie ist immer noch eine schöne, große Stadt mit zwei Dutzend imposanten Türmen aus verschiedenfarbigem Kalkstein und mittelländischem Marmor. Sie ist eine vitale Metropole, wir lieben sie alle – aber sie ist genau, wie sie vorher war.«

»Es gibt immer noch zwei Dutzend gute Shows in der Stadt, die ich noch nicht gesehen habe«, sagte Valerie glückstrahlend, als sie das Vergnügungsprogramm überflog. »Ich hatte schon Angst, mit denen würde irgend etwas passieren.«

»Nach den Kritiken, die wir hier als Basistexte verwendet haben«, sagte Audifax O'Hanlon, »hat sich hinsichtlich der Schönen Künste überhaupt nichts geändert. Sie können sagen, was Sie wollen, aber mit der Kunst stand es niemals besser als jetzt.«

»Das ist alles Wurst«, sagte die Chresmoëidek-Maschine.

»Und niemand kennt den Weg, eh er ihn dreimal ging«, sagte die Proaisthetik-Maschine. »Das ist aus einem alten Gedicht; den Autor habe ich vergessen, aber er ist in meinem Haupthirn in England registriert, falls ihr daran interessiert seid.«

»O ja, das ist die dreieckige Geschichte, die da endet, wo sie anfängt«, sagte die Maschine Epiktistes. »Aber es ist eine gute Wurst, und wir wollen uns an ihr erfreuen; es gibt ganze Zeitalter, die nicht einmal so was gehabt haben.«

»Was quasselt ihr denn da, Leute?« fragte Audifax, aber eigentlich wollte er das gar nicht wissen. »Die Malerei«, dozierte er, »steht immer noch in beinahe strahlender Blüte. Milchstraßen von Schulen türmen sich übereinander, und die Hälfte der Maler malt zum Vergnügen. Die skandinavische und die Maori-Plastik haben schwer zu kämpfen, um auf einem Feld zu dominieren, wo es fast nur Außerordentliches gibt. Die Impassionierte Komische Oper hat die Musik von den meisten ihrer Fesseln befreit. Seit sich die spekulative Mathematik und die Psychologie den darstellenden Künsten beigesellt haben, gibt es tatsächlich mehr reinen Spaß im Leben.

Da ist hier ein Stück über Pete Teilhard, das ihn als begabten Science-fiction-Autor mit einem besonderen Talent für das Outriert-Burleske darstellt. Das Hirnwelt-Motiv war schon ganz abgedroschen, als er es in Angriff nahm. Und was für ein extravagantes Stück schwarzen Humors hat er daraus gemacht! Und dann Muldoom, Zielinski, Popper, Gander, Aichinger, Whitecrow, Hornwhanger – wir verdanken diesen saftigen Kultisten soviel! Diese Richtung wird uns noch ganze Bündel von großen Romanen und Romanciers schenken!

Eine zeitlos populäre Kunst, Sgraffiti auf Mingitorio-Wänden, steht immer noch auf hohem Niveau. Die Gesellschaft für Unbegrenzte Reisen bietet eine Neun-Tage-Weltreise an, die ganz auf die entzückenden heiteren Sgraffiti-Miniaturen in Herren-Bedürfnisanstalten abgestellt ist. Ah – was für eine üppige Welt, in der wir leben!«

»Da wächst mehr Gras, als wir abgrasen können«, sagte Willy McGilly. »Schon die Masse des Gebotenen ist stupend. Ah, ich wüßte gerne, ob meiner Wortwahl eine gewisse subtile Rachsucht anzumerken ist? Das Experiment ist fehlgeschlagen, und ich bin ganz froh darüber. Eine Welt, die voll bis oben ist – so eine Welt liebe ich.«

»Wir wollen das Experiment nicht als Fehlschlag bezeichnen; wir haben es ja erst zu einem Drittel durchgeführt«, sagte Gregor. »Morgen werden wir unseren zweiten Versuch mit der Vergangenheit starten. Und wenn uns dann noch eine Gegenwart bleibt, dann steigt in den nächsten Tagen der dritte Versuch.«

»Schiebt ab, liebe Leute, schiebt ab!« sagte die Maschine Epiktistes. »Morgen treffen wir uns hier wieder. Amüsiert euch jetzt auf eure Weise, wir amüsieren uns auf unsere.«

Die Gelehrten plauderten an diesem Abend in sicherer Entfernung von den Maschinen, wo sie unsinnige Hypothesen aufstellen konnten, ohne ausgelacht zu werden.

»Wollen wir doch mal irgendeine Karte ziehen und damit weiterspielen«, sagte Louis Lobaschewski. »Begeben wir uns doch mal an einen rein intellektuellen Kreuzweg etwas späteren Datums und sehen wir, ob wir von dort aus den Gang der Dinge ändern, die Welt verändern können.«

»Ich schlage Occam vor«, sagte John Konduly.

»Warum?« fragte Valerie. »Er war der letzte und unbedeutendste der mittelalterlichen Scholastiker. Wie kann irgend etwas, was er tat oder nicht tat, irgendeinen Effekt haben?«

»O doch, er hatte schon das Messer direkt an der Halsvene«, sagte Gregor. »Er würde die Schlagader durchgeschnitten haben, wenn man ihm das Messer nicht aus der Hand genommen hätte. Da ist aber irgend etwas schiefgelaufen. Ich glaube, damals, als mit Occam noch nicht soviel los war, hat sein Nominalismus in gewisser Beziehung auch noch nicht das bedeutet, was er nach unseren heutigen Begriffen tatsächlich besagt.«*

* Nominalismus = alle Wirklichkeit besteht aus individuellen Einzeldingen; Allgemeinbegriffe sind nur Fiktionen; daher ist die Grundlage aller Erkenntnis die Intuition, nicht das Experiment. Eine These Occams (später als ›Rasiermesser-Prinzip‹ bezeichnet) besagt, daß die Zahl der zu erforschenden Gegenstände möglichst klein zu halten sei. (d. Übs.)

»Also schön, Gregor Fedorowitsch, schneiden wir mal die Halsschlagader durch«, sagte Willy McGilly. »Führen wir den Nominalismus logisch bis zu Ende durch und sehen wir, wie tief Occams Rasiermesser schneiden kann.«

»Das werden wir tun«, sagte Gregor. »Unsere Welt ist so etwas wie fetter Schlamm geworden, sie kotzt mich an; ich habe mich den ganzen Nachmittag darüber geärgert. Wir wollen herausfinden, ob eine rein intellektuelle Haltung einen Effekt im Wirklichen haben kann. Lassen wir die Details für Epikt; aber ich glaube, der Wendepunkt war im Jahre 1323, als John Lutterell von Oxford nach Avignon reiste, wo sich damals der Heilige Stuhl befand. Er brachte sechsundfünfzig Propositionen aus Occams Kommentar zu seinen *Sentenzen* mit und beantragte, sie mit dem päpstlichen Bann zu belegen. Das geschah zwar nicht direkt, aber Occam wurde bei diesem ersten Großangriff heftig angeschlagen und hat sich nie wieder ganz davon erholt. Lutterell bewies, daß Occams Nihilismus einfach Blabla war. Und die Occamsche Lehre ging langsam ein. Sie fand nur noch an den kleinen deutschen Höfen, die Occam abklapperte, um dort seine geistige Ware zu verschleißen, ein schwaches Echo, aber auf dem eigentlichen Markt konnte er nichts mehr umsetzen. Und doch hätte seine Philosophie die Welt zugrunde richten können, wenn intellektuelle Theorien tatsächlich reale Folgen zeitigen.«

»Lutterell hätte uns nicht gefallen«, sagte Aloysius. »Er war humorlos und kalt, und er hatte immer recht. Aber Occam hätten wir gemocht. Er war charmant, und er hatte unrecht, und vielleicht werden wir jetzt die Welt kaputtmachen. Es besteht durchaus die Möglichkeit einer heftigen Reaktion, wenn wir Occam freie Hand lassen. China war tausend Jahre lang in einer geistigen Haltung eingefroren, die lange nicht so umstürzlerisch war wie die Occams. Indien hat sich – und zwar durch eine ganz bestimmte Geisteshaltung – in einen seltsamen Stauungszustand hineinhypnotisiert, der sich revolutionär nennt, aber nicht in Bewegung gerät. Aber eine solche Geisteshaltung wie die Occams ist nie zum Zuge gekommen.«

So kamen sie überein, daß der Exkanzler von Oxford, John Lutterell, der schon immer ein kranker Mann gewesen war, auf dem Wege nach Avignon in Frankreich noch kränker werden und deshalb Avignon nicht erreichten sollte, so daß er diese Eiterbeule Occam nicht aufstechen konnte, bevor sie die Welt vergiftete.

»Na dann weiter, liebe Leute«, brummelte Epikt am nächsten Tage. »Ich soll also einen Mann aufhalten, der im Jahre 1323 von Oxford nach Avignon reist. Also los, los setzt euch hin, daß wir anfangen können!« Und Epiktistes' großer Schlangenkopf glühte in allen Farben; er paffte eine siebenfach gegabelte Pukah-Dukah und erfüllte den Raum mit wundervoll aromatischem Rauch.

»Alle bereit zum Abgekehltwerden?« fragte Smirnow munter.

»Schneiden Sie zu, Gregor Fedorowitsch«, sagte Diogenes Pontifex, »aber ich habe nicht viel Hoffnung. Wenn unser gestriger Versuch schon keinen Effekt hatte – was soll dabei herauskommen, wenn ein englischer Scholastiker hinter einem anderen englischen Scholastiker herjagt, um ihn in schlechtem Latein vor einem italienischen Gerichtshof in Frankreich wegen sechsundfünfzig Punkten einer unwissenschaftlichen abstrakten Philosophie anzugreifen – und das Ganze vor fast siebenhundert Jahren?«

»Wir haben perfekte Testbedingungen vorliegen«, sagte die Maschine Epikt. »Wir haben einen Grundtext aus Cobblestones Geschichte der Philosophie ausgegeben. Wenn der Versuch positiv ausfällt, wird sich dieser Text unter euren Augen verändern, ebenso wie jeder andere Text, und die Welt mit ihm.

Wir haben hier die besten und urteilsfähigsten Köpfe der Welt zusammengeholt«, fuhr die Maschine Epikt fort, »zehn Menschen und drei Maschinen. Denkt daran, daß wir dreizehn sind. Das könnte wichtig sein.«

»Beobachtet die Welt genau!« sagte Aloysius Shiplap. »Ich habe das schon gestern gesagt, aber ich muß es noch einmal sagen. Wir haben die Welt vor unseren Augen und in unserem Gedächtnis. Wenn sie sich irgendwie verändert, werden wir es wahrnehmen.«

»Drück auf den Knopf, Epikt!« sagte Gregor Smirnow. Aus ihren Tiefen entsandte Epiktistes, die Ktisthetik-Maschine, einen Avatar (teils mechanischer, teils geisterhafter Struktur). Und an einem Abend des Jahres 1323, gegen Sonnenuntergang, auf der Landstraße zwischen Mende und Avignon im alten Languedoc-Distrikt von Frankreich, wurde John Lutterell mit noch einer weiteren Krankheit geschlagen. Er wurde in einen kleinen Gasthof im Bergland gebracht und starb dort möglicherweise. Jedenfalls gelangte er nicht nach Avignon.

»Hat es funktioniert, Epikt? Hat es geklappt?« frage Aloysius.

»Sehen wir uns das Beweismaterial an«, sagte Gregor.

Die vier, nämlich drei Menschen und der Geist Epikt (eine Katschenko-Maske mit Sprachrohr), wandte sich mit wachsender Enttäuschung dem Material zu.

»Es ist immer noch der Knüppel mit den fünf Kerben«, sagte Gregor, »unser ursprünglicher Test-Stock. Nichts in der Welt hat sich verändert.«

»Die Schönen Künste sind geblieben, wie sie waren«, sagte Aloysius. »Unser Bild auf diesem Stein hier, an dem wir so viele Sommer lang gearbeitet haben, ist immer noch das gleiche wie vorher. Wir haben die Bären schwarz, die Büffel rot und die Menschen blau gemalt. Wenn wir lernen, eine neue Farbe zu machen, können wir auch Vögel darstellen. Ich hatte gehofft, daß wir durch unser Experiment diese neue Farbe kriegen würden. Ich hatte sogar davon geträumt, daß auf diesem Felsbild vor unseren sehenden Augen Vögel erscheinen würden.«

»Und zu essen gibt es immer noch Stinktierkotelett und nichts weiter«, sagte Valerie. »Ich hatte gehofft, unser Experiment würde das ändern – vielleicht Hirschkeule.«

»Es ist noch nicht alles verloren«, sagte Aloysius. »Wir haben schließlich immer noch die Hickory-Nüsse. Mein letztes Gebet, bevor wir das Experiment begannen, war: ›Laß sie uns nicht die Hickory-Nüsse wegnehmen!‹ habe ich gebetet.«

Sie saßen um den Konferenztisch, eine große flache Steinplatte, und knackten Hickory-Nüsse mit Steinhämmern. Sie waren halbnackt und ruppig. Die Welt war, wie sie immer gewesen war. Sie hatten vergeblich gehofft, sie magisch verändern zu können.

»Epikt hat uns im Stich gelassen«, sagte Gregor. »Wir haben seinen Körper aus den besten Hölzern gemacht und haben sein Gesicht aus den feinsten Gräsern geflochten. Wir haben Beschwörungen gesungen, bis er ganz voller Zauberkraft gewesen ist, und haben alle unsere wertvollsten Schätze in seine Backentaschen gesteckt. Was also kann die Zaubermaske jetzt noch für uns tun?«

»Frag sie, frag sie!« sagte Valerie. Sie waren die vier besten Intellekte in der Welt – die drei Menschen Gregor, Aloysius und Valerie (die einzigen Menschen auf der Welt, wenn man die in den anderen Tälern nicht mitrechnete) und der Geist Epikt – eine Katschenko-Maske mit Sprachrohr.

»Was machen wir jetzt, Epikt?« fragte Gregor. Dann trat er hinter Epikt an das Sprachrohr.

»Ich erinnere mich an eine Frau, der eine Wurst an der Nase hing«, sagte Epikt mit Gregors Stimme. »Hilft euch das irgendwie weiter?«

»Vielleicht hilft es etwas«, sagte Gregor, nachdem er seinen Platz an dem Steinplatten-Konferenztisch wieder eingenommen hatte. »Das ist aus dem alten (was heißt alt? Ich hab's heute früh selbst erfunden) Volksmärchen von den drei Wünschen.«

»Laß Epikt erzählen«, sagte Valerie, »er macht das viel besser als du.« Valerie trat hinter Epikt an das Sprachrohr und blies Rauch hindurch – sie rauchte nämlich einen mächtigen, locker gewickelten Stumpen aus unfermentierten Schwarzbeerenblättern.

»Die Frau wünscht sich eine Wurst und verschwendet damit den ersten Wunsch«, sagte Epikt mit Valeries Stimme. »Eine Wurst ist nämlich kleingekautes Hirschfleisch, das in ein Stück Hirschdarm hineingestopft ist. Der Mann ist wütend, weil die Frau einen Wunsch verschwendet hat, denn sie hätte sich ja einen ganzen Hirsch wünschen können und hätte dann viele Würste gehabt. Er wird so wütend, daß er wünscht, die Wurst soll der Frau immer und ewig an der Nase hängen. Das geschieht auch, und die Frau jammert, und der Mann merkt, daß er auch den zweiten Wunsch verbraucht hat. Den Schluß habe ich vergessen.«

»Du kannst ihn nicht vergessen haben, Epikt!« schrie Aloysius auf. »Die Zukunft der ganzen Welt hängt möglicherweise davon ab, daß du dich erinnerst. He, laßt mich mal mit der verdammten Zaubermaske vernünftig reden!« Und Aloysius trat hinter Epikt an das Sprachrohr.

»O ja, jetzt erinnere ich mich«, sagte Epikt mit Aloysius' Stimme. »Der Mann benutzte den dritten Wunsch, um die Wurst von der Nase seiner Frau wegzubekommen. Und so war alles wieder wie vorher.«

»Aber wir wollen es doch nicht so, wie es vorher war!« jammerte Valerie. »Das ist doch so wie jetzt: immer bloß Stinktierkotelett, und ich habe weiter nichts anzuziehen als mein Affen-Cape. Wir wollen doch was Besseres! Wir wollen Hirschhäute und Antilopenfelle!«

»Entweder bin ich hier der Zauberer, oder ihr macht euch euren Dreck alleine!« sagte Epikt abschließend.

»Wenn auch die Welt immer so gewesen ist, besitzen wir doch Hinweise auf andere Dinge«, sagte Gregor. »Was war das zum Beispiel für ein Volksheld, der den Wurfpfeil machte? Und woraus machte er ihn?«

»Willy McGilly war der Volksheld«, sagte Epikt mit der Stimme Valeries, die mit knapper Not noch rechtzeitig an das Sprachrohr herangekommen war, »und er machte ihn aus glattem Grünulmen-Holz.«

»Könnten wir auch einen Wurfpfeil machen, so wie Willy der Volksheld?« fragte Aloysius.

»Wir müssen!« sagte Epikt.

»Könnten wir eine Schleuder machen, damit wir den Pfeil aus unserem Weltgefüge hinausschießen und in –«

»Könnten wir einen Avatar damit töten, ehe er jemand anders tötet?« fragte Gregor aufgeregt.

»Werden wir bestimmt versuchen!« sagte der Geist Epikt, der nur eine Katschenko-Maske mit einem Sprachrohr war. »Ich habe diese Avatare nie leiden können.«

Ihr denkt vielleicht, Epikt war nur eine Katschenko-Maske mit einem Sprachrohr? Es stockte eine ganze Menge mehr in ihm: rote Granatsteine und echtes Meersalz, und ein Pulver aus Biberaugen, dazu Klapperschlangenklappern und Gürteltierpanzer. Er war die erste Ktisthetik-Maschine.

»Sag mir wann, Epikt!« rief Aloysius ein paar Minuten später, als er den Pfeil in die Schleuder eingesetzt hatte.

»Wirf! Triff das Miststück von Avatar!« brüllte Epikt.

Und gegen Sonnenuntergang, in einem nicht numerierten Jahr, auf dem Weg von Nirgendwo nach Eom, fiel ein Avatar tot zur Erde, einen Pfeil aus glattem Grünulmen-Holz in seinem Herzen.

»Funktioniert es, Epikt? Hat es geklappt?« fragte Charles Cogsworth aufgeregt. »Es muß. Ich bin da. Bei dem letzten war ich nicht da.«

»Sehen wir uns mal das Material an«, schlug Smirnow gelassen vor.

»Zum Deibel mit dem Material!« fluchte Willy McGilly.

»Denken Sie ans erste Mal, Gregor Fedorowitsch!«

»Hat es schon angefangen?« fragte Glasser.

»Ist es schon vorbei?« forschte Audifax O'Hanlon.

»Drück auf den Knopf, Epikt!« bellte Diogenes. »Ich glaube, ich habe ein Stück ausgelassen. Wollen's noch mal probieren!«

»O nein, nein!« wehrte Valerie ab. »Nicht noch mal! Dabei kommt doch bloß wieder Stinktierkotelett und Wahnsinn heraus.«

Gordon Eklund
DIE SONNE GEHT AUF

1

Von einigen einheimischen Autoren wurde die Behauptung aufgestellt, daß das Heer, das der Emir von Lyon im Jahr 178 mohammedanischer Zeitrechnung gegen Irland geworfen hat, von keinem Geringeren als dem heiligen Patrick selbst bekämpft wurde, der die eindringenden Ungläubigen allein mit dem Schütteln einer wütenden Faust und wenigen Sätzen furchterregenden Zorns ins Meer zurückgetrieben haben soll, wo sie bis auf den letzten Mann ertranken.

Wie dem auch sei, bis zum Jahre 289 war die moslemische Vorherrschaft auf der Insel eine unumstößliche Tatsache. Ungeachtet dessen gedieh das Christentum dort mit einer Macht und Leidenschaftlichkeit, wie es im mohammedanischen Europa nicht seinesgleichen findet. Die Bedeutung dieser Glaubenskraft hat lange zu den verschiedensten Mutmaßungen der Gelehrten Anlaß gegeben . . .

Lin Tze-hsien: *Geschichte der primitiven Länder.*
Band Zwei, S. 239

Ich, O'Breen, Sonderbotschafter der Irisch-Republikanischen Armee am Hofe des Inka von Cuzco, finde es geradezu unmöglich, dieses gottlose Land auch nur einen Augenblick länger zu ertragen. Da stehe ich auf dem steinernen Balkon meiner Unterkunft, das Rückgrat vor Erschöpfung so krumm wie der Stab eines Bettelmönchs, und blicke hinaus auf die weißen Gipfel der Anden rings um mich her; wie könnte ich mich anders als bedrückt fühlen, wo ich mein Leben lang nur Berge gesehen habe, die man hier winzige Hügelchen nennen würde. Und zu allem Überfluß erhebt sich am Rande der Stadt das große, silberne Luftschiff des abtrünnigen Mohren Malik Ibn Ahab als weiteres Monument fremdartiger und bedrohlicher Größenverhältnisse. Ach, mir graut vor diesen Bergen, die unter meinem Auge sich neigen und schwanken, als wollten sie sich sogleich in Bewegung setzen, um mich und diese Stadt unter ihrem schrecklichen Gewicht zu erdrücken.

Einige werden behaupten, dies sei der Beweis, daß ich völlig den Verstand verliere. Vielleicht stimmt das. Von meinem Standort aus folgt mein Blick mühelos den breiten, geraden Prachtstraßen, die nur so von Menschen wimmeln, die aus Anlaß des Inti Raymi den Weg über die majestätische Antisuyo-Straße hinweg zum großen, ruhmreichen Sonnentempel einschlagen, neben dem die nahegelegenen Paläste der verschiedenen Inka Capacs verschwindend klein aussehen. Im Tempelinnern, so habe ich erfahren (von Malik, da die Priester es ablehnen, mit einem Barbaren wie mir zu sprechen), gibt es ganze Räume voller reinstem Gold und Silber. Im Raum des Hochaltars (sagt Malik) hängt ein riesenhaftes Abbild der Sonnenscheibe von der Stärke des Oberschenkels eines Kriegers – groß genug, eine ganze Wand einzunehmen, und aus nichts als Gold. Im gleichen Raum ruhen auch die mumifizierten Überreste der vorangegangenen siebenundvierzig Inka Capacs bis zurück zum Gründer der Kaiserstadt Manco Capac, der seiner leiblichen Schwester die Jungfräulichkeit raubte und auf diese Weise den gotteslästerlichsten aller heidnischen Bräuche einführte.

Während ich hier stehe, knurrt mir heftig der Magen, und sogleich befällt mich Schwäche. Seit drei Tagen hat man mir nichts anderes zu essen gestattet als ein paar Handvoll ungekochte Maiskörner. Ich hatte überlegt, Einspruch zu erheben, daß ihr heidnischer Feiertag doch nicht der meine wäre, war jedoch vorgewarnt (durch Malik), daß die Inkas keinen anderen Glauben als den ihren anerkennen und alle Menschen, wie fern sie ihm auch stehen, den Gesetzen von Tahuantinsuyo unterwerfen.

So muß ich denn wohl meine verzweifelte Mission in Abuland als endgültig gescheitert ansehen. Die Azteken haben bereits verächtlich jede Unterstützung abgelehnt, und wenn die Inkas, ihre Todfeinde, die Mauren verabscheuen, dann sind sie uns gegenüber zumindest gleichgültig. Während des Inti Raymi wird die Stadt von den verschiedensten Provinz-*curacas* besucht, und ich werde versuchen, mich ihrer jeweiligen Hilfe zu versichern, doch wenn das mißlingt – und Malik sagt zynisch, jegliches Scheitern sei dem Menschen auf dieser Welt so gewiß wie der Sonnenaufgang – muß ich als geschlagener Mann zu meinem Volk zurückkehren.

Plötzlich, als wollte es meine Gedanken über mein Scheitern durch eine Unterstreichung des Erfolgs der Inkas verhöhnen, taucht in der Spalte zwischen zwei Gipfeln im Westen ein Luftschiff auf und segelt über die Stadt. Das wütende Tuckern seines Motors übertönt das Knurren meines Magens, und ich muß unwillkürlich zu dem Schiff hinaufblicken, das wie ein riesenhafter Schmetterling von meinen Augen dahinzieht und in Richtung der Landebahn im Osten davonschwebt.

Das Luftschiff vertieft meine Niedergeschlagenheit nur noch. Ich wanke in mein Zimmer und lasse mich auf die Polster fallen, die auf dem Steinboden ausgebreitet sind. Bald stört ein Klopfen meine Gebete. Ich wanke hoch, eile zur Tür und hoffe dabei wieder einmal auf das Wunder, das unsere Rettung sein wird.

Doch ach!, es ist nur der übergelaufene kleine, braune, von den Sonnen zweier Hemisphären faltig gewordene Wissenschaftler Malik Ibn Ahab.

»Was wollt Ihr von mir?« frage ich.

Malik deutet mit schiefem Grinsen auf meine Brust. »Nur Euch selbst, guter Freund.« Und mit diesen Worten tritt er beiseite und gibt den Blick auf eine Schwadron kaiserlicher Soldaten frei, die hinter ihm stehen. »Entweder kommt Ihr freiwillig mit, oder es kostet Euch das Leben.«

»Aber was habe ich denn getan?« schreie ich.

»Nicht das Geringste. Aber das ist es auch nicht, was mich herführt. Uns geht es vielmehr um das, was Ihr bald tun werdet.«

2

Im Jahre 978 mohammedanischer Zeitrechnung näherte sich unerwartet ein Schiff der Küste der Normandie, bemannt mit kupferhäutigen Männern mit tiefschwarzen Augen und kurzgeschnittenem Haar. Aus Furcht, es könnte sich dabei um ein Invasionsheer des sagenhaften christlichen Königreiches von Prester John handeln, trat eine starke örtliche Streitmacht der Besatzung entgegen, doch die Waffen der roten Männer erwiesen sich als überlegen, und die Verteidiger wurden vernichtend geschlagen. Als das Scharmützel dem Emir von Lyon zu Ohren kam, schickte er den Venetianer

Aldabari, der weite Reisen im Orient unternommen hatte, in die Normandie. Aldabari traf mit den Führern der roten Männer zusammen, die einen rudimentären chinesischen Dialekt sprachen, und erfuhr, daß es sich dabei um das Volk von Tahuantinsyo handelte, eines großen Reiches im Westen, und daß sie die Reise nach Europa nur unternommen hatten, um die entlegenen Gebiete ihres Reiches in Augenschein zu nehmen. Aldabari hatte in China gelegentlich von diesen roten Menschen des Westens gehört, jedoch niemals zuvor einen zu Gesicht bekommen . . .

Lin Tze-hsien: *Geschichte der primitiven Länder.*
Band Vier, S. 17

Als *curaco* der Yuncas gehört es insbesondere in diesen Kriegszeiten zu meinen Vorrechten, die jährliche Pilgerfahrt zur kaiserlichen Hauptstadt zu unternehmen. Jedes Jahr empfinde ich die Notwendigkeit, die Pracht unserer Opfer zu steigern, denn Inti muß stets neu gedankt werden für die zusätzlichen Gaben, mit denen er unser gläubiges Volk das Jahr hindurch bedenkt. Unsere Felder tragen reiche Ernten, unsere Frauen sind fruchtbar, unsere Kinder wachsen stark und rein heran.

Doch was ist das für ein Silberding, das die Stadt so hoch überragt? Warum steht es da, und was hat es zu bedeuten? Wenn ich unter seinem hohen Rumpf stehe und den Kopf so weit zurückneige, wie es nur geht, die Augen mit beiden Händen gegen den blendenden Glanz von Inti selbst beschirme, kann ich doch immer sein Ende noch nicht erkennen.

Alle *curacos* stellen diese Fragen. Die Priester lassen sich nur zu der Erklärung herab, es handle sich um ein Luftschiff, doch ich kann keine Kondorschwingen sehen, die es in den Himmel hinauftragen könnten. Ich sage: »Ja, aber wozu dient es?« und man erklärt mir, daß das Schiff am Festtag Inti geschenkt werden soll. Aber was soll Inti mit diesem Silberschiff anfangen wollen, wo wir *curacos* doch so viele Böcke und Schafe als Opfer mitgebracht haben, wie das seit Manco Capac der Brauch ist?

Angesichts unserer Frage versuchen die Priester vergeblich, ihre Unwissenheit zu verbergen. Das Luftschiff, so weiß man, ist wieder eine neue Schöpfung des übergelaufenen Heiden Malik Ibn Ahab. Sein Name geht wie eine schreckliche Seuche in den Straßen der kaiserlichen Stadt um. Viele sagen, Malik hielte das Ohr des Inka Capac in einem geheimen Kerker gefangen, wo es die Stimme der anderen nicht vernehmen kann. Ist das silberne Luftschiff nicht Beweis genug – sofern es überhaupt eines solchen bedarf –, daß in unserem Land mächtige und unbekannte Kräfte ihr Unwesen treiben? Von den Schlachtfeldern im Norden erreichen uns schreckliche Gerüchte von Zerstörung und Niederlage. Manche sagen, das Ende der Welt stünde gar unmittelbar bevor. Alle, die das Wort ergreifen, beschuldigen diesen Mann namens Malik.

Doch wer wagt es, seine Befürchtungen öffentlich vorzutragen? Wenn der Uilac-umu das Wort an uns richtet, wagt nicht einmal er, etwas anderes zu tun, als Malik und sein Silberschiff zu preisen. Ganz oben in der Silberhülle des Schiffes sehe ich eine dunkle Türöffnung, doch wenn ich den Uilac-umu frage, behauptet er, das sei ein vom Fasten hervorgerufenes Hirngespinst.

Ich zittere von schrecklichen Vorahnungen. Wir durchleben mit Sicherheit eine finstere Zeit an diesem Festtag im Lande von Tahuantunsuyo.

3

Es war der Abenteurer aus Songhai, Abu Al-Latif, dessen im Jahre 1029 veröffentlichte Memoiren zum erstenmal das Interesse der Europäer an den Ländern des Westens weckte. Abu berichtete von der Existenz dreier großer Reiche im Westen: den Inkas, den Azteken und den Irokesen. Er hatte bei ersteren eine Zeitlang gelebt und beschrieb ausführlich ihren Reichtum, ihre fortschreitende Wissenschaft und ihre militärische Stärke. Als Dank für seinen Beitrag verband sich Abus Name mit den Ländern, die er besucht hatte, und bis heute werden die westlichen Kontinente im primitiven Europa nur als Nord- und Süd-Abuland bezeichnet . . .

Lin Tze-hsien: *Geschichte der primitiven Länder.*
Band Vier, S. 352

Bis zur letzten Fastennacht vor der Dämmerung des Inti Raymi ist die Erregung im Kloster der *mamaconas* so angewachsen, daß viele von uns dem reinen Wahnsinn nahe scheinen. In dieser letzten

Nacht ist es unsere Pflicht, im Laufe der Stunden, da Mama Quilla für uns unsichtbar den Himmel beherrscht, das geweihte Brot, das *sancu,* für den morgigen Festtag zuzubereiten. Das Brot wird das Geschenk unseres Vaters, der Sonne, an seine Kinder, die Menschen von Tahuantinsuyo, sein und darf, so wie es erschaffen wurde, nur von den reinen Händen einer *mamacona* zubereitet werden. Für uns bedeutet diese Nacht eine große Ehre und – wenn ich das zu sagen wage – eine willkommene Abwechslung von unseren üblichen schweren Pflichten.

Als ich ein kleines Mädchen von fünf Jahren war und meine leiblichen Eltern mich ins Kloster brachten, war ich von Grauen und Furcht erfüllt, spielte ich doch so gerne unter Sonne und Mond und sollte nun nie wieder deren Anblick genießen dürfen. Ich weiß noch, wie ich weinte und schrie und mir die Haare in Büscheln vom Kopfe riß, als die zweite Tür des Klosters sich unwiderruflich hinter mir schloß.

Doch als ich Inti längere Zeit gedient hatte, durchströmte mich die unsterbliche Kraft des *huaca* und erfüllte meine Leere, so daß ich meine heiligen Pflichten bald bereitwillig und gewissenhaft ausführte.

Und so hocke ich nun wie dutzendemale zuvor mit eisigen Knien und vom *huaca* brennendem Herzen am steinernen Boden, mahle den harten Mais auf dem rauhen Stein und sehe zu, wie die hellen Flocken in die Schale darunter regnen, so als fiele Gold wie Schnee vom Himmel. Anderswo wird das Mehl gesammelt und zu den runden Kugeln des *sancu* geknetet, doch ich nehme nichts wahr, das jenseits meines spirituellen Ichs existieren könnte. Ich fühle nicht einmal die Tränen der Hingabe, die meine Wangen hinabströmen. Ich fühle Inti selbst auf eigentümliche Weise nahe und das *huaca* der Erdgöttin Pachamama steigt aus den Tiefen der Erdmulden empor, fließt in den Stein in meiner Hand und erfüllt dann meinen leeren Bauch und meinen unfruchtbaren Leib mit wunderlicher Kraft.

Plötzlich schüttelt mich jemand an der Schulter. Erschreckt lasse ich meine Werkzeuge fallen. Über mir steht Mamacona Tepon. Ihr Gesicht ist von ehrfurchtgebietender Strenge gezeichnet. Wortlos winkt sie mir, ihr zu folgen. Von Verwirrung wie betäubt und der Kraft jeglichen *huacas* beraubt, kann ich nur gehorsam mitkommen.

Plötzlich begreife ich, daß man mich schrecklicherweise zur Tür selbst geleitet. Auf der Schwelle mache ich halt und nehme die entsetzten Blicke der *mamaconas* wahr. Seit einem Dutzend Jahren habe ich nicht die andere Seite dieser Tür erblickt. Kein einziges fremdes Gesicht habe ich in dieser Zeit gesehen als das der Coyo und ihrer Töchter. Ich zittere vor Furcht.

Mamacona Tepan zupft an meiner Hand. Atemlos stößt sie hervor: »Du bist für eine großartige Aufgabe auserwählt, mein Kind. Du darfst nicht zurückweichen – du begehst keinen Frevel.«

Sie öffnet die Tür und schiebt mich nach vorn.

Ich schreie und schaue entsetzt zurück, doch Gehorsam ist zur schrecklichen Gewohnheit geworden, und bald stehe ich draußen.

Die Tür schließt sich hinter mir. Ich bin alleine und träume, ich säße wieder am Boden. Der Stein liegt in meiner Hand, die Schüssel steht unter mir. Ich bereite den *sancu* zu. Das *huaca* in meinem Innern strömt weiter Gelassenheit aus.

Doch als ich wieder hochschaue, sehe ich das Gesicht eines Mannes.

Das ist keiner der Pförtner, die die Tür bewachen und die die letzten Männer waren, die ich in meinem Leben gesehen habe. Nein, das ist ein dunkelhäutiger Mann mit krausem Haar auf der Oberlippe und in einer Tracht, die ich nicht kenne.

Er will mich packen. Ich schreie.

Er zuckt zurück und sagt: »Entschuldigt. Ich hätte Euch sagen sollen, daß mich der Inka Capac persönlich geschickt hat. Versteht Ihr?«

Ich verstehe und gestatte ihm, meine Hand zu nehmen. Selbst wenn er lügt, spielt es nun keine Rolle mehr, denn ich habe gefrevelt und bin dem Untergang geweiht.

Wir treten durch die Außentür und dann in den Korridor, der gerade breit genug ist für zwei. Er sagt mir, daß er Malik heißt, und ich nenne ihm meinem Namen.

Draußen – ja – mit Mama Quilla am Himmel. Ich bleibe vor Ehrfurcht wie gelähmt stehen und blicke zu dem goldenen Feuerball hinauf, bis Malik mich in ein Fahrzeug mit Rädern zieht. Schon holpern wir mit unglaublicher Geschwindigkeit die Straßen hinab. Das Fahrzeug scheint von der Luft selbst angetrieben, denn kein Pferd und kein Ochse zieht es. Es brüllt und tobt wie eine wilde

Bestie. Ich habe Angst. Die Straßen sind so finster und leer wie der Grund eines Brunnens.

Ich fröstle vom kühlen Hauch eines Abendwindes, wie ich ihn seit einem Dutzend Jahren nicht mehr erlebt habe.

4

Im Laufe der ersten Hälfte des dreizehnten Jahrhunderts mohammedanischer Zeitrechnung brach eine wissenschaftliche Revolution – ausgelöst durch aus dem Osten gestohlene Kenntnisse – über Europa und Afrika aus. In allen Wissensgebieten kam es zu theoretischen und praktischen Entdeckungen, wie sie im Westen bislang unvorstellbar waren. Das Bild des Europäers von sich und seiner Welt veränderte sich innerhalb von fünfzig Jahren drastischer als in den vorangegangenen fünfhundert.

Die Reaktion erfolgte schnell. Im katholischen Byzanz begann eine schreckliche Inquisition zum Kampf gegen die Ketzerei. Im moslemischen Europa und Afrika wurden eine Reihe von heiligen Kriegen – Dschihads – geführt. Unter den in der Folge aus Europa vertriebenen Menschen befand sich der große andalusische Physiker und Mathematiker Abdulla Ah-Sabbah, der sich im Jahre 1268 mit einigen seiner Schüler und Assistenten nach der Aztekenhauptstadt Tenochtitlan einschiffte . . .

Lin Tze-hsien: *Geschichte der primitiven Länder.*
Band Sechs, S. 109

Ich fahre schnell auf den im Lichtschein flackernden Stadtrand zu, während die junge *mamacona* neben mir zittert. Sie tut mir unwillkürlich ein wenig leid. Der Beschluß, sie mit auf die Reise zu schicken, war nicht der meine. Hätte man mir die Wahl überlassen, hätte ich einen zweiten Europäer in das Schiff gesetzt, sofern sich noch so ein dummer Christ wie O'Breen im Reich hätte auftreiben lassen.

Sobald wir unser Ziel erreichen, bringe ich den Wagen zum Stehen und stelle dann fest, daß ich den Kopf weit zurücklegen muß, um das hohe, mächtige Silbertier zu bestaunen, das meine bedeutendste Schöpfung darstellt. Neben mir wimmert die *mama-*

cona in ihrer Unwissenheit, doch ich gebe mir Mühe, mich allem außer dem Wunder des Schiffes zu verschließen.

Schließlich gelingt es ihr, mich aus meiner Träumerei zu reißen, indem sie mich behutsam am Ärmel zupft. »*Aku*«, meint sie. »Bitte sagt mir . . . was ist das nur . . . für ein Ding?«

Ich tätschle ihren Arm. »Ein Luftschiff«, erkläre ich. »Ein Fahrzeug, mit dem man den Himmel bereisen kann.«

»Ah.« Zögerndes Begreifen tritt in ihren Blick. »Im Kloster haben wir viel von diesen Luftschiffen gehört. Aber man sagte uns, sie hätten Flügel wie große Vögel, doch das hier . . .«, sie schüttelt verwirrt den Kopf, »ist riesig, gerade und starr wie eine Silberlanze.«

»Dieses Schiff wurde erbaut, einen Ozean zu überqueren, nicht nur einen kleinen Fluß.«

Natürlich versteht sie es nicht. Ich dagegen verstehe es wohl – muß es verstehen. Wie lange habe ich gekämpft, um diesen Augenblick zu erleben? Ich muß an die unglaublichen Härten der vergangenen vierzig Jahre denken. Die Erinnerungen daran wollen mir schier den Kopf platzen lassen, bilden eine dunkle Woge von Schmerz und Furcht. Ich sehe das ausdruckslose, runzlige Gesicht von Abdullah selbst, der mich als Toren verhöhnt, weil ich die wundersame Weite der Sterne und Planeten der unendlichen Banalität seiner Protonen und Elektronen vorziehe. Ich erinnere mich, wie er in Tenochtitlan Mörder auf mich ansetzte und mir – wie Mohammeds Hedschra – die Flucht in die Hauptstadt der Inkas gelang, wo – Ironie des Schicksals! – just große Mengen des Nitrats mühelos erhältlich waren, die ich für den Antrieb meines Schiffes brauchte. Vielleicht sollte ich mich erweichen und Abdullah eher segnen als verfluchen, denn ohne seine Schurkerei hätte ich diesen Augenblick niemals erlebt. Ich habe meine Berechnungen geprüft und wieder geprüft. Die notwendige Schubkraft ist sicher. Die Gesetze des physikalischen Kosmos können nicht lügen. Die Lüge ist allein die Sünde des ränkeschmiedenden Menschen. Morgen bei Tagesanbruch wird sich mein Silbervogel ungehindert in die Lüfte erheben und dieser öden, fruchtlosen Welt entfliehen, um geradewegs ins flammende Herz der goldenen Kugel – Inti –, der Sonne, zu tauchen.

Ich lache und fasse – nicht unfreundlich – nach dem Mädchen. Schließlich ist die Sonne ihr Herr und unser gemeinsames Bestreben nach dessen Zuwendung führt uns zusammen. Doch im Gegensatz zu mir wird sie ihrem heiligen Herrn bald gegenübertreten – von Angesicht zu Angesicht.

Plötzlich sehe ich aus wachsamen Augenwinkeln zwei Gestalten sich nähern. Ich nehme meine Hände von der *mamacona* und bleibe lässig auf dem Sitz des Automobils sitzen. Es ist der Inka Capac und sein Bruder, der Hohepriester Uilac-umu, ein unerwarteter Besuch, der mich erzürnt und verblüfft. Kommen sie nun schon wieder, um ihre heidnischen Zweifel vorzubringen? Werde ich sie noch einmal der zukünftigen Gewinne versichern müssen, die ich ihnen so selbstlos zukommen lasse? Solche Gespräche werden eine rechte Last.

Die *mamacona*, die den Inka an seiner *llautu* erkennt, springt vom Wagen und wirft sich bäuchlings zu Boden. Der Inka versucht, ihr keine Beachtung zu schenken, tritt vorsichtig an ihr vorüber und weiß augenscheinlich nicht so recht, wie er reagieren soll. Plötzlich fällt mir wieder ein, daß selbst er noch niemals eine *mamacona* zu Gesicht bekommen hat.

»Der Mann namens O'Breen«, sagte er atemlos. »Hast du . . .«

Ich winke hinauf zu der offenen Tür meines Schiffes. »Er ist drinnen.«

»Lebend?«

»Natürlich.«

»Hat er keinen Widerstand geleistet?«

»Doch freilich. Die Ehre übersteigt sein heidnisches Begriffsvermögen. Er wird Inti leugnen, bis er schließlich von Ehrfurcht gepackt vor das Antlitz unseres Gottes treten wird.«

»Er ist doch kein böser Mensch?«

Ich zucke mit den Schultern. »Spielt das eine Rolle?«

»Wahrscheinlich nicht.«

Ich empfinde dies Zögern bei einem Herrscher, dessen Volk Menschenopfer praktiziert, witzig. Ich wage, ihm einen Vorwurf zu machen. »Und die *mamacona?«*

Die Anspielung scheint ihn in Verlegenheit zu bringen. »Es ist ihre Pflicht zu dienen.«

Ich deute auf den Uilac-umu. »Und die seine ebenso.« Doch diese Fopperei bezweckt eigentlich nichts. Was O'Breen angeht, ist die Anwesenheit eines Europäers – auch wenn es sich um einen

Katholiken handelt – angemessener als die eines abergläubischen Eingeborenen.

»Meine Pflicht ist es auch, ihr zu dienen«, sagte der Uilac-umu und deutet auf die Erde.

Ich weise mit ausholender Geste auf mein Schiff und erkläre feierlich: »Wenn bei Tagesanbruch unser Silberfahrzeug in den dämmrigen Himmel aufsteigt, um das leibhaftige Antlitz von Inti zu suchen, werden wir alle gesegnet sein; unsere Feinde werden im Kampf wie Weizen unter der Sense des Schnitters fallen, und das goldene Haupt von Inti wird von den barbarischen Inseln des Südens bis zu den eiserstarrten Gebieten des Nordens obsiegen.«

Sie glauben mir. Oder vielleicht auch nicht. Tatsächlich ist der Gesichtsausdruck dieser Menschen nicht zu deuten und in den fünfzehn Jahren, die ich unter ihnen lebe, habe ich den Schleier ihrer Zwiespältigkeit nicht durchdringen können. Aber ehrlich gesagt, welche Bedeutung sollte das auch haben?

In drei Stunden – oder vier – wird die Menschheit endlich diesen armseligen Planeten (in den bescheidenen Gestalten von O'Breen und der *mamacona*) verlassen, um ihre Flügel durch die Weite des Sonnensystems zu spannen.

Die Vorstellung treibt mir wider Willen Tränen in die Augen. Ich schluchze laut. Die anderen, peinlich berührt von meinem Ausbruch, weichen zurück.

Aber brauche ich sie denn jetzt überhaupt noch?

5

In der ganzen schriftlich niedergelegten Geschichte der Primitiven gibt es kaum widersprüchlichere Gestalten als Malib Ibn Ahab, den mohammedanischen Wissenschaftler und Erfinder aus dem dreizehnten Jahrhundert. Ursprünglich ein Schüler von Abdullah Ah-Sabbah, mit dem er 1268 ins aztekische Abuland floh, soll Malik, wie allgemein angenommen wird, das Dynamit erfunden und wesentlichen Anteil an der Vervollkommnung des Verbrennungsmotors und den daraus folgenden Erfindungen von Luftschiff und Automobil haben.

Im Jahre 1277 entzweiten sich Abdullah und Malik aus unbekannten Gründen. Letzterer flüchtete in die Inka-Hauptstadt Cuzco, wo er seine Arbeit fortsetzte. Es heißt, Malik sei dort zu dem örtlichen Heidenkult der Sonnenanbetung übergetreten, aber die Ernsthaftigkeit seiner Bekehrung ist höchst zweifelhaft.

Lin Tze-hsien: *Geschichte der primitiven Länder.*
Band Sechs, S. 167

Das Fest Inti Raymi war stets eine Zeit großer Freude. Ich kann mich erinnern, wie ich als Kind meinem Vater, dem Inka Capac, durch die morgendlichen Straßen des heiligen Cuzco zum Haucaipata-Platz folgte, wo bei Dämmerung die ersten Gebete gesprochen wurden. Wenn ich dagegen jetzt diesen gleichen Weg einschlage, kann ich nur düstere Vorahnung empfinden. Vor mir sehe ich den schwachen Schein des Feuers, das am Fuße von Malik Ibn Ahabs silbernem Luftschiff brennt. Warum, so drängt sich mir immer die Frage auf, während ich dahinschreite, Inti unablässig dankend und preisend, hat unser Gott, mein Vater, sein eigens auserwähltes Volk im Stich gelassen? Kann es wahr sein, wie der Uilac-umu das anzudeuten wagte, daß Inti sich durch deren schreckliche Menschenopfer hat auf die Seite unserer Azteken-Feinde ziehen lassen? Ist Maliks Schiff das einzige Mittel, durch das wir hoffen dürfen, seinen verehrten Segen wiederzuerlangen? Ich weiß es nicht, aber Furcht erfüllt mich. Das Schiff wurde aus den dem Boden selbst entrissenen Elementen geschmiedet, und doch verströmt es, wenn ich neben ihm stehe, kein *huaca*, meinen mutlosen Geist zu stärken. Das Luftschiff ist ein totes, lebloses Wesen, ein allein von Menschenhand geschaffenes Ding, und wie sollte so ein leeres Gefährt dazu dienen, den fürchterlichen Zorn Intis umzulenken?

An meiner Seite geht meine liebende Schwester-Braut, die Coyo, und hinter uns kommt mein Sohn, der geht, wo ich einst ging. Es folgen auch meine Brüder und Schwestern, doch auch ihre tröstliche Gegenwart vermag mich nicht zu beruhigen. Wir marschieren in steter Prozession an den finsteren, schweigenden Häusern entlang, in denen meine Untertanen wohnen. Ich weiß, daß sie wachen und sich für ihre eigenen Gebete bereit machen. Für sie darf sich dieses *raymi* durch nichts von den vielen unterscheiden, die sie zuvor erlebt haben, und doch fürchte ich unwillkürlich, sie könnten erahnen, daß dieses Fest wohl das letzte sein mag, daß unser glorreiches Heer geschlagen und vernichtet auf dem Schlachtfeld liegt, daß vielleicht just in diesem Augenblick sich die Luftschiffe der Azteken mit ihren Todesbomben nähern, und daß nur die Rückgewinnung von Intis Liebe uns vor sicherem Tod und Sklaverei erretten kann.

Am Rande des Haucaipata-Platzes rufe ich zum Halt auf. Wir ziehen unsere Schuhe aus und drehen uns gleichzeitig mit dem Gesicht zu den Bergen nach Osten um. Schon verläuft eine böse, scharlachrote Linie in gekräuselter Welle über die weißen Gipfel. Inti liegt unter der Erde. Bald wird er hervorbrechen, und den Himmel, sein rechtmäßiges Reich, beanspruchen. Zwischen ihm und uns erhebt sich starr aufgerichtet das Silberschiff. Im schwachen Licht kann ich seine hochragende Gestalt erkennen. Ich neige den Kopf. Ich habe Angst.

Dann endlich taucht die gelbe Himmelskugel auf. Ich sinke auf mein Gesäß zurück und recke beide Hände empor. Gemeinsam erheben wir die Stimme, lobpreisen Inti, drücken unsere Dankbarkeit für seine Gaben aus und versprechen große Opfer im Laufe der folgenden neun Festtage. Unsere Hände fliegen zu unseren Lippen, und wir werfen dem funkelnden Licht seines göttlichen Antlitzes feuchte Küsse zu. Ich schreie auf und flehe, er möge uns nicht im Stich lassen. Inti ist mein Vater – und der Vater meiner Väter und der ihren. Ich liebe und verehre ihn.

Dann leuchtet ein Licht, greller als die Sonne, unter dem Luftschiff auf. Ich werde geblendet. Ich stürze zu Boden und zittere in tödlichem Schmerz. Dann brandet gewaltiger Lärm wie eine große Woge auf dem Westlichen Meer über mich hinweg.

6

Es heißt, Malik Ibn Ahab habe in den letzten Tagen des Inka Cuzco, als es offensichtlich wurde, daß die Azteken sieghaft aus dem jahrhundertelangen Krieg hervorgehen sollten, vor Angst den Verstand verloren. Es wird berichtet, er habe versucht, ein großes Luftschiff zu bauen, mit welchem er zur Sonne fliegen und dort in ewiger Harmonie mit seinem neuerwählten Gott leben könnte. Ein Bericht, der den letzten Hohepriester der Inka zitiert, behauptet, Malik habe just am Morgen jenes Tages, der die Azteken in die kaiserliche Stadt einrücken sah, sein Schiff gestartet.

Auf Grund des primitiven Standes der Wissenschaft jener Zeit, ihrem Mangel an moderner Industrie und der Spärlichkeit natürlicher Rohstoffe war diesen Berichten niemals der geringste Glauben geschenkt worden . . .

Lin Tze-hsien: *Geschichte der primitiven Länder.*
Band Sechs, S. 179

O'Breen . . . O'Breen . . . Großer, gütiger Gott, in dieser verfluchten Dunkelheit fällt es einem Menschen schwer, auch nur seines eigenen Taufnamens sicher zu sein. O'Breen – der bin ich. Aber wo in Gottes Namen bin ich? Haben sie mich aus irgendwelchen unbekannten heidnischen Gründen im tiefsten Kerker ihres Reiches vergraben? Ich strecke meine Hände aus, fühle aber ringsum nichts als kaltes Metall. Mein Magen knurrt, weil ich entsetzlichen Hunger habe. Soll ich hier vergraben bleiben, bis ich verhungere?

Warte. Meine Hände berühren etwas. Es ist Tuch . . . ein Gewand . . . ein Kleid. Gütiger Gott, es ist eine Frau! Ich spreche sie auf arabisch an, doch sie schreit eine Erwiderung in ihrer Sprache. Ich packe sie bei den Schultern, und versuche sie ein wenig zur Besinnung zu bringen, indem ich sie schüttle, doch sie kreischt unablässig dieselben beiden Worte. Ich erkenne das eine, »Inti«, als ihren Begriff für Sonne, aber das andere, »Pachamama« ist mir unbekannt. Was, in Gottes Namen, brüllt die verrückte Frau?

Hat Malik mich ins örtliche Irrenhaus gesteckt?

Dann plötzlich ertönt unter mir gewaltiger Lärm, und ich denke flüchtig, daß es ein Erdbeben sein muß.

☆

»Inti, Pachamama, Inti, Pachamama, Inti . . .«

Ich schreie unablässig, durchflutet von der Kraft des *huaca* und wimmere mein Gebet. Es ist so dunkel hier drinnen, und fremde Stimmen brüllen in unbekannten Sprachen, und ich bin erschüttert und niedergeschmettert durch den Ruhm vieler Götter.

»Inti, Pachamama, Inti, Pachamama, Inti . . .!«

Dann scheint die Erdgöttin selbst sich zu erheben, und ich werde emporgeschleudert, weit hinauf in den schwarzen Himmel, wo Inti selbst wartet, mich zu umfangen und zu lieben.

☆

Wir *curacas* hocken auf unseren Hinterbacken auf dem Cusipata-Platz und harren aus in liebendem Einklang mit dem eben erst aufgetauchten Antlitz von Inti. Die Menge wirft Kußhände. Jammern bricht los, Gebete werden geschrien und gebrüllt. Das *huaca* durchströmt uns, zumindest für einen kurzen Augenblick weicht die Furcht von uns, die wir seit unserer Ankunft gefühlt haben, und wir sind wieder einmal mit unseren Göttern und dem Universum vereint.

Dann gerät in der Ferne das Silberschiff in Brand.

☆

»Jetzt«, sage ich zu den Sklaven. »Legt Feuer an den Zünder. Dann geht zurück . . . zu Boden . . . beschirmt eure Augen.« Die Sonne steht hoch am östlichen Horizont, und in der Stadt hinter uns hocken die Dummköpfe betend am Boden. Im Innern meines Silberschiffes erwarten O'Breen und die *mamacona* als Pioniere dieser Welt gleichermaßen ahnungslos ihr Schicksal.

Der Zünder brennt gefährlich schnell herunter. Ich werfe mich zu Boden, schütze meine Augen und grabe den Kopf in die Erde. Der Boden selbst scheint vor Vorfreude zu zittern. Plötzliches weißes Licht flutet über mich hinweg. Das Schiff steigt auf. Ich weiß. Es klettert höher und höher und höher und der Sonne entgegen. Und dann . . .

7

Als die Azteken in Cuzco einfielen, verwüsteten sie sogleich die Kaiserstadt, obgleich sie später behaupteten, ein Erdbeben hätte noch vor ihrer Ankunft einen Großteil der Stadt dem Erdboden gleichgemacht. Man nimmt an, daß die königliche Inka-Familie – ebenso wie der begnadete Wissenschaftler Malik Ibn Ahab – sich unter den geschätzten dreißigtausend Bürgern von Cuzco befanden, die von den Azteken auf der Stelle als Massenopfer an ihren Sonnengott Huitzilopochtli umgebracht wurden. Es bedarf wohl keiner besonderen Betonung, daß eine der unmittelbaren Folgen der Eroberung die Vorherrschaft der Azteken über ganz Zentral- und Süd-Abuland für die folgenden Jahrzehnte war.

Lin Tze-hsien: *Geschichte der primitiven Länder.*
Band Sieben, S. 99

Als ich von dem Sieg der Azteken in Ecuador höre, bewegt mich das nicht im geringsten, da ich mir gleichermaßen eines weit bedeutenderen Ereignisses bewußt werde: meines bevorstehenden Todes. Das Inka-Reich ist also zerstört. Was sollte das mir, einem sterbenden Mann, ausmachen? Welche Gefühle sollte es in mir auslösen? Freude? Vergnügen? Mitleid? Trauer? Reue? Die Waffen, die den Sieg errangen, sind die meinen – gebaut durch die Mühsal meines Herzens und meiner Hände. Spielt das vielleicht noch eine Rolle? Was überhaupt?

Der Kurier, der die Nachricht bringt, besteht darauf, eine persönliche Botschaft vom Herrscher im Feld zu bestellen: »Dein Name, Abdullah ah-Sabbah, ist einer, der ewig den Kindern unseres Landes auf den Lippen brennen wird.«

Ach? Tatsächlich? Ich habe meine Zweifel. Sollen sie daran ersticken. Was sollte mir das bedeuten, der dann tot sein wird? Die Kinder leben weiter. Sagt ihnen, sie sollen Abdullah vergessen.

Ich bin alt und werde sterben, also welche Bedeutung hat das alles? Und doch drängen sich mir selbst am Ende noch Fragen auf. Was wird aus meinen letzten Berechnungen, wenn ich nicht mehr bin? Sie erbrachten lediglich den mathematischen Beweis dessen, was Malik und ich bereits vor langer Zeit als Theorie aufgestellt hatten: Daß, hätte man die Möglichkeit, einen Atomkern zu spalten, die freigesetzte Energie zur Schaffung einer Waffe ausreichte, die stark genug wäre, eine Stadt auszulöschen.

Vielleicht eine schreckliche Entdeckung, aber auch eine sinnlose. Malik, der einzige Mann auf der Welt, der in der Lage ist, das zu erfassen, hat über seinen Träumen von Luftschiffen den Verstand verloren. Ansonsten gibt es niemanden mehr.

Doch – wer weiß? – vielleicht wird die Erkenntnis irgendwann in der Zukunft wiederentdeckt, und wenn dieser Tag gekommen ist, wird der Mensch die Kraft haben zu vollenden, was er bislang nur unzulänglich getan hat: Seine Welt und damit sich selbst zu vernichten.

Aber, ach, der Tod macht mich müde und zynisch. Was bleibt von meinem Leben zurück? Tod und Zerstörung und ansonsten kaum etwas. Erkenntnisse sollten eine Frucht der Schönheit sein, doch ich habe diese einfache Gleichung erst jetzt begriffen, da es viel zu spät ist.

Tatsächlich habe ich in jeder Hinsicht versagt, und das tut mir aufrichtig und zutiefst leid.

Die Sonne strömt durch mein offenes Fenster und blendet mich mit ihrer schrecklichen Helligkeit. Ich schreie, daß jemand kommen möge, mich zu retten, doch niemand scheint mich zu hören.

Irving E. Cox, Jr.

IM KREIS DES NIRGENDWO

So tun als ob. Sie glauben lassen, sie hätten gewonnen. Alles, nur damit er wegkam. Der harte Kern wissenschaftlicher Wirklichkeit war noch unversehrt. Sie hatten ihn nicht zerstört. Mora-Ta-Kai glaubte noch so fest an die alte Wissenschaft, wie sie versucht hatten, ihn von . . . dem hier zu überzeugen.

»Alles in allem haben wir beachtliche Fortschritte erzielt, Mr. Smith.« Der Doktor lächelte und schüttelte ihm die Hand. Smith war der Name, den sie ihm gegeben hatten. Mora-Ta-Kai hatte er nur ein einziges Mal im ersten Schock benutzt, ehe er das ausgeklügelte innere Gefüge des Alptraums begriff.

»Nun ist alles ganz deutlich«, erklärte Mora-Ta-Kai, weil er wußte, daß man das von ihm erwartete. »Dort drüben steht das Conrad Hilton und da das Blackstone Hotel, und dahinter kann ich den Michigan-See sehen.«

Der Wagen des Arztes fädelte sich ruhig in den Verkehrsstrom auf der Michigan Avenue. »Hervorragend, Smith! Nun müssen wir uns noch mit der Amnesie befassen, aber die andere Sache haben wir überwunden.« Der Doktor saugte an seiner Pfeife; sein Gesicht strahlte vor Zufriedenheit. »Sie haben sich Ihren Urlaub verdient, Smith.«

»Haben Sie Vorkehrungen getroffen, daß ich ein Einzelzimmer bekomme?«

»Für alles, worum Sie gebeten hatten. Entspannen Sie sich; genießen Sie die Zeit. Dann löst sich die Amnesie möglicherweise von selbst.«

»Diese Mrs. Armbruster . . . ist sie . . .?

»Eine persönliche Freundin. Sie werden keine Probleme mit ihr haben. Sie wird Sie alleine lassen oder sich mit Ihnen unterhalten, ganz wie Sie es wollen.«

Und eine Akte mit allem anlegen, was ich tue, dachte Mora-Ta-Kai verbittert; doch sein Gesichtsausdruck blieb der gleiche. Er durfte jetzt nichts tun, was ihn verraten könnte. Es spielte kaum eine Rolle, was Mrs. Armbruster in ihrer Fallstudie aufzeichnete, da sie niemals die Gelegenheit bekäme, den Bericht abzuliefern.

Mora-Ta-Kai brauchte lediglich ein eigenes Zimmer, einen Platz, wo er arbeiten konnte; und das hatte der Doktor ihm versprochen. Die Materialien, die er benötigte, waren überall erhältlich. Sein Glauben in die alte Wissenschaft war nicht stark genug, die Wirklichkeit wiederherzustellen; doch er konnte sie zumindest nutzen, das Universum vom Alptraum ins Nichts zu stürzen.

Der Wagen des Doktors kam vor einem komfortablen Backsteinhaus zum Stehen, das hinter Büschen, die zum Teil den hohen Drahtzaun verbargen, von der Straße zurückgesetzt war. Mrs. Armbruster empfing Mora-Ta-Kai an der Tür – eine hübsche, grazile, grauhaarige, in Weiß gekleidete Dame. Eine Krankenschwester! Mora-Ta-Kai hatte lediglich eine Art der Gefangenschaft gegen eine andere, weniger auffällige eingetauscht.

☆

Doch sie hielten ihr Versprechen. Mrs. Armbruster stellte ihm ein eigenes Zimmer zur Verfügung. Sobald die Tür ins Schloß gefallen war, ließ er sich langsam auf die Bettkante sinken. Im Spiegel über dem Schreibtisch sah er sein Abbild: groß, hager, hohlwangig. Seine Haut war von dunklem Rotbraun. Das glänzende, schwarze Haar war aus der Stirn zurückgebürstet und betonte die ausgezehrte, totenkopfähnliche Form seines Gesichts. Seine schwarzen Augen waren riesige, tiefdunkle Seen.

Seine Kleidung war es, die seine Aufmerksamkeit auf sich zog, dieses fantastische Kostüm, das fast seinen ganzen Körper bedeckte: ein weißes Hemd mit offenem Kragen, braune Hosen und harte Lederschuhe, von denen ihm die Füße weh taten. Er hätte sich das Hemd am liebsten vom Leibe gerissen, doch das wagte er nicht. Er mußte sich den Tabus der Weißen Wilden fügen. Nur dann würden sie ihm die Freiheit gewähren, die er benötigte. Das Schlafzimmerfenster stand offen. Draußen sah Mora-Ta-Kai die Reihen grüner Knospen entlang der kahlen Zweige und die jungen Sprossen keimender Knollen, die aus der schwarzen Gartenerde brachen. Die Luft war geschwängert vom Frühlingsduft frischer Erde.

Frühling! Das Wort traf ihn wie ein Keulenhieb. Der Alptraum hatte im tiefsten Winter seinen Anfang genommen. Drei Monate lang war er in seinem unheimlichen Traum gefangen, vielleicht schon länger. Vor drei Monaten hatte der Alptraum begonnen . . .

Mora-Ta-Kai stritt sich mit Lassai. Warum, wußte er beim besten Willen nicht mehr. Lassai war seine Squaw; er liebte sie sehr. Er war gerade von einer Reise zu den Sklavenkolonien über das Östliche Meer zurückgekehrt. Es hätte eine glückliche Heimkehr werden sollen. Aber irgend etwas hatte sie entzweit – die Erinnerung war verschwommen, überlagert vom mächtigen Zauber des Traums.

☆

Pyrn-Ute war ebenfalls dabeigewesen. Vor zehn Monaten hatte Mora-Ta-Kai ihm Lassai ausgespannt; nun war Pyrn-Ute wieder da und hatte den Arm um Lassais Schultern gelegt. Er verspottete Mora-Ta-Kai. Bebend vor Zorn war Mora-Ta-Kai aus dem Haus gestürmt. Es schneite. Ein heulender Wind peitschte vom See her und warf Schneewehen auf den Bürgersteig.

(Warum hatten sie sich gezankt? Mora-Ta-Kai suchte verzweifelt in den letzten Winkeln seines Gedächtnisses, doch die Erinnerung wollte nicht kommen.)

Er stapfte mit weit ausholenden Schritten über die schlüpfrigen Wege. Die Straßen waren mit im plötzlichen Schneesturm festsitzenden Fahrzeugen verstopft. An jeder Kreuzung mußte sich Mora-Ta-Kai zwischen den Massen lahmgelegter Motorkanus hindurchzwängen. Nur die neuen Degravgleiter kamen noch vorwärts. Sie bewegten sich, angetrieben von ihren schwirrenden Rotopadeln, gelassen über dem Tumult hinweg. Mora-Ta-Kai beobachtete die Darbietung der Maschinen kritisch und voller Befriedigung. Der Degrav-Antrieb war seine Erfindung; dieses Unwetter war seine erste Erprobung im großen Maßstab.

Der Streit mit Lassai und Pyrn-Ute beherrschte sein Denken und vergällte ihm alles andere. Er sah die massigen Umrisse des Ratsgebäudes sich aus dem grauen Dunst des Unwetters schieben und die verlockenden Lichter des Tipi-Zentrums. Mora-Ta-Kai konnte ein Glas gebrauchen; nicht eines, sondern Dutzende. Wenn er sich sinnlos betrinken würde, könnte er die Erinnerung an den Streit fortspülen. Er drehte sich um und wollte die Straße überqueren.

Ein Lärmwarnanlage erschallte hinter ihm. Er hörte das Knirschen von Rädern und das Schleudern von Sicherheitsgreifern im Schneematsch. Er wich zur Seite. Plötzlich schoß ein kurzer, heftiger Schmerz durch sein Rückgrat. Der Schnee, der Verkehr, die Lichter vom Tipi-Zentrum, sie verschwammen zu einem verschlungenen Muster.

Dann war alles fort. Anstelle des Ratsgebäudes erhob sich ein anderes Bauwerk vor ihm. Die Buchstaben auf dem Haus waren fremdartig – eigentümliche Zeichen, wie er sie nie zuvor gesehen hatte –, doch Mora-Ta-Kai kannte und las sie!

Das Gebäude hieß Conrad Hilton.

Mora-Ta-Kai hatte niemals zuvor eines der seltsamen Fahrzeuge gesehen, die die Straße verstopften. Und doch erkannte er sie alle. Er sah die Gesichter der Menschen: Weiße Wilde! Weiße Wilde, die die Straßen von . . . Ihr Name für diesen Ort lautete Chicago. Mora-Ta-Kai wußte es genauso, wie er in der Lage war, ihre Druckbuchstaben zu lesen.

Entsetzt begann er zu laufen, um sich den Weg zurück in die Wirklichkeit zu bahnen. Doch der Alptraum schloß sich um sein Denken. Hände griffen nach ihm aus der Tiefe seiner Angst – die bleichen Hände von Weißen Wilden. Sie zerrten ihn tief hinab in dunkles, erstickendes Chaos, in eine Welt rasenden Schmerzes.

Und dann befreiten sie ihn daraus, um ihn in das Hier zu schleudern: in die gespielte Anpassung. Vom Winter in den Frühling, von einer Art Gefängnis in eine andere. Aber Mora-Ta-Kai konnte dem Traum ein Ende machen. Die alte Wissenschaft war stärker als die Zauberei der Weißen Wilden.

Er öffnete die Schlafzimmertür und rief Mrs. Armbruster.

Eine junge, flachsblonde Squaw erschien in der Halle. »Mrs. Armbruster ist im Wintergarten. Kann ich Ihnen helfen? Ich bin Lydia Rand, Mrs. Armbrusters Assistentin.«

Er stand da und starrte die Frau an. Sie ähnelte jemandem, den er kannte, aber er konnte sich nicht recht erinnern, wem. Lassai war es nicht; Lassai hatte langes, schwarzes Haar, das sie am Hinterkopf zu einem Knoten flocht. Lydia Rand ähnelte einer anderen Frau, die er irgendwie mit dem Anfang des Alptraums in Verbindung brachte. Der Hauch einer jüngeren Erinnerung streifte sein Denken, doch er bekam sie nicht zu fassen.

»Ich bräuchte verschiedene Dinge«, sagte er.

»Machen Sie mir eine Liste, Mr. Smith, dann kann ich . . .«

»Nein, ich muß sie selbst kaufen.«

»Sie sind doch hierhergekommen, um sich zu erholen.« Sie legte ihm sanft die Hand auf den Arm. »Wenn irgend etwas zu erledigen ist, überlassen Sie das getrost uns.« Sie lächelte ihm herzlich zu. Die Weißen Wilden waren alle freundlich und aufmerksam gewesen, und dafür war Mora-Ta-Kai dankbar. Der Alptraum war an sich schon grauenvoll genug; hätte er ihn auch noch mit wirklichen Barbaren aus den Kolonien bevölkert . . . Ihn schauderte.

»Demnach darf ich das Haus nicht verlassen?« fragte er. »Meinen Sie das?« Ihm versagte die Stimme. Er hatte sich gefügt; er hatte alles getan, was sie von ihm verlangt hatten. Jetzt würde er doch wohl eine Fluchtmöglichkeit finden!

Lydia Rand blickte ihm fest in die Augen. »Es würde Ihnen sicher guttun«, beschloß sie. »Aber ich werde Sie begleiten müssen.«

Mora-Ta-Kai seufzte erleichtert. Sie würde kein echtes Hindernis darstellen. Wenn sie mitkäme, könnte er zwar nicht die reinen Grundstoffe kaufen, die er brauchte, denn das würde nur ihre Neugier erwecken; er wußte aber, daß die Chemikalien sich als Bestandteile in ganz gewöhnlichen Präparaten fanden – in Zahnpasta, Kosmetika und Markenmedikamenten.

(Wie konnte er das wissen? Diese Kenntnis war ebenso Teil seines Traums wie die Mühelosigkeit, mit der er ihre Sprache benutzte. Er dachte in Begriffen seiner eigenen semantischen Zeichen, aber er sprach und las in den ihren.)

Lydia Rand ging mit ihm zu einer Drogerie einen Block vom Haus entfernt. Sie sagte nichts zu der Auswahl von Produkten, die er erstand. Vom Standpunkt ihrer Wissenschaft aus waren sie harmlos. Drei entscheidende Artikel stellten jedoch ein gewisses Problem dar: der Kupferdraht, die Aluminiumfolie und die Magneten. Das Aluminium fand er in Rollen gepackt. In dieser Form wurde es an die Squaws der Weißen Wilden verkauft, die darin Speisereste aufbewahrten. Kupferdraht und Magneten waren als Einzelteile von Spielwaren erhältlich.

»Was in aller Welt wollen Sie denn damit?« erkundigte sich Lydia.

»Ich . . . scheinbar . . .« Er geriet in Panik, wußte keine Ausrede.

Doch sie half ihm aus der Verlegenheit. »Sie kommen Ihnen wohl irgendwie bekannt vor, Mr. Smith? Gut! Vielleicht waren Sie Spielzeughersteller, bevor . . . bevor Sie zu uns kamen. Kaufen Sie sie auf jeden Fall. Vielleicht helfen sie Ihnen, Ihr Gedächtnis wiederzuerlangen.«

☆

Sie bezahlten seine Erwerbungen und verließen den Laden. Sie schob ihren Arm unter seinen, und sie gingen zurück zum Sanatorium. Es dämmerte, und lange Schatten fielen auf die Straße. Der Himmel über ihnen leuchtete scharlachrot vom Schein der untergehenden Sonne.

Lydia lachte freundlich. »Ein Glück, daß Sie mich nicht mit Ihrer Einkaufsliste losgeschickt haben, Mr. Smith.« Sie wies auf das umfängliche Paket unter seinem Arm. »Was für eine wilde Mischung! Jeder hätte geglaubt, ich würde mich in Hexerei und Magie versuchen.«

Er drehte den Kopf zur Seite und schaute sie direkt an. Der rote Glutschein der Sonne fiel auf ihr Gesicht, als stünde sie an einem lodernden Feuer. Ihr Haar wirkte wie eine zarte Goldkrone; ihre Augen verloren sich in tiefen Schatten. Nun erkannte er sie. Die Erinnerung trat vor einem Hintergrund von Furcht klar und deutlich hervor.

Lydia Rand war die Zauberin.

Er wußte jetzt, warum er sich mit Lassai gestritten hatte; er erinnerte sich an den tatsächlichen Beginn des Traumes.

Benommen vor Angst kehrte er in sein Zimmer zurück. Er schloß die Tür, doch es gab keine Möglichkeit, sie zu verschließen. Er legte sein Paket ungeöffnet auf den Schreibtisch und ließ sich geschwächt aufs Bett fallen. Nun erstand das ganze Bild lückenlos und vollständig vor seinem geistigen Auge.

☆

Der Anfang des Traumes: Nicht der plötzliche Schneesturm, nicht das Ritual der Wilden von der Kolonie jenseits des Östlichen

Meeres, nicht einmal der Singsang der Zauberin. Der Traum nahm seinen Anfang in seinem überspannten, wissenschaftlichen Theoretisieren.

»Du machst Witze«, sagte Pyrn-Ute.

»Nein; ich habe bereits Urlaub beantragt und meine Passage gebucht«, antwortete Mora-Ta-Kai. »Ich gehe heute nachmittag an Bord der *Irokesin.*«

»Aber warum? Du hast keinen Grund, zu den Kolonien hinauszufahren. Du bist Wissenschaftler, ein selten tapferer . . .«

»Ich fahre, weil ich Wissenschaftler bin. Ich habe eine Theorie; die möchte ich beweisen.«

»Du bist ein Zahlenmensch, kein Stammeskundler!«

»Die gleichen Methoden werden auf beiden Gebieten angewendet.«

»Erzähl mir nichts von deiner absurden Idee von Gleichheit . . .«

»Rote Überlegenheit ist ein Mythos. Hätten die Weißen unsere Möglichkeiten und unsere Umgebung zur Verfügung gehabt, hätten sie eine gleichermaßen hohe Kultur entwickeln können.«

Das war zuviel für Pyrn-Ute. Sein mageres, zynisches Gesicht verzog sich zum Lachen. Es war genau die Reaktion, die Mora-Ta-Kai erwartet hatte.

»Die Weißen Wilden sind Sklaven, Mora-Ta-Kai«, erklärte Pyrn-Ute. »Sie sind es immer gewesen. Sie besitzen nicht die Mentalität für irgend etwas anderes.«

»Sie sind nur deshalb Sklaven, weil eine Schrulle der Geschichte dazu führte, daß unsere Kanus das Östliche Meer überquerten. Wir entdeckten den dunklen Kontinent der Weißen Wilden, als sie noch in verstreuten, von Mauern umgebenen Dörfern lebten und primitive Stämme sich unablässig bekämpften. Nehmen wir einmal an, unsere Kanus wären zweihundert Jahre später gelandet? In dieser Zeit hätten die Weißen ohne eine Störung von außen vielleicht gelernt, wie wir als eine Nation zusammenzuleben.«

»Oh, ich weiß, daß die Radikalen diesen Unsinn breittreten, wann immer sie ein williges Publikum finden. Sie erzählen uns, die Flachsköpfe wären edle, prachtvolle Menschen.« Pyrn-Ute verzog angewidert den Mund. »Ich habe diese Ansiedlungen gesehen. Ich habe den Schmutz, die Krankheiten und die barbarischen Rituale miterlebt!«

»Die Grundlagen unserer Wissenschaft haben wir ihnen gestohlen, Pyrn-Ute!«

☆

»Zufälligerweise. Und wir haben sie verbessert . . .«

»Unsere Forschungsreisenden haben das Zahlensystem, die Astrologie und die Wissenschaftsphilosophie mitgebracht, die durch eine frühere Kultur der Weißen Wilden entwickelt worden waren.«

»Aber sie hatten sie doch selbst völlig vergessen!«

»Nichtsdestotrotz stammt die Erkenntnis ursprünglich von ihnen.«

»Vermutlich stehen wir irgendwie in der Schuld ihrer Vorfahren, aber nicht in der der heutigen Wilden. Weder die Geschichtswissenschaft noch die Phrasendrescherei der Radikalen können eine offenkundige Tatsache widerlegen. Zur Zeit, als wir den dunklen Kontinent entdeckten, standen unsere Rassen auf der gleichen Entwicklungsstufe. Sie hatten sogar einen gewissen Vorteil, weil sie die Wissenschaft besaßen. Ihr Land war ebenso reich und fruchtbar wie das unsere. Unsere beiden Rassen hatten ohne jede Vorgabe den gleichen Ausgangspunkt. Doch nur der Rote Mann wußte es, eine Kultur aufzubauen. Die Antwort, Mora-Ta-Kai, liegt auf der Hand: Wir sind von den geistigen Fähigkeiten her überlegen.«

»Ich glaube, ich kann etwas anderes beweisen.«

»Und wie?«

»Ich möchte unsere Niederlassungen in den Kolonien besuchen und die Aufzeichnungen über das dortige Personal durchsehen. Wir haben ihnen beigebracht, unsere Sprache und unsere Zahlen auf die gleiche Weise wie wir zu benutzen. Ich glaube belegen zu können, daß ihre Lernfähigkeit der unseren nicht nachsteht.«

»Aber das Personal in den Niederlassungen stellt nicht einmal ein Prozent der Bevölkerung dar. Man hat sie wegen ihrer besonderen Fähigkeiten ausgewählt . . .«

»Die wir ihnen verschafft haben, indem wir ihnen beibrachten, was wir konnten.«

Pyrn-Ute kicherte. »Du hast die Sklaven-Siedlungen noch nicht gesehen. Ich wette, du denkst anders darüber, wenn du der Wahrheit erst von Angesicht zu Angesicht gegenüberstehst. Wirst du alleine fahren?«

»Lassai ist nicht der Schlag von Squaw, die das primitive Leben in den Kolonien leben kann. Sie wird hierbleiben. Vielleicht will ich ins Landesinnere vorstoßen, weißt du.«

»Du bist jetzt seit drei Monden verheiratet, Mora-Ta-Kai. Wenn du deine Braut nach so kurzer Zeit alleine läßt, spricht das für die Kraft deiner Überzeugung. Aber nicht für deinen Verstand.«

»Meinen Verstand werde ich unter Beweis stellen, wenn ich beweisen kann . . .«

»Wen kümmert das? Wenn du zurückkommst, schreibst du eine gelehrte Monographie für die Stammesforschung; sie werden sie in die Archive stopfen und vergessen.«

»Ich werde das Thema nicht einfach unter den Tisch fallen lassen. Pyrn-Ute, unser System der Sklavenkolonien muß überprüft werden. Bedenke doch, was wir erreichen könnten, wenn unsere beiden Rassen gleichberechtigt zusammenarbeiteten.«

»Denke die Folgen der Gleichberechtigung mal logisch zu Ende, Mora-Ta-Kai. Und dann frage dich: Würdest du zulassen, daß deine Schwester die Squaw eines Weißen Wilden wird?«

»Mischehen haben nichts damit zu tun. Die beiden Rassen können doch ohne das brüderlich zusammenleben.«

Pyrn-Ute streckte ihm die Hand entgegen. »Du bist klug genug, deine Meinung zu ändern, wenn du die Flachsköpfe erst in ihrer heimischen Umgebung erlebt hast. Wie lange wirst du fortbleiben?«

»Sechs Monde.«

»Viel Spaß. Ich werde gelegentlich bei Lassai vorbeischauen. Übrigens, deine neue Erfindung, der Degravgleiter . . .«

»Ich glaube, ich habe alle Mucken beseitigt. Er geht nun in die Massenproduktion. Wenn du magst, Pyrn-Ute, wäre es mir recht, wenn du die Lizenzverträge aushandelst.«

»Natürlich.«

»Falls so etwas wie ein Notfall eintritt, nimm mit mir über die Kolonie auf Angle Island Kontakt auf. Dort werde ich mein Hauptquartier aufschlagen.«

☆

Zwei Stunden später brach Mora-Ta-Kai mit der *Irokesin* auf. Es handelte sich dabei um einen riesigen Luftfrachter für Lebensmittelladung, der dreimal wöchentlich Fahrten zwischen den Kolonien auf Angle Island und den Seestädten unternahm. Mora-Ta-Kai saß in der Kabine, als die Kugel von der Startbahn aufstieg. Unter ihm lagen die fünf Seen wie von Riesenhand über das Herz des Kontinents gebreitet. Die Türme der untereinander verbundenen Seestädte umschlossen die Ufer der Gewässer.

Als die Kugel sich weiter nach Osten bewegte, blieb das Bild der Städte auf der Erde unten unverändert. Kein Berg, kein Tal, kein Flußufer stand unbewohnt. Der Erdteil war eine einzige, von Geschäftigkeit wimmelnde Stadt. Das war Mora-Ta-Kais Zivilisation – menschenreich, komplex, tatkräftig. Seine fest auf wissenschaftlichen Erkenntnissen errichtete Kultur schien für alle Zeiten Bestand zu haben. Und doch bröckelten ihre Fundamente vom langsamen, moralischen Zerfall der Sklaverei. Die Lebensmittel, Schwerstarbeiten und Rohstoffe von Mora-Ta-Kais Welt wurden von den Kolonien jenseits des Östlichen Meeres geliefert.

Die *Irokesin* war ein altes Schiff. Sie hatte weder die Geschwindigkeit noch den Komfort der modernen Kreuzschiffe, die die Routen zur Äthiopischen Republik oder zur Shogun-Union über dem Westlichen Meer befuhren. Es war eigentümlich, dachte Mora-Ta-Kai, daß der schwarze Mann aus Äthiopien soviel näher am Erdteil der Weißen Wilden lebte und doch so wenig Rassenhaß kannte. Die Äthiopische Republik hatte das Entstehen freier weißer Kolonien in der Republik gefördert. In einigen Gebieten war es zu Mischehen zwischen Schwarzen und Weißen gekommen, ohne daß das dem gesellschaftlichen Stand des schwarzen Mannes Abbruch getan hätte.

Nach zehn Stunden schob sich die *Irokesin* ans Landedock auf Angle Island. Präzisionsgeschulte Eingeborene schwärmten durch die Luken herein, und sogleich wurde damit begonnen, die Kugel mit Lebensmitteln zu beladen.

☆

Das war das erste Mal gewesen, daß Mora-Ta-Kai Flachsköpfe zu sehen bekam. Sie trugen graue, derb gewebte Kittel, Füße und

Arme waren bloß. Als er in ihre Nähe kam, mußte er zugeben, daß Pyrn-Ute zumindest in einem Punkt recht gehabt hatte. Die Weißen Wilden waren schmutzig. Ungeziefer kroch in ihrem stumpfen Haar herum. Ihre Leiber waren mit Schorf und Krätze bedeckt.

Als Mora-Ta-Kai die Kolonialniederlassung erreichte, stellte er fest, daß das eingeborene Personal dort etwas ansprechender aussah. Die Leute waren einigermaßen sauber. Sie trugen billige Nachahmungen der gepflegten Tracht des Roten Mannes – lederne Lendenschürzen, edelsteinbesetzte Brustgurte und weiche Sandalen. Doch sie besaßen keinen Stolz, keine Haltung. Ihr Auftreten war unterwürfig und stillos. Wieder einmal schien es, als hätte Pyrn-Ute recht. Wie konnte man so kriecherische Wesen als dem freien Roten Mann ebenbürtig betrachten?

Mora-Ta-Kai glaubte, die Sklaverei hätte den Weißen die Haltung von Sklaven aufgezwungen. Wären sie in Freiheit geboren und aufgewachsen, würden sie sich durch nichts von ihren Herren unterscheiden. Er war davon überzeugt, weil er wußte, daß die Abhängigkeit des Roten Mannes von den Sklaven unausweichlich zum Niedergang der Kultur führte und den Leistungswillen und Ehrgeiz seines Volkes schwächte.

Mora-Ta-Kai sammelte hartnäckig seine Daten aus den Schulungsakten der Niederlassungsbediensteten. Fünf Monate lang reiste er von einer Siedlung zur anderen und trug Statistiken zusammen. Er unternahm drei Forschungsreisen zu Niederlassungen im Landesinnern.

Die roten Niederlassungsdirektoren boten ihm keinerlei Hilfe. Sie verlachten die Vorstellung von Rassengleichheit. Die Weißen Wilden ihrerseits fürchteten sich, wenn Mora-Ta-Kai sich mit ihnen zu unterhalten versuchte. Seine Befehle nähmen sie entgegen; seine Wünsche würden sie erfüllen. Aber einfach dazusitzen und mit einem Roten Mann zu plaudern war eine unerhörte Mißachtung der bestehenden Beziehung zu ihren Herren.

☆

Gegen Ende des fünften Monats saß Mora-Ta-Kai in seinem Zimmer ihrer Niederlassung auf Angle Island und versuchte den

Bericht zu entwerfen, den er bei seiner Rückkehr in die Seestädte erstellen wollte. Das Stammpersonal der Niederlassung saß im Aufenthaltsraum und sah der Zwangsvorführung eines Eingeborenenrituals zu. Viele Rote Männer waren stark betrunken. Mora-Ta-Kai hatte herausgefunden, daß viele der Niederlassungsdirektoren niemals nüchtern waren.

Krächzend öffnete sich seine Tür. Ein Flachskopf schlüpfte ins Zimmer. Mora-Ta-Kai war sicher, daß er den Mann kannte, obgleich es schwierig war, einen Eingeborenen vom anderen zu unterscheiden.

»Roter Herr bei Arbeit? Nicht wollen gestört werden?«

Mora-Ta-Kai legte nachsichtig seine Unterlagen beiseite. »Ich habe immer Zeit, mich mit Freunden zu unterhalten.« Er betrachtete eingehend das weiße Gesicht. »Dein Name ist . . . Harold?«

»Ich bin stolz, daß du dich an mich erinnerst, Herr.« Der Flachskopf warf einen Blick zum Schreibtisch. »Du machst eine Studie über mein Volk; auch das erfüllt mich mit Stolz.«

»Ich wünschte, ich hätte mehr Material, Harold.«

»Das Herz des Weißen Wilden läßt sich nicht in einem Kolonialhaus finden.«

»Wo dann . . .«

»Wärst du bereit, Roter Herr, eine Zauberin zu besuchen?«

Mora-Ta-Kai lachte voller Unbehagen. »Ich kenne die Geschichten, Harold; aber du bist ein intelligenter Mann und glaubst doch sicher nicht, daß es wirklich so etwas wie Zauberer gibt?«

»Der Rote Mann ist noch keinem begegnet.«

»Aber du, Harold?«

»Die Zauberin sagt, du wärst aufrichtig, Roter Herr.«

Mora-Ta-Kai stand auf, und zog den Fellumhang um die nackten Schultern, denn der Abend war kalt. »Würdest du mich zu einer Zauberin führen, Harold?«

»Sie hat gerufen; ich gehorche. Aber, Herr . . .« Der Flachskopf zögerte und rang ängstlich die Hände. »Es ist nicht ungefährlich.«

»Ich werde bewaffnet sein, Harold.«

»Keine Gefahr für den Körper, Herr. Gefahr für die Seele. Dein Schutz muß eine Aufrichtigkeit sein, so wahr und unerschütterlich wie Feuer in einem tiefen Brunnen.«

Mora-Ta-Kai mußte ein Lächeln unterdrücken. Das war der typische abergläubische Hokuspokus der Wilden in allen Ländern. Die alten Rituale seines Volkes waren nicht anders gewesen. »Wir können jetzt gehen, Harold«, sagte er. »Die anderen unten sind beschäftigt; wir werden sie nicht stören.«

»Dafür hat die Zauberin Sorge getragen, Herr.«

Mora-Ta-Kai folgte Harold fort vom Siedlungshaus. Sie schlichen sich an den geräuschvollen, überbelegten Sklavenhütten vorüber in den Wald. Nun fühlte der Rote Mann einen ersten Anflug von Angst. Die Nacht schien voll von unsichtbarem Leben. Der Boden war dick mit Reif bedeckt, und die weißen Schatten verhöhnten Mora-Ta-Kai wie grinsende Masken. Die Dunkelheit pulsierte von einem dröhnenden Laut. Seine Angst hatte einen gemächlichen Rhythmus wie ein schlagendes Herz.

In der Ferne sahen sie zwischen den Bäumen ein Feuer lodern. Nackte Weiße wirbelten im Kreis um die Flammen, ihre Körper zuckten im rituellen Tanz. Und doch verursachten sie nicht das geringste Geräusch. Mora-Ta-Kai hörte nichts als den gedämpften Schlag einer Felltrommel und den tiefen Klang einer Rohrflöte.

Angst überflutete sein Denken. Es war ein sinnlich greifbares, hypnotisches Gefühl. Er fragte sich benommen, ob sie ihm heute abend irgendwelche Drogen unter das Essen gemischt hatten. Trotz seiner Bildung und seiner Ausbildung zum Wissenschaftler war er machtlos gegen diese Angst. Die Weißen Wilden hatten seine Überlegenheit zunichte gemacht und ihn auf ihre Stufe hinabgezerrt. Das war also die Gleichheit!

Er wäre gern umgekehrt, doch er konnte nicht.

Er folgte Harold zum Feuer. Er sah die Zauberin mit zum Nachthimmel gereckten Armen und hellem, im Feuerschein rot glühenden Gesicht über den Flammen stehen. Seine Angst steigerte sich zum nackten Entsetzen . . .

☆

Mora-Ta-Kai fühlte das gleiche Entsetzen, als er schwach und erschöpft auf dem Bett in Mrs. Armbrusters Haus saß. Die Zauberin hatte diesen Traum hervorgerufen. Sie hatte diese alptraumhafte Welt geschaffen und ihn hineinverbannt: in diese fremde Welt, wo eine Stadt namens Chicago den Platz der prachtvollen Seestädte einnahm und ein häßliches Ding namens Conrad Hilton anstelle des Ratsgebäudes stand. Warum? Mora-Ta-Kai wußte es nicht. Er hatte den Weißen Wilden helfen wollen, doch sie hatten ihn zugrunde gerichtet.

Er wußte nur das eine: Er konnte das Machwerk der Zauberin auslöschen.

Die Verdrehung bestand allein in seinem Denken. Die Zauberin hatte sie verursacht. Doch sie hatte seinen wahren Wesenskern nicht ganz zerstört. Mora-Ta-Kai war Wissenschaftler, und seine wissenschaftlichen Kenntnisse waren intakt und unbeeinträchtigt.

Das Universum der Zauberin hatte, vielleicht infolge ihrer wissenschaftlichen Unkenntnis, andere und weniger komplizierte physikalische Gesetze als die Wirklichkeit. Im Gefüge der Traumwelt stellte die mechanische Degravitation eine mathematische Absurdität dar. Doch in der wahren Wissenschaft, wie sie Mora-Ta-Kai vertraut war, waren Degravantriebe bereits seit Jahrhunderten verbreitete Spielereien. Mora-Ta-Kai selbst hatte ihre praktische Anwendung für kommerzielle Transportmittel entdeckt.

Um dem Traum ein Ende zu bereiten, würde Mora-Ta-Kai die ihm bekannte Wissenschaft gegen die Verdrehung einsetzen. Er würde einen Degravitationskern bauen, der den Planeten selbst aktivierte. Die Traumwelt, die durch das empfindliche Gleichgewicht gegensätzlicher Schwerkraftwirkungen zusammengehalten wurde, würde einstürzen. Vielleicht würde Mora-Ta-Kai sich bei diesem Prozeß selbst vernichten. Er wußte es nicht. Aber er würde zumindest entkommen, und sei es nur ins ewige Vergessen.

Er stand auf und öffnete sein Paket mit den Präparaten und Spielsachen. Er breitete das Material auf dem Bett aus und begann sorgfältig die Gegenstände vorzubereiten, die er benötigte. Er strich die Aluminiumfolie in der vorgeschriebenen Form auf dem Fußboden glatt und begann, die Magnetisierungswinkel zu berechnen.

Dann ertönte ein Klopfen an der Tür.

Mora-Ta-Kai schnürte es vor Entsetzen die Kehle zu. Er konnte das Aluminium nicht verstecken. Der Bogen war zu empfindlich. Wenn er ihn zerknitterte, wäre der Verzerrungswinkel zu kompliziert, um ihn ohne Rechenmaschine festzulegen.

Die Tür schwang auf. Lydia Rand betrat sein Zimmer.

»Ihr Abendessen ist fertig, Mr. Smith«, sagte sie heiter. »Aber wenn sie lieber hier drinnen essen wollen . . .« Dann fiel ihr Blick auf die Aluminiumfolie. »Was ist denn das, Mr. Smith?«

»Ach . . . ein Spielzeug«, murmelte er.

»Sie wollen es selbst bauen?«

»Ich . . . habe früher schon einmal eines gemacht.«

»Demnach kehren Ihre Erinnerungen zurück!« Ihre Augen strahlten vor Freude. Als er ihr Gesicht im Licht sah, wurde ihm klar, daß ihre Ähnlichkeit mit der Zauberin nur oberflächlich gewesen war. Alle Flachsköpfe sahen sich so schrecklich ähnlich. »Wollen Sie mir davon erzählen, Mr. Smith?«

☆

Er hatte sein Gleichgewicht so weit wiedererlangt, daß er lügen konnte. »Es ist noch sehr vage, eher ein Schatten in meinem Denken. Ich glaubte, es wäre eine Erinnerung.« Er zuckte mit den Schultern und spielte nachlassendes Interesse. »Natürlich habe ich mich getäuscht. Es ist ziemlich dumm, wie?«

»Ich bin sicher, daß es das nicht ist. Bitte machen Sie es fertig. Vielleicht hilft es Ihnen, zu sich selbst zu finden. Bleiben Sie hier und arbeiten Sie weiter; ich werde Ihnen ein belegtes Brot und ein Glas Milch bringen.«

Und fort war sie wieder. Mit zitternden Fingern machte er sich wieder an den Zusammenbau des Degravitationskerns. Lydia Rand war sehr leichtgläubig. Es war ihr nicht in den Sinn gekommen, daß er ihre Welt mit seinem harmlosen Spielzeug vernichten könnte. Langsam hielt Mora-Ta-Kai inne und setzte sich aufs Bett. Sie waren immer nur freundlich zu ihm gewesen, diese Traummenschen. War es wert, ihr Universum zu zerstören, selbst wenn er dabei das seine wiedererlangen sollte?

Jegliche Wirklichkeit, jegliche Wahrheit waren nur subjektive Erscheinungen. Für den Doktor, für Lydia Rand und alle Weißen Wilden war dieser Traum Wirklichkeit; er stellte die Abweichung von der Regel dar. Universum um Universum, hatte die Zauberin gesagt, so unendlich vielfältig wie das menschliche Denken . . .

☆

Die schwarze Nacht und der wogende Urwald schlossen sich um Mora-Ta-Kai. Er blieb stehen und blickte in die Augen der Zauberin – saphirblaue Pupillen, umrahmt vom zarten Gespinst ihres windzerzausten, blonden Haars.

»Mora-Ta-Kai, du kamst als Suchender zu uns, und der Gegenstand deiner Suche findet sich in dir selbst. Alle möglichen Welten ruhen in der Seele eines jeden Menschen, alles mögliche Gute, alles mögliche Böse. Nimm meine Hand, Mora-Ta-Kai, und schau mit mir ins Feuer. Wir werden auf eine Reise gehen, du und ich, eine lange Reise im Kreis des Nirgendwo, zu anderen Welten, anderen Gesichtern . . .«

Der trällernde Singsang verebbte wie das ersterbende Raunen eines Sommerwindchens, sobald er sie bei der Hand nahm. Ihre Finger waren leicht und zerbrechlich, die federleichte Berührung eines Geistes; doch sie hielten ihn wie Stahlklammern. Er blickte ins Feuer.

Wie die blätternden Seiten eines aufgeschlagenen Buches sah Mora-Ta-Kai das Kaleidoskop möglicher Zeiten. Er sah gelbe Menschen, die jenseits des Westlichen Meeres lebten, von der Tatkraft ablassen, die die Shogun-Union hervorgebracht hatte und langsam im Engpaß einer heruntergekommenen Diktatur steckenbleiben. Er sah die stolze Republik Äthiopien in Hunderte hilflose Stämme zersplittert und von anderen Menschen versklavt in der Barbarei versinken. Und er sah die Wilden Weißen emporkommen und die Herrschaft über die Welt fordern. Er sah sie in unablässiger Flut in den Erdteil des Roten Mannes strömen. Mora-Ta-Kais Volk wurde gedemütigt, verdorben, betrogen und abgeschlachtet, langsam dem Aussterben entgegengetrieben, während auf ihrem Land eine stolze Kultur von Weißen Wilden errichtet wurde.

Das Bild verblaßte. Das Feuer verlosch. Mora-Ta-Kai stand alleine mit der Zauberin auf der Lichtung.

»Was hat diese Vision zu bedeuten?«

»Die Bedeutung mußt du für dich selbst finden, ebenso wie die Dinge, die du aus deinem Innern hervortreten sahst, Mora-Ta-Kai. Alle Welten sind da, Universum um Universum, so unendlich vielfältig wie das menschliche Denken. Ich habe dir gezeigt, wie du dorthin gelangst. Zu gegebener Zeit wirst du den Weg selbst finden.«

☆

Sie drehte sich um und verschwand im Wald.

Eine Woche später nahm Mora-Ta-Kai die *Irokesin* zurück zu den Seestädten. Er veröffentlichte seinen Bericht durch das Institut für Stammeskunde. Er gab ihm den Titel *Der Mythos*. Der erste Satz formulierte sein Thema: »Alle Menschen sind Brüder.« Die Monographie erregte ziemliches Aufsehen: Sie wurde wie ein Stück pornographischer Literatur gekauft und verschlungen.

Doch Pyrn-Ute und Lassai begegneten Mora-Ta-Kai voller Wut und Abscheu.

»Vermutlich hast du dir bei den Flachsköpfen eine Squaw genommen!« kreischte Lassai. »Diese schmutzigen, ungezieferübersäten Tiere. Und so etwas ziehst du mir vor!«

»Natürlich nicht, Lassai. Und selbst wenn ich es getan hätte, würde es keine Rolle spielen. Der Gedanke der Brüderlichkeit . . .«

»Faß mich nicht an!« Sie floh zu Pyrn-Ute, der sogleich seinen Arm um ihre Schulter legte.

»Brüderlichkeit«, sagte Pyrn-Ute auf seine reservierte, sarkastische Art, »ist ein äußerst gefährlicher Begriff, Mora-Ta-Kai. Wir benutzen ihn unter uns. Das haben wir immer getan. Aber vorzuschlagen, wir könnten ihn ausdehnen auf . . .«

Plötzlich begriff Mora-Ta-Kai, was die Zauberin gemeint hatte; er konnte die Bilder im Feuer nun deuten. »Brüderlichkeit war es, die uns stark gemacht hat«, erklärte er. »Nichts anderes. Als unsere Kampfkanus zum erstenmal den Kontinent der Weißen Wilden fanden, war der Rote Mann ein geeintes Volk. Wir hatten gelernt, in Frieden zusammenzuleben. Die Weißen Wilden dagegen nicht. Nicht ihre Wissenschaft hat uns groß gemacht, sondern das, was wir selbst waren.«

»Ich weiß nur eines, Mora-Ta-Kai: Die Idee der Brüderlichkeit, wie du sie uns aufdrängst, würde die Welt vernichten.«

»Wenn wir so schwach sind, verdienen wir nichts Besseres.«

Mora-Ta-Kai stürmte wütend aus dem Haus in den Schneesturm. Fünf Minuten später hatte er sein Universum verloren. In seinen Ohren klang der Singsang der Zauberin: andere Welten, andere Gesichter – eine Reise im Kreis des Nirgendwo.

Er saß auf dem Bett und betrachtete seine Degravmaschine; und ihm war jetzt klar, daß er sie niemals zu Ende bauen würde.

Lydia Rand kehrte zurück und stellte ihm ein belegtes Brot und ein Glas Milch auf seinen Schreibtisch.

»Sie haben Ihr Spielzeug ja gar nicht zu Ende gebaut, Mr. Smith.«

»Es gibt keinen Grund dafür. Ob in diesem Universum oder in jenem, alle Menschen sind Brüder – alles übrige ist bedeutungslos.«

Sie setzte sich neben ihn und ergriff seine Hand. »Das sagten Sie bereits, als wir Sie aufnahmen, Mr. Smith. Ist Ihnen sonst noch etwas eingefallen?«

»Alles.« Er begann zu lachen. Ganz langsam hob er die Aluminiumfolie auf und knüllte sie zu einem festen Ball zusammen.

»Was wollten Sie denn bauen?«

»Einen Degravitationskern?«

»Ach, kommen Sie, Mr. Smith. Das wissen wir doch wohl besser, oder? Degravitation ist eine physikalische Unmöglichkeit.«

»In Ihrer Welt ja und für Mr. Smith ebenfalls. Aber im Kreis des Nirgendwo gibt es eine Zeit und einen Ort . . . Setzen Sie sich zu mir, Miß Rand, ich werde es Ihnen erzählen.«

Während er sprach, ging er in seinem Traum auf, und der Traum wurde Wirklichkeit. Lassai, Pyrn-Ute, die Weißen Wilden, sie waren fort, aus seinem Denken gebannt wie Dämonen. Hier in dieser neuen Wirklichkeit war er ein Roter Mann in einer Kultur von Weißen Wilden; doch sie behandelten ihn freundlich und voller Verständnis. Er hatte das gefunden, was er im Wald gesucht hatte; die Zauberin hatte ihm den Weg zur Brüderlichkeit gewiesen. Das war alles, was er wollte.

Suzette Haden Elgin

SCHWEIG STILLE, MUND!

Als ich das erste Mal in meinem Leben eine Schweigende sah, war ich noch ein kleines Kind; ich muß so ungefähr fünf Jahre alt gewesen sein. Und damals sagte mir das überhaupt noch nichts. Es handelte sich einfach nur um eine Frau, die mit ihrem kahlrasierten Schädel nicht einmal besonders schön anzusehen war; an ihren Schädel kann ich mich erinnern; er wirkte irgendwie klobig, und das störte mich. Niemals zuvor hatte ich eine kahle Frau gesehen und auch nur sehr wenige glatzköpfige Männer. Ich war nicht versessen darauf, diese eine nun zu sehen, denn meine Schwestern hatten mich gerade auf der Schaukel angestoßen, die von unserem schwarzen Walnußbaum hing, und ich hatte mich bitterlich beklagt, daß ich absteigen und mir diese Frau, die da an uns vorbeiging, anschauen sollte.

Doch mein Vater schenkte meinem Theater keine Beachtung, hievte mich auf seine Schulter und lief zum Straßenrand, die anderen Kinder schnell hinterdrein. Am Bordstein blieb er stehen und schüttelte mich ein wenig, um sich meiner Aufmerksamkeit zu versichern, als er sagte: »Nun vergiß das *niemals*, Junge! Schließ es in dein Herz ein, und vergiß nie, daß eines Morgens eine Schweigende so dicht an deinem Haus vorüberkam, daß du sie hättest berühren können, wenn du gewollt hättest!« Die Frau drehte sich um und schaute uns an, als sie vorbeiging, und ihr Lächeln war das einzige an ihr, das nicht so rabenschwarz wie unser Brunnen war; Daddy drückte meine Schenkel, mit denen ich rittlings auf seinem Nacken saß, und fügte hinzu: »Und du wirst daran denken, daß sie dir *zugelächelt* hat, Kind! Sieh zu, daß du das niemals vergißt!« Und ich habe es die ganzen Jahre über niemals vergessen, wie er mich geheißen hat.

Matthias Darrow lächelte sie ebenfalls an; der stand drunten an der Straßenecke mit seinem Vater, seiner Großmutter und seinen zwei großen Brüdern. Ich nehme an, seine Mutter war mit ihrer ewigen Krankenpflege bei irgend jemandem beschäftigt, den sie nicht einmal zu einer solchen Gelegenheit alleine lassen konnte. Matthias war da und alle meine anderen Freunde mit ihren Eltern und standen aufgereiht zu beiden Seiten der Straße, um zu sehen, wie die Schweigende auf ihrem Weg nach irgendwo vorüberkam. Ich habe nicht die geringste Vorstellung, welches Ziel sie wohl ansteuerte; keiner sagte mir, daß ich mich damit befassen müßte. Doch wir standen alle da und sahen sie bis zum Ende der Straße gehen, großgewachsen, aufrecht und spindeldürr in ihrem langen, schwarzen Kleid. Wir sahen ihr nach, wie sie um die Ecke in eine Seitenstraße bog. Erst als sie völlig außer Sicht war, rührten sich alle, und kehrten von den Bordsteinen an ihre früheren Beschäftigungen zurück. Ich erinnere mich, daß sich ein kleines Lüftchen rührte, und es bewegte die Zweige eines rosafarbenen Mimosenstrauches und verbreitete seinen Duft ringsumher; an diesen Duft nach Mimosen, heißem Staub und verschiedenen Gerüchen des träge fließenden Sommerflusses kann ich mich sehr wohl erinnern. Ich rieche ihn jetzt so stark, wie ich ihn damals gerochen habe.

Und ich weiß noch, wie Matthias, als er die Schweigende vorbeigehen sah, »'n Morgen, Ma'm!« hinausrief, daß sein Vater ihm schnell die Hand auf den Mund legte, sich zu ihm hinabbeugte und ihm erklärte, er würde es zu schätzen wissen, wenn Matthias sich so benähme, als ob er einen Funken Verstand besäße, ob dem so sei oder nicht. Und Matthias, der mit großen, runden, ängstlichen Augen über Mr. Darrows riesiger Hand hinwegschaute und sich fragte, was er wohl angestellt hatte.

☆

Matthias hat heute früh aufgegeben. Ich hörte, wie es geschah. Der Herrgott steh' mir bei, ich werde es ewig hören, das Geräusch . . . das Geräusch, das sein Kopf verursachte, als er ihn gegen die Wand seines Zimmers schmetterte. Nackte Haut, nicht durch das geringste Haarbüschelchen gepolstert, die gegen weiß getünchte Backsteine klatschte. Sieben Anläufe hat es gebraucht. Siebenmal dieses Geräusch. Dieses unaussprechliche Geräusch.

Wie kann ein menschliches Wesen die Kraft aufbringen, sich das Leben zu nehmen, indem es seinen Kopf gegen eine Wand schlägt? Kann mir das jemand verraten? Wie konnte er nur lange genug bei Bewußtsein bleiben, um schließlich den letzten Anlauf zu nehmen, der der Sache ein Ende machte? Und das stillschweigend zu tun!

Wie in Gottes Namen kann man das tun und dabei *Schweigen bewahren*?

Matthias hat es geschafft. Ich wäre niemals dazu in der Lage gewesen, er konnte es. Ich schwöre dir, wie ich vor dem Richter schwören werde, der kommen wird, mich zu befragen. Ich werde meine Augen dreimal schließen, was NEIN bedeutet, wenn sie mich fragen, ob Matthias Darrow vor dem Tod geschrien hat. Seiner Familie erwächst keine Schande, denn er starb, ohne auch nur zu stöhnen. Und der ganzen Stadt, aus der wir stammten, er und ich, all den Menschen, die so schrecklich stolz waren, daß wir *beide* zu den Schweigenden auserwählt waren, auch ihnen erwächst keine Schmach. Gemeinsam haben wir unser Gelübde abgelegt, Matthias und ich mit unseren knapp siebzehn Jahren, und nun ist er tot.

Wir hatten damit gerechnet, daß er etwas tun würde. Wir hatten es alle kommen sehen. Er hatte angefangen, auf seinen Lippen herumzukauen, so daß sie ständig aufgesprungen und blutig waren. Seine Finger zuckten unablässig; wenn er es bemerkte, schob er sie in die Taschen seiner Kutte, wo wir sie nicht sehen konnten. Wir konnten zusehen, wie sich die Haut um seinen Schädel von Tag zu Tag mehr spannte, bis die Knochen sich schier durch die Haut bohrten und der ganze Kopf wie Ebenholz glänzte. Als er begann, den Lederknebel auch während des Tages zu tragen, jenen widerlichen Knebel, der Zeuge unserer Schwäche ist und uns davor bewahrt, im Schlaf ein Wort hervorzubringen, wußten wir, daß er zusammenbrechen würde. Hätten wir irgend etwas tun können, ihm zu helfen, dann hätten wir es getan, doch es war nichts zu machen. Wenn das Verlangen zu sprechen einen Menschen verzehrt, kann man nur hilflos zusehen, wie er leidet, und für ihn beten.

Wir wachten um seinetwillen; wir haben nicht nur gebetet. Wir hatten begonnen, ihn ständig im Auge zu behalten. Schlenderte er alleine über die Galerien des Schutzhauses, so ging einer von uns zwischen ihm und dem Geländer und zwei andere vor und hinter ihm, damit er sich nicht in den Innenhof stürzen konnte. Die älteren hatten begonnen, sein Essen und Trinken am Tisch offen zu kosten, so daß er einen von ihnen hätte mit in den Tod reißen müssen, wenn er so verrückt gewesen wäre, es zu vergiften. Wir überwachten, was er in die Hand nahm und was er ablegte; wir begleiteten ihn, wenn er das Gebäude verließ. Zumindest einer von uns blieb stets an seiner Seite, was immer er unternahm; wir hüteten unseren Bruder. Außer in der Abgeschiedenheit seines Zimmers, wohin wir ihm nicht folgen durften.

Ich bin sicherlich nicht der einzige, der wünschte, wir wären etwas unvorsichtiger gewesen. Hätte Matthias seinem Essen im Speisesaal heimlich Gift beifügen können, wäre es einfacher für ihn gewesen, und ich müßte jetzt nicht mehr das schmatzende Klatschen seines Schädels auf Backstein hören.

Und dennoch. Man darf nicht vergessen, daß Matthias Darrow nicht nachgegeben hat. Seiner Familie wird nicht die Schande erwachsen, daß ein Schweigender zu ihnen gehört, der seine Gelübde gebrochen hat und unehrenhaft aus dem Schutzhaus entlassen wurde. Das hat er ihnen erspart. Er verschonte seine ganze, große Familie, ersparte ihnen den Skandal, der selbst die entferntesten Vettern trifft, weil er das Ende der Achtung und der Beginn eines höflichen Mitleids bedeutet, das einem wie ein Mühlstein um den Hals hängt. Matthias sorgte dafür, daß seine Leute keine Schmach erdulden mußten. Der Herrgott steh mir bei, mich ebenso tapfer zu verhalten, wenn ich in eine solche Notlage komme. Der Herrgott vergönne mir, niemals in eine solche Notlage zu kommen, und er möge mein unablässiges Zwiegespräch mit meinem eigenen törichten Ich meine einzige Verfehlung sein lassen.

☆

Das alles, so wird man uns erinnern, erwächst aus der Sünde des Hochmuts, neben dem Mord und Ausschweifung nur kindische Schwächen sind. Zuerst der Hochmut des weißen Mannes, und als ob der nicht schlimm genug wäre, der Stolz des schwarzen Mannes, um ihn zu übertreffen. Der Stolz, der aus fadenscheinigen Gründen nicht die schlimmste aller Sünden genannt wird. Wenn am Sonntag der Prediger kommt, wird sein Vortrag unter dem Motto stehen: »Hochmut kommt vor dem Fall.« Es gibt keinen Raum in diesem Haus, in dem dieser Spruch nicht in einen Balken gebrannt oder an ein Fenster gemalt ist. Damit wir nicht vergessen, wohin der Stolz uns gebracht hat.

Hätte die Unions-Armee uns im Bürgerkrieg in ihren Reihen dienen lassen, hätte der Norden gewonnen; niemand bestreitet das. Präsident Lincoln selbst hat das bestätigt – sie hätten gesiegt! Aber sie wollten es nicht zulassen. Sie doch nicht. Kein schwarzer Mann sollte die Uniform eines Unions-Soldaten anlegen oder ein Pferd der Unions-Kavallerie reiten oder sich auch nur mit den letzten, versprengten Reihen der Unions-Infanterie mitschleppen. Man trug ihnen vor, wir würden auch in unseren Kleidern oder nackt dienen, wenn ihnen das ausreichte, damit uns keiner für ihre Waffenbrüder hielt. Aber sie waren halsstarrig; es machte keinen Unterschied. Kein Schwarzer – Neger nannten sie uns –, kein Neger sollte sagen dürfen, er hätte in der Unions-Armee gedient. Wir waren nicht einmal tauglich, neben ihnen zu sterben; das war ihr Standpunkt in dieser Frage, und sie wollten keinen Millimeter davon abweichen.

Man hätte meinen können, die Konföderierten besäßen mehr Verstand. Weiße und Schwarze hatten als Kinder zusammen gespielt, als Säuglinge an denselben schwarzen Brüsten getrunken und sich als junge Männer gemeinsam unter den Tisch getrunken. Aber die Konföderierten-Armee folgte dem Beispiel der Yankees und sah sich gezwungen, sie zu übertreffen. Wenn ein Neger schon nicht gut genug war, als Soldat für die *Union* zu streiten, dann war er bei Gott um das Doppelte zu schlecht, um für den Süden zu fechten! Verdammte Narren waren sie, genau wie die anderen, denn wir hätten ohne Pardon an ihrer Seite bis zum Tode gekämpft, nachdem die Union uns derartig verschmäht hatte.

Und Abraham Lincoln erklärte in Washington vor aller Welt, was schon bald in allen Zeitungen zu lesen stand: »Wir werden weder unsere Frauen, noch unsere Kinder in den Kampf schicken. Und erst recht schicken wir nicht unsere Neger, die wie Kinder sind, ihr Blut in einem Krieg zu vergießen, den sie nicht einmal verstehen können.« Das hat er gesagt, und wir haben es gehört, und vermutlich war es das, was uns schon vorher gesagt worden war. Doch daß er das verkündete, machte es amtlich. Er machte es zur offiziellen politischen Linie der Entzweiten Staaten von Amerika, daß die Schwarzen nicht einmal so gescheit wie Kinder waren. Danach hätten wir bereitwillig für den Süden gekämpft, selbst wenn das bedeutete, an der Seite eines Mannes zu kämpfen, der uns vom schlimmsten schwarzen Antreiber im schlimmsten Sklavenstaat, den es jemals gab, hatte auspeitschen lassen.

Sie wollten es nicht zulassen. Und als später offenkundig wurde, daß der Krieg ohne uns nicht zu gewinnen war, wollten sie es immer noch nicht, denn keine Seite war bereit, als erste einzugestehen: »Nun, wir haben uns geirrt; wahrscheinlich ist das Blut eines Schwarzen gut genug, für dieses Land vergossen zu werden.«

Hochmut! So kam es, daß keiner diesen schrecklichen Krieg gewann, der sich über acht grauenvolle Jahre hinschleppte. Oh, der Süden beanspruchte im strengen Sinn des Wortes den Sieg für sich; es waren so viele Schwarze zu Hause, die die Arbeit auf den Plantagen, den Farmen und in den Städten des Südens besorgten, daß der Süden länger standhielt. Der Norden war es, der als erster vorschlug, die Kampfhandlungen einzustellen. Aber einen Sieg gab es nicht. Es kam die Zeit, da keiner mehr kämpfen wollte. Sie legten einfach die Waffen nieder und gingen nach Hause. Was von ihnen übrigblieb. Und was von ihrem Zuhause übrigblieb.

☆

Sie hielten nicht lange durch. Blattern und Cholera rafften die meisten derer dahin, die nicht ihren Kriegsverletzungen erlegen waren. Eine Handvoll kam in die Ruinen, die einst der glorreiche Süden gewesen waren, zurückgewankt; und sie waren selbst Ruinen.

Wir waren willens gewesen, sie bis auf den letzten Mann umzubringen – mit bloßen Händen, wenn es sein mußte. Mein Großvater beschwört es, und ich glaube ihm. Wir waren bereit gewesen, sie alle zu töten. Wir waren vier Millionen stark; selbst halb verhungert waren wir noch kräftiger als diese abgerissenen Männer, die lebend aus dem Bürgerkrieg zurückkehrten. Unsere Frauen, selbst unsere Kinder waren bereit zu tun, was getan werden mußte.

Doch als es schließlich soweit war, mußten wir nur sehr wenige von ihnen töten. Die jungen Männer und die Älteren, die ausgezogen waren, nachdem die jungen zum Großteil tot oder verkrüppelt waren, sie brachten ihre Krankheiten mit nach Hause. Und sie aßen und schliefen mit ihren Frauen, ihren Kindern und Alten. Die

Krankheiten verbreiteteten sich in jenen Familien wie ein verheerendes Feuer in einem Kiefernwald.

Zu anderen Zeiten hätten wir sie gepflegt. Einige von ihnen hätten dann überlebt und viele von uns wären gestorben, und am Ende wären wir wieder die Dummen gewesen wie immer. Nicht so diesmal. Sie hatten uns nicht für würdig erachtet, mit ihnen in ihrem schmutzigen Krieg zu sterben; wir waren nicht bereit, mit ihnen in ihrem schmutzigen Frieden zu sterben. Wir machten keinen Finger krumm, weder um ihnen zu helfen, noch um ihnen ein Leid zuzufügen; wir warteten einfach ab. Und als es vorüber war, trieben wir den kläglichen Rest der Überlebenden zusammen, Männer, Frauen und Kinder, und schickten sie mit aller gebotenen Höflichkeit aus Neu-Afrika über die Mauern, die die Grenze markierten, in den Norden.

Sie leisteten keinen großen Widerstand. Die Yankee-Dummköpfe, die gelegentlich in den Süden geritten kamen, um zu versuchen, Neu-Afrika wieder den Vereinigten Staaten einzuverleiben, wollten wir von der Sinnlosigkeit ihrer Mission überzeugen. Wenn sie nicht zur Vernunft kamen, stellten wir sie vor unsere Gerichte, machten ihnen einen schnellen Prozeß und vollzogen das Urteil so unverzüglich wie nötig, um andere von ähnlich sinnlosen Unterfangen abzuschrecken.

So. Da standen wir nun. Eine souveräne Nation. Mexiko im Süden, die Vereinigten Staaten im Norden und rechts und links die Ozeane. Das ganze Land lag bereit, daß wir nur zugreifen mußten; vieles war niedergebrannt, eingeäschert und verwüstet, doch es gab nicht einen Schaden, den wir nicht hätten beheben können. Wir säuberten das Land, räumten die Trümmer fort und errichteten neue Häuser; wir bauten Farmen und Straßen und schufen uns zum ersten Mal, seit wir dem Herzen Afrikas entrissen und wie Vieh in dieses Land getrieben worden waren, die Möglichkeiten, ein menschliches Leben zu führen.

Eigentlich hätte es uns nun gutgehen müssen. Wir hatten alles, was wir wollten und vor allem anderen diese größte Kostbarkeit: Wir waren frei. Frei! Da wartete Arbeit auf uns, wir hatten die notwendigen Werkzeuge, und die Früchte, die diese Arbeit tragen würde, sollten zum ersten Mal *uns* gehören! Halleluja, es war das Gelobte Land! Gelobt sei Gott, es war das Paradies . . .

Warum aber haben wir dann nach all den Jahren erst die Hälfte des Werks vollbracht und vergeuden immer noch unsere halbe Kraft und Leidenschaft an Zänkereien? Und warum kann der Norden wieder einmal mit gierigem Blick nach unseren Grenzen schielen in der Erwartung, daß die Zeit kommen wird, da wir reif sind für einen Überfall?

Wieder einmal liegt es am Stolz. Man wird es uns nächsten Sonntag ins Gedächtnis rufen. Stolz! Wir, die uns selbst für so edel hielten, während wir zusahen, wie der Weiße Mann im Norden wie im Süden sich und sein ganzes Volk und seinen ganzen Anlaß zum Stolz vernichtete. Um so größere Narren waren wir, denn wir erwiesen uns als ebenso fehlbar menschlich, als die Zeit gekommen war, uns zu prüfen.

Wir hatten niemals einen Gedanken an das Problem verschwendet, erzählt mein Großvater. Wir hatten keine Zeit gehabt, darüber nachzudenken und auch keinen Anlaß. So verstreut wie wir lebten und unterjocht, wie wir waren, hatte sich die Frage der Sprache nie gestellt; unter der Peitsche läßt sich jedes Wort gleich gut schreien.

Doch wir hatten viele Dutzende Sprachen aus Afrika mitgebracht, eine jede davon die Sprache eines stolzen Volkes mit stolzer Vergangenheit. Und als nun die Zeit kam, eine auszuwählen, sich zu entscheiden, welche nun in diesem Neu-Afrika gesprochen werden sollte, war das für jedermann klar. Die einzig mögliche Entscheidung über eine Sprache für Neu-Afrika konnte nur für die Sprache fallen, die man selbst sprach. »Na, *meine* Sprache natürlich!« Und so sagten sie alle.

☆

Bitter, bitter, die Frucht des Stolzes und von strengem Geschmack. O Gott im Himmel, mögest du schwarz oder weiß oder von der Farbe der Mimosenblüten sein, es war bitter! Daß es soweit kommen mußte . . . endlich konnten unsere Kinder ungehindert zur Schule gehen und lernen, damit dann jeweils vierzig in unterschiedlichen Schulen unterschiedliche Sprachen erlernten. Da redet man von Rassentrennung! Und unter unserer Herrschaft, in unseren Kirchen, Hochschulen und Pressehäusern, ja in unserem ganzen täglichen Leben mit all seinen Aufgaben sprechen wir nirgendwo eine afrikanische Sprache. Der Stolz läßt nicht zu, daß wir uns auf eine einigen. Nur im verhaßten Englisch des Weißen Mannes sind wir in der Lage, dieses Land zu regieren, dessen eigentlicher Name der Name eines Weißen ist, weil unser Stolz nicht gestattete und nicht gestatten wird, daß wir uns auf einen Namen in einer unserer eigenen Sprachen einigen.

Und deshalb gibt es Schweigende.

Sie haben geschworen, *keinerlei* Sprache zu benutzen. Weder im geschriebenen, noch im gesprochenen Wort, auch keine Zeichensprache. Nur jenes absolute Minimum an Zeichen, die notwendig sind, wenn wir überleben wollen. Vier Zeichen pro Tag sind uns gestattet, wenn wir unserem Bruder oder unserer Schwester auf keine andere Art zu verstehen geben können, daß das Haus brennt, ein Stück Fleisch auf dem Tisch verdorben ist oder ein Kind zur Welt kommt. Und auch diese vier nur, wenn wir dazu gezwungen sind.

Ehe wir ins Schutzhaus eintreten, ehe wir unser Gelübde ablegen, wird uns das alles durch jene, die das Bindeglied zwischen den Schweigenden und der Welt darstellen, erklärt; sie vergewissern sich genauestens, ob wir die Tragweite der Dinge verstehen, ehe sie uns Zutritt gewähren.

Wir werden schweigen. Darin besteht unser Gelübde. Bis zum Tode; oder bis unser Volk in der Lage sein wird, den Stolz abzulegen, der es auffrißt, und eine Sprache wählt, die keine Sprache eines weißen Mannes ist. Was immer zuerst eintreten mag.

Matthias Darrow, der Herrgott möge seiner Seele gnädig sein, hat nicht länger warten können.

H. Beam Piper

DER MANN, DER UM DIE PFERDE HERUMGING

Im November 1809 verschwand der Engländer Benjamin Bathurst spurlos und auf völlig unerklärliche Weise.

Er war Gesandter seiner Regierung am Hof des durch seine Kriege gegen Napoleon geschrumpften Österreichs gewesen und hatte sich auf dem Weg von Wien nach Hamburg befunden. In Perleberg, Bezirk Schwerin, überwachte er im Hof eines Wirtshauses den Wechsel des Kutschengespanns und trat dabei außer Sicht seines Sekretärs und seines Dieners. Niemand sah ihn den Hof verlassen. Und niemand sah ihn je wieder.

Zumindest nicht in diesem Kontinuum . . .

Von Baron Eugen von Krutz, Minister der Polizei, an Seine Exzellenz den Grafen von Berchtenwald, Kanzler Seiner Majestät Friedrich Wilhelm III. von Preußen.

25. November 1809

Eure Exzellenz!

Diesem Ministerium wurde ein Vorfall gemeldet, den zu deuten mir schwerfällt. Da damit jedoch sowohl innere als auch auswärtige Staatsangelegenheiten verknüpft zu sein scheinen, halte ich ihn für so wichtig, ihn Eurer Exzellenz zur Kenntnis zu bringen. Ich muß gestehen, ich möchte in dieser Sache nur ungern weitere Schritte ohne den Rat Eurer Exzellenz unternehmen.

Gestattet mir, Eurer Exzellenz die Sache kurz darzulegen: Wir halten hier im Ministerium eine Person fest, die angibt, Benjamin Bathurst zu heißen und britischer Diplomat zu sein. Diese Person wurde gestern in einem Perleberger Wirtshaus von der dortigen Polizei arretiert und wird wegen öffentlicher Ruhestörung und als verdächtige Person festgehalten. Bei der Verhaftung befand sich im Besitz dieses Mannes ein Aktenkoffer mit Papieren von so erstaunlicher Art, daß die Perleberger Polizei die Verantwortung nicht zu tragen bereit war und den Mann hierher nach Berlin bringen ließ.

Nach Befragung des Verhafteten und Durchsicht der erwähnten Papiere bin auch ich ratlos, wie ich gestehen muß. Es handelt sich hier zweifellos um eine äußerst seltsame und beunruhigende Angelegenheit. Die Aussage dieses Mannes an sich ist so unglaublich, daß Bedenken über seinen Geisteszustand angebracht sind. Sein Benehmen hingegen ist das eines geistig absolut gesunden, vernünftigen Menschen. Und dann sind da auch diese Papiere. Das Ganze ist jedenfalls unbegreiflich!

Die erwähnten Papiere liegen dieser Sendung bei, genau wie Abschriften verschiedener Protokolle von Zeugenaussagen bei der Perleberger Polizei, und ein Brief meines Neffen, Leutnant Rudolf von Tarlburg, an mich. Auf ihn möchte ich Eure Exzellenz besonders verweisen. Leutnant von Tarlburg ist ein Mann von nüchternem Verstand, der nicht zum Spintisieren neigt; um so beachtlicher dürften deshalb seine Kommentare sein.

Der Mann, der sich Benjamin Bathurst nennt, ist in einer Suite hier im Ministerium untergebracht und genießt alle Privilegien eines Diplomaten, der zu sein er behauptet, abgesehen, natürlich, von der Bewegungsfreiheit.

Ich erwarte ergebenst den Rat Eurer Exzellenz, et cetera, et cetera.

Krutz

Bericht von Traugott Zeller, Oberwachtmeister der Staatspolizei, niedergeschrieben am 25. November 1809 in Perleberg.

Am Nachmittag des 25. November kam Franz Bauer, mir als Hausknecht des Wirtshofs Schwert und Zepter hier in Perleberg bekannt, in das Polizeiamt. Besagter Franz Bauer erstattete Anzeige bei Staatspolizeikapitän Ernst Hartenstein gegen einen Wahnsinnigen, wie er sich ausdrückte, wegen öffentlicher Ruhestörung im Schwert und Zepter. Staatspolizeikapitän Hartenstein wies mich draufhin an, mich zu diesem Wirtshaus zu begeben, um nach eigenem Ermessen die Ruhe wieder herzustellen.

In der Schankstube drängte sich alles um den Wirt, Christian Hauck, der sich mit einem Fremden herumstritt. Dieser Fremde erweckte den Anschein eines feinen Herrn. Er trug Reisekleidung und hielt unter seinen Arm geklemmt einen ledernen Aktenkoffer. Als ich die Stube betrat, hörte ich diesen Herrn auf deutsch mit starkem englischem Akzent den Wirt beschuldigen, etwas in seinen Wein gegeben, seine Kutsche mit Vierergespann gestohlen und sowohl seinen Sekretär als auch seine Diener entführt zu haben. Der genannte Christian Hauck bestritt dies sehr heftig, und die Anwesenden ergriffen die Partei des Gastwirts und verspotteten den Fremden als Verrückten.

In des Königs Namen befahl ich allen zu schweigen. Da es der fremde Herr war, der hier die Anschuldigungen erhob, ersuchte ich ihn, mir zu erklären, worum es sich handelte. Woraufhin er seine Bezichtigungen wiederholte und behauptete, Hauck – oder vielmehr ein anderer Mann, der Hauck ähnlich sah und vorgab, der Wirt zu sein – habe ihm ein Betäubungsmittel in den Wein getan, sich seiner Kutsche bemächtigt und seine drei Reisebegleiter beseitigt. Bei dieser Beschuldigung schrien der Wirt und die Umstehenden auf mich ein, so daß ich mit meinem Knüppel auf einen Tisch schlagen mußte, um Ruhe herzustellen.

Ich forderte daraufhin den Wirt, Christian Hauck, auf, zu den Anschuldigungen Stellung zu nehmen. Er leugnete alles ab und erklärte, der Fremde habe überhaupt keinen Wein bei ihm getrunken, und er habe ihn auch zum erstenmal gesehen, als er vor wenigen Minuten in die Schankstube gestürmt kam und ihn solcherart verdächtigte. Es habe auch weder Sekretär noch Diener hier gegeben, noch einen Kutscher, eine Kutsche oder ein Vierergespann. Der Fremde müsse wirr im Kopf sein, fügte er hinzu. Zur Bestätigung seiner Aussage rief er seine Gäste in der Schankstube als Zeugen.

Ich ersuchte den Fremden, sich auszuweisen. Er sagte, er sei Benjamin Bathurst, britischer Diplomat, und auf dem Rückweg nach England von Wien. Um dies zu beweisen, nahm er verschiedene Papiere aus seinem Koffer. Eines war ein Schutzbrief, ausgestellt vom preußischen Kanzleramt, in dem sein Name als Benjamin Bathurst, nebst seiner Personenbeschreibung gegeben war. Die restlichen Papiere waren in englischer Sprache und, nach ihren Siegeln zu schließen, amtliche Dokumente.

Ich bat ihn, mich zum Polizeiamt zu begleiten, genau wie den Wirt und drei weitere Männer, auf die Hauck als Zeugen bestand.

Traugott Zeller
Oberwachtmeister

Einsicht genommen.

Ernst Hartenstein
Staatspolizeikapitän

Aussage des sich als Benjamin Bathurst Bezeichnenden, niedergeschrieben am 25. November 1809 im Polizeiamt Perleberg.

Mein Name ist Benjamin Bathurst. Ich bin Sonderbotschafter und Gesandter mit unbeschränkter Vollmacht Seiner Majestät Georg III., König von Großbritannien, am Hof Seiner Majestät Franz I., Kaiser von Österreich, oder vielmehr das war ich, bis die Folgen der Kapitulation der Österreicher meine Rückkehr nach London erforderten. Ich verließ Wien am Montag, dem 20. November, um mich nach Hamburg zu begeben und dort ein Schiff nach England zu nehmen. Ich reiste in meiner eigenen Equipage mit Vierergespann in Begleitung meines Sekretärs, Mr. Bertram Jardine, und meines Dieners, William Small, beides britische Staatsbürger. Den Kutscher, einen Österreicher namens Josef Bidek, hatte ich in Wien für die Reise gemietet. Aufgrund der Anwesenheit französischer Truppen, denen zu begegnen ich vermeiden wollte, sah ich mich zu einem Umweg über Salzburg gezwungen, ehe ich mich nordwärts nach Magdeburg wenden konnte, wo ich die Elbe überquerte. Nach dem Verlassen von Gera war ein Pferdewechsel undurchführbar, bis ich Perleberg erreichte, wo ich im Wirtshaus zum Schwert und Zepter Station machte.

Dort angekommen, überließ ich meine Equipage zur Betreuung meinem Kutscher im Hof des Wirtshauses und betrat mit meinem Sekretär, Mr. Jardine, die Schankstube. Ein Mann, nicht dieser Bursche hier, sondern einer mit kräftigerem Bart und weniger dickem Bauch und schäbiger gekleidet, doch ihm ansonsten so ähnlich, als wäre er sein Bruder, gab sich als Wirt zu erkennen. Ich verhandelte mit ihm wegen des Gespannwechsels und bestellte eine Flasche Wein für mich und meinen Sekretär und je einen Krug Bier für meinen Diener und den Kutscher im Hof. Dann setzten Jardine und ich uns zum Wein an einen Tisch in der Gaststube, bis der Mann, der behauptete, der Wirt zu sein, zurückkehrte und uns wissen ließ, daß die frischen Pferde eingespannt seien. Daraufhin kehrten wir auf den Hof zurück.

Ich begutachtete die zwei Pferde an der mir näheren Seite, ehe ich um das Gespann herumging, um mir auch die beiden anderen anzusehen. Während ich dies tat, überwältigte mich ein plötzliches Schwindelgefühl, und es wurde mir schwarz vor den Augen. Ich befürchtete, in Ohnmacht zu fallen, was mir noch nie zuvor passiert war, und streckte die Hand aus, um mich an der Deichsel festzuhalten, konnte sie jedoch nicht ertasten. Ich bin jetzt sicher, daß ich geraume Zeit bewußtlos war, denn als meine Sinne wiederkehrten, war meine Equipage verschwunden. Statt dessen stand ein Fuhrwerk im Hof, dessen rechtes Vorderrad abgenommen war und soeben von zwei Bauern geschmiert wurde.

Ich glaubte, meinen Augen nicht trauen zu können. Schließlich sagte ich auf deutsch: »Wo, zum Teufel, ist meine Kutsche?«

Die beiden richteten sich sichtlich verwirrt auf, der eine, der das Rad hielt, ließ es sogar fast fallen.

»Verzeiht, Euer Exzellenz«, sagte er. »Hier war keine Kutsche, nicht solange wir hier sind.«

»Ja«, pflichtete der andere ihm bei. »Und wir sind schon seit Mittag hier.«

Ich hatte nicht die Absicht, mit ihnen zu streiten. Mir kam der Gedanke – und ich bin immer noch davon überzeugt –, daß ich das Opfer eines Komplotts wurde, daß man etwas in meinen Wein gegeben hatte, daß ich eine ganze Weile bewußtlos gewesen war und man während dieser Zeit meine Equipage fortgebracht und an ihrer Statt dieses Fuhrwerk hierhergeschafft hatte und diese beiden Bauern beauftragt worden waren, daran zu arbeiten und meine Fragen so zu beantworten, wie sie es getan hatten. Wenn meine Ankunft dort erwartet und alles vorbereitet worden war, hätten für den Austausch zehn Minuten genügt.

Ich kehrte in die Schankstube zurück, um mir den Wirt vorzuknüpfen, fand ihn jedoch nicht. Statt dessen behauptet dieser andere Bursche, der sich Christian Hauck nennt, der Wirt zu sein und nichts von meiner Equipage und allem anderen zu wissen. Dann saßen an dem Tisch, an dem ich mit Jardine Wein getrunken hatte, vier Ulanen, die schworen, schon seit Stunden dort Karten zu spielen.

Ich kann mir nicht vorstellen, weshalb man mir einen solch ausgefallenen Streich spielt, zu dem noch dazu die Mitwirkung so vieler Personen erforderlich ist, außer, vielleicht, daß die Franzosen sich etwas davon versprechen, dann, jedoch, verstehe ich wiederum nicht, daß sich preußische Soldaten dafür hergeben.

Benjamin Bathurst

Aussage von Christian Hauck, Gastwirt, niedergeschrieben am 25. November 1809 im Polizeiamt Perleberg.

Euer Ehren gestatten, ich heiße Christian Hauck und bin Wirt vom Schwert und Zepter, schon seit fünfzehn Jahren, und mein Vater und sein Vater vor mir. Fünfzig Jahre ist das Wirtshaus bereits in Familienbesitz, und noch nie hat es eine Beschwerde wie diese gegen uns gegeben. Euer Ehren, das ist eine schlimme Sache für einen Mann, der ein anständiges Haus führt und seine Steuern bezahlt und die Gesetze achtet, wenn er solcher Verbrechen beschuldigt wird.

Ich kenne diesen Herrn nicht und weiß nichts von seiner Kutsche oder seinem Sekretär oder seinen Dienern. Ich habe ihn nie gesehen, bis er aus dem Hof in die Schankstube gestürmt kam und tobte und brüllte: »Wo, zum Teufel, ist dieser Halunke von Wirt?«

Ich sagte zu ihm: »Ich bin der Wirt, welchen Grund habt Ihr, mich einen Halunken zu schimpfen, mein Herr?«

Der Fremde antwortete:

»Er ist nicht der Wirt, der mich noch vor ein paar Minuten bediente und den ich sofort zu sehen verlange! Ich will wissen, was, zum Teufel er mit meiner Equipage gemacht hat, und wo mein Sekretär und meine Diener sind!«

Ich versuchte ihm zu erklären, daß ich gar nicht wisse, wovon er spricht, aber er hörte mir überhaupt nicht zu und kam mit seinen Lügen daher. Er sagte, man habe ihn betäubt und beraubt und seine Leute entführt. Er hatte sogar die Unverschämtheit zu behaupten, daß er und sein Sekretär an einem Tisch in der Gaststube gesessen und Wein getrunken hätten, und das erst vor fünfzehn Minuten, wo doch schon seit Mittag an diesem Tisch vier Ulanen Karten spielten. Alle Gäste beteuerten die Richtigkeit meiner Worte, doch auch auf sie hörte er nicht und brüllte, daß wir alle Räuber und Entführer seien und französische Spitzel und was sonst noch alles, bis die Polizei kam.

Euer Ehren, der Mann ist verrückt! Was ich gesagt habe, ist die reine Wahrheit, und mehr weiß ich über die Sache auch nicht, so wahr mir Gott helfe.

Christian Hauck

Aussage von Franz Bauer, Hausknecht, niedergeschrieben am 25. November 1809 im Polizeiamt Perleberg.

Wenn Euer Ehren nichts dagegen haben, ich bin Franz Bauer, Hausknecht im Schwert und Zepter von Christian Hauck.

Heute nachmittag, wie ich auf den Hof hinausgegangen bin, weil ich einen Abfalleimer auf den Misthaufen beim Stall leeren wollte, da habe ich laute Stimmen gehört und mich umgedreht. Ich habe diesen Herrn gesehen. Er hat zu Wilhelm Beick und Fritz Herzer geredet, die ihren Karren im Hof geschmiert haben. Er war bestimmt nicht im Hof gewesen, wie ich zum Misthaufen gegangen bin, und ich habe mir gedacht, er muß von der Straße hereingekommen sein. Dieser Herr hat Beick und Herzer gefragt, wo seine Kutsche ist, und wie sie ihm gesagt haben, daß sie es nicht wissen, hat er sich umgedreht und ist in die Schenke gelaufen.

Ich weiß bestimmt, daß der Herr vorher nicht in der Wirtschaft war. Es war da auch keine Kutsche gewesen und die Leute, von denen er geredet hat, auch nicht. Und von dem, was er gesagt hat, das passiert ist, weiß ich gar nichts, und wenn es stimmen täte, müßte ich es doch wissen, weil ich den ganzen Tag im Schwert und Zepter war.

Wie ich wieder hineingegangen bin, war er in der Schankstube und hat meinen Herrn angebrüllt und behauptet, daß man ihn betäubt und beraubt hat. Ich habe gleich gemerkt, daß er nicht richtig im Kopf ist, und weil ich Angst habe, daß er was Schlimmes tut, bin ich zur Polizei.

Franz Bauer
(mit einem X unterzeichnet)

Aussagen von Wilhelm Beick und Fritz Herzer, Landwirte, niedergeschrieben am 25. November 1809 im Polizeiamt Perleberg.

Wenn es Euer Ehren beliebt, ich heiße Wilhelm Beick und bin Kätner auf Baron von Hentigs Gut. Heute hat uns der Herr Verwalter mit einer Fuhre Kartoffeln und Weißkohl, die der Wirt vom Schwert und Zepter bestellt hat, nach Perleberg geschickt. Wie wir im Wirtshof abgeladen haben, haben wir gedacht, wir sollten die Räder lieber schmieren, bevor wir heimfahren, weil sie so trocken waren. Also haben wir uns drangemacht. Wir haben gut zwei Stunden dazu gebraucht und gleich nach dem Mittagessen angefangen. Die ganze Zeit war keine Kutsche im Hof. Wir waren grade fertig, wie der Herr da uns gefragt hat, wo seine Kutsche ist. Wir haben ihm gesagt, daß die ganze Zeit, wo wir da waren, keine Kutsche da war. Da hat er sich umgedreht und ist in die Wirtschaft gerannt. Ich habe mir da gedacht, daß er von dort gekommen ist, wie er zu uns gesprochen hat, denn von der Straße ist er bestimmt nicht gekommen, weil ich ihn da gesehen hätte. Wenn er nicht aus der Wirtschaft gekommen ist, weiß ich nicht, wo er hergekommen ist. Aber ich weiß, daß ich ihn vorher, bevor er uns gefragt hat, ganz bestimmt nicht gesehen habe.

Wilhelm Beick
(mit einem X unterzeichnet)

Das obige ist mir vorgelesen worden. Es ist wahr, und ich habe nichts hinzuzufügen.

Fritz Herzer
(mit einem X unterzeichnet)

Von Staatspolizeikapitän Ernst Hartenstein an Seine Exzellenz Baron von Krutz, Polizeiminister.

25. November 1809

Euer Exzellenz!
Die beiliegenden Abschriften von Vernehmungsprotokollen des heutigen Tages erklären, wie der Arretierte, der sich Benjamin Bathurst nennt, in polizeilichen Verwahrsam kam. Ich habe ihn unter der Anklage öffentlicher Ruhestörung festgenommen und hatte beabsichtigt, ihn festzuhalten, bis Näheres über ihn in Erfahrung gebracht werden kann. Da er sich jedoch als britischer Diplomat ausgibt, möchte ich die weitere Verantwortung für ihn nicht übernehmen und lasse ihn deshalb zu Euer Exzellenz nach Berlin bringen.

Ich möchte betonen, daß ich an der Wahrheit der Geschichte dieses Mannes starken Zweifel hege. Die Aussage, die er vor mir machte und unterzeichnete, ist allein schon unglaubhaft, denn wie sollte ein Vierergespann sich in einen Ochsenkarren verwandeln und drei Personen wie von der Erde verschluckt werden? Doch sie klingt noch vernünftig und vorstellbar gegenüber den Dingen, die er mir erzählte und die nicht zu Protokoll genommen wurden.

Euer Exzellenz werden bemerkt haben, daß er in seiner Aussage eine Kapitulation Österreichs und französische Truppen in Österreich erwähnt. Nachdem das Protokoll abgeschlossen war und ich es durchgelesen hatte, fielen mir diese Andeutungen auf. Ich fragte den Mann deshalb, welche Kapitulation er meinte, und was die französischen Truppen in Österreich zu suchen hatten. Der Verhaftete bedachte mich mit einem geradezu mitleidigen Blick und sagte:

»Neuigkeiten scheinen wohl lange zu brauchen, bis sie hierhergelangen. Der Friede wurde zu Schönbrunn am 14. Oktober geschlossen. Und was die französischen Truppen in Österreich tun? Nun, wohl das gleiche wie Bonapartes Briganten sonst überall in Europa.«

»Und wer ist Bonaparte?« fragte ich.

Er starrte mich an, als hätte ich mich erkundigt, wer Gott ist. Doch nach einem Augenblick veränderte sich seine Miene, als verstünde er jetzt.

»So gesteht ihr Preußen ihm wohl den Kaisertitel zu und nennt ihn Napoleon«, sagte er. »Nun, ich kann Euch versichern, daß Seiner Großbritannischen Majestät Regierung es nicht tut und auch nie tun wird. General Bonaparte ist ein Usurpator. Die Regierung Seiner Majestät des Königs von Großbritannien erkennt keine andere Souveränität in Frankreich an als die des Hauses von Bourbon.« Seine Stimme klang bei diesen Worten sehr streng, als wiese er mich zurecht.

Ich brauchte eine Weile, bis ich das zur Gänze verarbeitet hatte. Dieser Bursche glaubte doch tatsächlich, daß der französische Monarch von einem militärischen Abenteurer namens Bonaparte gestürzt worden sei, der sich selbst Kaiser Napoleon nannte. Und dieser Kaiser sollte Krieg gegen Österreich geführt haben, der in einem schändlichen Frieden endete. Ich machte keinen Versuch, ihm zu widersprechen – mit Irren zu argumentieren ist nichts als Zeitverschwendung –, aber wenn dieser Mann das glaubte, war die Verwandlung einer Kutsche in ein Fuhrwerk ja geradezu unbedeutend. Um ihn bei guter Laune zu halten, fragte ich ihn jedoch, ob er glaubte, daß General Bonapartes Agenten für seine Schwierigkeiten im Schwert und Zepter verantwortlich seien.

»Davon bin ich überzeugt«, antwortete er. »Sie wußten sicher nicht, wie ich aussehe, und hielten vermutlich Jardine für den Minister und mich für den Sekretär. Also entführten sie den armen Jardine. Ich wundere mich nur, daß sie mir den Aktenkoffer ließen. Und das erinnert mich: Ich möchte ihn zurückhaben. Diplomatische Schriftstücke, wissen Sie?«

Ich erklärte ihm ernst, daß wir seine Beglaubigungsschreiben überprüfen müßten, und versprach ihm, daß ich mich bemühen würde, seinen Sekretär, seine Diener und Equipage wiederzufinden. Ich ließ mir von allen und allem eine genaue Beschreibung geben, und überredete ihn, in einem Zimmer des oberen Stockwerks zu warten, wo ich ihn bewachen ließ. Ich stellte Nachforschungen an, befragte alle meine Informanten, doch, wie erwartet, fand ich nichts heraus. Ich vermochte nicht einmal jemanden zu finden, der ihn irgendwo in Perleberg gesehen hatte, ehe er sich im Schwert und Zepter bemerkbar machte. Das überraschte mich sehr, denn irgend jemand hätte ihn doch sehen müssen, als er in die Stadt kam, oder während er durch die Straßen fuhr oder schritt.

Gestattet mir, Euer Exzellenz, auf eine Widersprüchlichkeit in dieser Beziehung in den Aussagen des Hausknechts Franz Bauer und der beiden Kätner hinzuweisen. Ersterer ist sicher, daß dieser Mann den Hof von der Straße her betrat, während letztere genauso sicher zu sein scheinen, daß er das nicht tat. Euer Exzellenz, solche Rätsel gefallen mir nicht, und ich erachte es als Rätsel, denn alle drei Zeugen sagten die Wahrheit nach bestem Wissen und Gewissen. Ich gebe zu, daß es einfache, unwissende Menschen sind, aber zumindest dürften sie wissen, was sie gesehen haben und was nicht.

Nachdem der Festgenommene sicher untergebracht war, machte ich mich an die Durchsicht seiner Papiere. Ich muß gestehen, Euer Exzellenz, daß sie mir einen Schock versetzten. Ich hatte seine Phantastereien, daß der König von Frankreich gestürzt worden sei, und über diesen General Bonaparte, der sich Kaiser Napoleon nannte, kaum beachtet. Aber all das wurde in seinen Papieren erwähnt, die durchaus für zuhöchst vertrauliche Dokumente gehalten werden können. Ich fand wiederholte Erwähnung der Einnahme Wiens durch die Franzosen im vergangenen Mai, und der Kapitulation des österreichischen Kaisers vor diesem General Bonaparte, und von Schlachten, die in ganz Europa stattgefunden haben sollen, genau wie noch so mancherlei Phantastisches. Euer Exzellenz, ich habe schon von allen möglichen Irren gehört – von einem, der sich für den Erzengel Gabriel hält, von einem anderen, der glaubt Mohammed zu sein, von einem dritten, der sich von der Überzeugung nicht abbringen läßt, daß er ein Werwolf ist, dann kenne ich einen, der sich einbildet, seine Knochen seien aus Glas, und einen, der sich von Teufeln verfolgt und gepeinigt wähnt –, doch so wahr mir Gott helfe, dieser Mann ist der erste Irre, der schriftliche Beweise für seine Wahnvorstellungen hat! Kann Euer Exzellenz nun verstehen, daß ich mit dieser Sache nichts mehr zu tun haben möchte?

Am meisten zu denken gaben mir seine Beglaubigungsschreiben. In seinem Aktenkoffer befanden sich Papiere mit dem Siegel des Foreign Office, die absolut echt aussahen – doch als Außenminister hatte sie ein George Canning unterzeichnet, obwohl doch bereits seit fünf Jahren Lord Castlereagh diesen Posten bekleidet. Und, um der Sache die Krone aufzusetzen, hatte er einen Schutzbrief bei sich mit dem Siegel der Staatskanzlei – ich verglich es unter einem starken Vergrößerungsglas mit einem, von dem ich wußte, daß es echt war, und sie waren absolut identisch! –, doch dieser Brief war nicht von Graf von Berchtenwald als Kanzler unterzeichnet, sondern von Freiherrn vom Stein, dem Wirtschaftsminister, und die Unterschrift, soweit ich es beurteilen kann, ist durchaus echt! Das ist zuviel für mich, Euer Exzellenz. Ich ersuche untertänigst darum, mich mit dieser Sache nicht mehr befassen zu müssen, da ich vermeiden möchte, so verrückt zu werden wie mein Gefangener.

Ich ersuchte Oberst Keitel vom dritten Ulanenregiment, einen Offizier zur Eskortierung dieses Mannes nach Berlin abzustellen. Die Chaise, mit der sie kommen, ist Eigentum dieses Amtes, und der Kutscher ist einer meiner Männer. Er soll das übliche Entgelt und die Reisekosten für die Rückfahrt nach Perleberg erhalten. Wache ist ein Korporal der Ulanen, der Bursche des Offiziers. Er wird mit dem Herrn Oberleutnant nach dessen Gutdünken zurückkehren.

Ich habe die Ehre, Euer Exzellenz, et cetera, et cetera.

Ernst Hartenstein
Staatspolizeikapitän

Von Oberleutnant Rudolf von Tarlburg an Baron Eugen von Krutz.

26. November 1809

Verehrter Herr Onkel!

Dies ist keinesfalls ein offizieller Bericht. Den erstattete ich, als ich den Engländer und seine Papiere einem Eurer Offiziere übergab – einem Mann mit rotem Haar und der Visage einer Bulldogge. Da ist jedoch noch einiges, das Ihr wissen solltet, was in einem Bericht etwas merkwürdig erscheinen würde, damit Ihr seht, welch seltener Fisch Euch da ins Netz gegangen ist.

Ich kam mit meinen Leuten gestern gerade vom Exerzierplatz zurück, als Oberst Keitels Ordonnanz mich ersuchte, zum Oberst in dessen Quartier zu kommen. Ich begab mich sofort zu ihm.

Der alte Herr, der sich seiner Uniform entledigt und es sich in seinem Herrenzimmer bequem gemacht hatte, winkte mir mit seiner Pfeife zu. »Nur herein, Leutnant. Setzen Sie sich doch, mein Junge!« begrüßte er mich auf seine besonders herzliche Art, deren er sich gewöhnlich seinen jüngeren Offizieren gegenüber bedient, wenn er einen unerfreulichen Auftrag für sie hat. »Was halten Sie von einer kleinen Reise nach Berlin? Sie könnten dort etwas für mich erledigen. Sie brauchen dazu nicht länger als eine halbe Stunde und können dann so lange bleiben, wie es Ihnen Spaß macht, Hauptsache, Sie sind Donnerstag zum Patrouillendienst zurück.«

Das also ist der Köder, dachte ich mir und wartete ab, wie der Haken aussehen würde, nachdem ich mich einverstanden erklärt und gefragt hatte, was ich für ihn tun könnte.

»Nichts für mich persönlich, Tarlburg«, antwortete er. »Es ist für diesen Hartenstein, den Staatspolizeikapitän hier. Er möchte, daß etwas im Polizeiministerium erledigt wird. Ich dachte da an Sie, da Sie doch, wie ich hörte, mit Herrn Baron von Krutz verwandt sind. Das sind Sie doch, oder?« Als ob er nicht genau wüßte, mit wem seine Offiziere verwandt und verschwägert sind!

»Jawohl, Herr Oberst. Baron von Krutz ist mein Onkel«, bestätigte ich. »Was will Hartenstein denn?«

»Er hat einen Gefangenen, der nach Berlin ins Ministerium überführt werden soll. Sie brauchen ihn nur in einer Kutsche zu eskortieren und dafür zu sorgen, daß er nicht entkommt, und sich dann für ihn und einige Papiere eine Empfangsbescheinigung geben zu lassen. Es handelt sich um einen sehr bedeutenden Gefangenen, und ich glaube, Hartenstein hat niemanden im Amt, den er ihm anvertrauen kann. Der Mann behauptet, ein britischer Diplomat zu sein, und Hartenstein hält es für möglich. Jedenfalls aber soll er ein Irrer sein.«

»Ein Irrer?« fragte ich verblüfft.

»Ja, das ist zumindest Hartensteins Meinung. Ich wollte wissen, von welcher Art von Wahn er besessen ist – schließlich gibt es verschiedenerlei Irre, die entsprechend behandelt werden müssen –, aber Hartenstein sagte nur, seine Ansicht über die politische Lage in Europa sei unrealistisch.«

»Dann muß er wohl wirklich ein Diplomat sein«, entgegnete ich.

Der alte Keitel lachte, und es klang wie eine Mischung aus Bellen und Krähen.

»Genau! Die unrealistische Einstellung der Diplomaten ist der Tod der Soldaten! Das sagte ich auch zu Hartenstein, aber er wollte sich nicht weiter auslassen. Tatsächlich schien er bereits zu bedauern, daß er soviel gesagt hatte. Er kam mir vor, wie ein Mann, der besonders erschreckende Geister gesehen hat.« Der alte Herr sog ausdauernd an seiner Pfeife und stieß den Rauch durch seinen Schnurrbart aus. »Rudi«, sagte er, »Hartenstein hat diesmal offenbar eine heiße Kartoffel aus der Asche gefischt und möchte sie Ihrem Onkel zuwerfen, ehe er sich die Finger daran verbrennt. Das ist, glaube ich, einer der Gründe, daß er mich um eine Eskorte für seinen Engländer ersuchte. Hören Sie zu, Sie müssen diesen unrealistischen Diplomaten oder diesen undiplomatischen Irren, oder was zum Teufel er auch ist, nach Berlin bringen.« Er richtete die Pfeife auf mich, als wäre es eine Pistole. »Ihr Befehl lautet, ihn dorthin zu bringen und im Polizeiministerium abzuliefern. Ob tot oder lebendig wurde nicht gesagt, oder ob halb das eine oder das andere. Ich weiß nichts über diese Angelegenheit und will auch nichts davon wissen. Wenn Hartenstein will, daß wir Büttel spielen, dann muß er uns auch das Wie überlassen!«

Nun, um mich kurz zu fassen, ich schaute mir die Chaise an, die Hartenstein für diesen Zweck zur Verfügung gestellt hatte, und beschloß, die linke Tür von außen mit einer Kette zu sichern, damit sie von innen nicht geöffnet werden konnte. Dann wollte ich den Gefangenen links von mir sitzen lassen, denn so würde der einzige Weg hinaus an mir vorbeiführen. Auch entschied ich mich, keine Waffen mitzunehmen, deren er sich bemächtigen könnte. Meinen Säbel sperrte ich deshalb in die Sitzbank mit dem Aktenkoffer des Engländers. Bei der Kälte war ein Überzieher angebracht, in dessen rechte Seitentasche, an die mein Gefangener nicht herankommen konnte, ich einen bleiverstärkten Knüttel steckte und eine Paar Taschenpistolen. Hartenstein wollte mir außer dem Kutscher auch noch einen Wachmann mitgeben, aber ich sagte ihm, ich würde einen Diener mitnehmen, der auch den Wächter machen konnte. Der Diener war, natürlich, mein Bursche, der alte Johann. Ich gab ihm mein Jagdgewehr, mit einer Ladung Schrot in einem Lauf und einer Einzöller im anderen.

Zusätzlich bewaffnete ich mich mit einer großen Flasche Kognak. Ich dachte mir, mit ein paar Ladungen daraus könnte ich meinen Gefangenen vielleicht am ehesten befrieden, falls er mir Schwierigkeiten machte.

Es stellte sich heraus, daß er das nicht tat und keine meiner Vorsichtsmaßnahmen – vom Kognak abgesehen – nötig gewesen waren. Der Mann sah mir gar nicht wie ein Irrer aus. Er war ein recht wohlbeleibter Gentleman, etwas über das mittlere Alter hinaus, mit rötlichem, von Intelligenz zeugendem Gesicht. Das einzig Ungewöhnliche an ihm war sein Hut, ein merkwürdiges Ding wie ein Topf. Ich brachte den Engländer in der Chaise unter und bot ihm einen Schluck aus meiner Flasche an. Er nahm einen etwa doppelt so großen wie ich danach. Er wischte sich die Lippen und sagte: »Das ist ein feiner Tropfen. Was immer auch von der verwerflichen Politik der Franzosen zu halten ist, an ihrem Kognak ist nichts auszusetzen.« Und nach einer Weile: »Ich bin sehr froh, daß man mir einen Offizier und Gentleman mitgegeben hat, nicht einen verflixten Gendarm. Sagen Sie mir, Herr Leutnant, hat man eine Anklage gegen mich erhoben?«

»Das hätten Sie Kapitän Hartenstein fragen müssen«, entgegnete ich. »Mein Befehl lautet, Sie zum Polizeiministerium in Berlin zu bringen und Sie unterwegs nicht entkommen zu lassen. Mehr weiß ich nicht. Ich werde diesen Befehl ausführen, und hoffe, daß Sie mir das nicht verübeln.«

Er versicherte mir, daß er es nicht täte, und darauf gönnten wir uns einen weiteren Schluck – ich achtete darauf, daß ich wieder nur einen halb so großen Schluck nahm wie er. Dann knallte der Kutscher mit der Peitsche, und die Chaise setzte sich in Bewegung.

Jetzt werde ich ja sehen, welche Art von Irrer dieser Engländer ist, dachte ich, und weshalb Hartenstein eine Staatsaffäre aus einem kleinen Wirtshausstreit macht. Also beschloß ich, ihn über seine politische Meinung auszuhorchen.

Nachdem ich das Gespräch in diese Richtung gelenkt hatte, fragte ich:

»Herr Bathurst, was halten Sie für den wirklichen, den eigentlichen Grund der gegenwärtigen, tragischen Lage in Europa?«

Das, dachte ich, war unverfänglich genug, denn gab es auch nur ein Jahr, seit Julius Cäsar, in dem die Lage in Europa nicht tragisch gewesen wäre? Ich erreichte, was ich wollte.

»Nach meiner Meinung«, antwortete der Engländer, »ist das Ganze die Folge des Sieges der aufrührerischen Kolonisten in Nordamerika und ihrer verdammten Republik.«

Ich glaubte meinen Ohren nicht zu trauen. Alle Welt weiß, daß die amerikanischen Patrioten ihren Krieg um die Unabhängigkeit von England verloren haben, daß ihre Armee geschlagen wurde und ihre Führer entweder getötet oder ins Exil getrieben wurden. Wie oft, als ich ein kleiner Junge war, saß ich noch lange auf, obgleich ich längst hätte schlafen müssen, wenn der alte Baron von Steuben zu Besuch auf Schloß Tarlburg war, und lauschte mit offenem Mund und weit aufgerissenen Augen seinen Geschichten über diesen heldenhaften verlorenen Krieg. Ich weiß noch, wie ich erschauderte, wenn er von dem schrecklichen Winterlager erzählte, und nicht genug von den Schlachten hören konnte, und wie ich weinte, wenn er davon sprach, wie er den sterbenden Washington in den Armen gehalten und seinen letzten Worten in der Schlacht von Doylestown gelauscht hatte. Und hier erzählte mir dieser Mann, daß die Patrioten gesiegt und die Republik errichtet hatten, für die sie kämpften! Ich war zwar auf seine »unrealistische Ansicht«, wie Hartenstein es genannt hatte, vorbereitet gewesen, doch nicht auf etwas so Phantastisches!

»Ich kann sogar noch weiter gehen«, fuhr Bathurst fort. »Es war die Niederlage von Burgoyne bei Saratoga. Zwar war es gut, daß sich Benedict Arnold auf unsere Seite schlug, aber leider nicht früh genug. Wenn er an dem Tag nicht auf dem Schlachtfeld gewesen wäre, hätte Burgoyne Gates' Armee niedergemacht.«

Aber Arnold war bei Saratoga überhaupt nicht dabeigewesen! Das weiß ich sicher, ich habe viel über den Amerikanischen Krieg gelesen. Er war bereits an Neujahr 1776, während des Sturmes auf Quebec, gefallen. Und Burgoyne *hat* Gates' Armee geschlagen und sich am unteren Hudson Howe angeschlossen.

»Aber Herr Bathurst«, sagte ich, »wie könnte das die Situation in Europa beeinflußt haben? Amerika ist Tausende von Meilen über dem Meer!«

»Ideen überqueren den Ozean schneller als Armeen. Als Ludwig XVI. beschloß, den Amerikanern Hilfe zu gewähren, besiegelte er seinen Untergang und den seines Regimes. Der erfolgreiche Widerstand gegen monarchistische Gewalt in Amerika feuerte die Revolution in Frankreich an. Natürlich trug auch Ludwigs eigene Schwäche seinen Teil dazu bei. Hätte er diesen Halunken ein bißchen Pulverdampf zu kosten gegeben, als der Mob 1790 Versailles zu stürmen versuchte, wäre es nicht zur Französischen Revolution gekommen.«

Aber das hatte er doch! Ludwig XVI. ließ mit Haubitzen auf den Mob von Versailles schießen und die Überlebenden durch seine Dragoner niederreiten, und so wurde die republikanische Bewegung im Keim erstickt. Das war, als Kardinal Talleyrand, der damals nur Bischof von Autun war, in den Vordergrund rückte und zu der Machtstellung kam, die er auch heute noch in Frankreich hält, als des Königs größter Minister seit Richelieu.

»Des Königs Tod folgte daraufhin so unvermeidbar wie die Nacht dem Tag«, sprach Bathurst weiter. »Und weil die Franzosen keine Erfahrung in der Selbstverwaltung hatten, mußte ihre Republik ja scheitern. Wenn nicht Bonaparte, so hätte ein anderer die Macht an sich gerissen. Als die Franzosen ihren König guillotinierten, lieferten sie sich selbst der Diktatur aus. Und ein Gewaltherrscher, dem das Prestige königlichen Blutes fehlt, das automatische Unterstützung mit sich bringt, hat gar keine andere Wahl, als sein Volk in den Krieg gegen das Ausland zu führen, damit es gar nicht erst dazu kommt, sich gegen ihn zu wenden.«

So ging es den ganzen Weg nach Berlin. All das mag am hellichten Tag recht töricht erscheinen, doch während ich so in der Dunkelheit der schaukelnden Kutsche saß, glaubte ich fast an die Realität seiner Worte. Ich muß gestehen, Onkel Eugen, es war erschreckend wie ein Blick in die Hölle. Großer Gott! Wovon dieser Mann sprach! Kriegstruppen überall in Europa, Morden und Brandschatzen, Blockaden, Hungersnöte, gestürzte Herrscher und wackelnde Throne, blutige Schlachten, in denen Soldaten aller Nationen sich gegenüberstanden. Und über alldem das Teufelsbild eines kleinen Mannes in grauem Rock, der dem österreichischen Kaiser in Schönbrunn den Frieden diktierte und den Papst als Gefangenen nach Savona schaffen ließ.

Ein armer Irrer, eh? Unrealistische Ansichten, sagt Hartenstein? Ich stelle mir Irre mit Speichel in den Mundwinkeln und Schaum auf den Lippen vor, die obszöne Blasphemien hinausschreien. Aber nicht so, wie diesen Gentleman mit seinem angenehmen Wesen, der mit ruhiger Stimme und kultiviertem Ton von entsetzlichen Grauen sprach, während er meinen Kognak trank.

Er trank den Kognak nicht allein! Wenn Euer Mann im Ministerium – der mit dem roten Haar und dem Bulldoggengesicht – Euch berichtet, daß ich betrunken war, als ich den Engländer einlieferte, dürft Ihr es ihm ruhig glauben!

Rudi

Von Graf von Berchtenwald an den britischen Botschafter.

28. November 1809

Euer Exzellenz!

Das beiliegende Dossier wird Euer Exzellenz mit dem Problem vertraut machen, dem wir uns in der Staatskanzlei gegenübersehen, ohne eine unnötige Aufführung der Einzelheiten meinerseits. Seid versichert, daß es keineswegs die Absicht der Regierung Seiner Majestät Friedrich Wilhelm III. ist oder war, die Rechte der Regierung Seiner Majestät Georg III. zu verletzen. Nie würden wir auch nur daran denken, einen beglaubigten Diplomaten der Regierung Großbritanniens festzuhalten oder Einsicht in seine Staatspapiere zu nehmen. Wir hegen jedoch den größten Zweifel, daß diese Person, die sich selbst Benjamin Bathurst nennt, ein solcher Diplomat ist, und glauben nicht, der Regierung Großbritanniens einen Dienst zu erweisen, wenn wir zuließen, daß ein Betrüger, der sich als britischer Gesandter ausgibt, frei in Europa herumreist. Wir würden es der Regierung Seiner Majestät Georg III. jedenfalls verdenken, falls sie nichts gegen eine Person unternähme, die sich in England fälschlicherweise als preußischer Diplomat ausgibt.

Diese Angelegenheit betrifft uns kaum weniger als die Regierung Großbritanniens, da dieser angebliche Bathurst einen Schutzbrief bei sich trug, den Ihr in beiliegendem Aktenkoffer finden werdet. Er ist von der üblichen Art, wie sie von der Staatskanzlei ausgestellt wird, und ist mit dem Siegel der Staatskanzlei versehen oder mit einem, das als Fälschung kaum zu erkennen ist. Als Kanzlersignatur trägt sie jedoch die unverkennbare Unterschrift des Freiherrn vom Stein, welcher der gegenwärtige preußische Wirtschaftsminister ist. Die Unterschrift wurde Herrn vom Stein mit verdecktem Schreiben vorgelegt, und er bestätigte sie ohne Zögern als seine. Sein Erstaunen und Entsetzen, nachdem man ihm das Dokument zeigte, bedürften der Beschreibung durch die Feder eines Goethe oder Schiller, und er bestritt kategorisch, dieses Schriftstück je zuvor gesehen zu haben.

Ich kann nicht anders, als ihm zu glauben. Es ist unmöglich, daß ein Mann von seinem honorigem Charakter sich für die Fabrikation eines solchen Schreibens hergibt. Abgesehen davon, bin ich nicht weniger in diese Sache verwickelt als er. Es ist seine Unterschrift und mein Siegel, das ich in den zehn Jahren, seit ich Kanzler bin, stets in eigener Verwahrung hatte. »Unmöglich« ist auch das Wort, das für die ganze Sache zutrifft. Es ist unmöglich, daß dieser Mann Benjamin Bathurst den Hof des Wirtshauses unbemerkt betreten haben konnte – und doch war es der Fall. Es ist unmöglich, daß er Papiere der in seinem Aktenkoffer gefundenen Art bei sich tragen konnte oder daß es diese Papiere überhaupt gibt – und doch schicke ich sie nun Euer Exzellenz mit diesem Brief. Es ist unmöglich, daß Herr vom Stein ein Dokument dieser Art unterschrieben haben kann, oder daß es das Siegel der Staatskanzlei trägt – und doch weist es sowohl Steins Signatur als auch mein Siegel auf.

Euer Exzellenz werden in dem Aktenkoffer weitere Dokumente finden, die offensichtlich aus dem Foreign Office kommen. Sie sind zwar von Personen unterzeichnet, die in keiner Verbindung zum Auswärtigen Amt, ja nicht einmal mit der Regierung stehen, scheinen jedoch mit authentischen Siegeln versehen zu sein. Wenn Euer Exzellenz diese Papiere nach London schicken, ist anzunehmen, daß sie dort die gleichen Wellen schlagen wie hier dieser Schutzbrief.

Ich lege auch eine Kohleskizze der Person bei, die sich Benjamin Bathurst nennt. Dieses Porträt wurde ohne des Mannes Wissen angefertigt. Baron von Krutzs Neffe, Leutnant von Tarlburg, hat eine kleine Freundin, eine junge Künstlerin, die expert in dieser Art von Arbeit ist. Hinter einem Paravent selbst ungesehen, vermochte sie die Physiognomie unseres Gefangenen zu studieren und skizzieren. Wenn Euer Exzellenz dieses Porträt nach London schicken, besteht durchaus die Chance, daß dieser Mann identifiziert werden kann. Ich kann bestätigen, daß dieses Bild sehr treffend ist.

Ich muß ehrlich gestehen, daß wir in dieser Sache nicht mehr weiter wissen. Es ist mir unbegreiflich, wie solch ausgezeichnete Nachahmungen der verschiedensten Siegel haben hergestellt werden können. Und die Unterschrift des Herrn vom Stein ist die beste Fälschung, die mir in meinen dreißig Jahren als Staatsmann untergekommen ist. Dies läßt auf die peinlich genaue Arbeit eines uns Unbekannten schließen. Doch wie läßt sich das mit so groben Fehlern vereinbaren, die jedes Schulkind als solche erkennen würde, wie die namentliche Unterschrift des Herrn vom Stein als preußischer Staatskanzler, oder Mr. George Cannings – der Mitglied der Opposition ist und nichts mit der großbritannischen Regierung zu tun hat – als britischer Außenminister?

Dies sind Fehler, die lediglich ein Irrer machen würde. Hier gibt es auch einige, die unseren Gefangenen für geistesgestört halten, seiner Wahnvorstellungen über diesen General Bonaparte, alias Kaiser Napoleon wegen. Es ist anerkannte Tatsache, daß Geistesgestörte Beweise zur Beteuerung ihrer Wahnvorstellungen fabriziert haben, aber ich schaudere bei dem Gedanken, einem Irren könnten diese Mittel zur Verfügung stehen, die Papiere auszustellen, die Euer Exzellenz in dem Aktenkoffer vorliegen. Auch darf ich nicht vergessen zu erwähnen, daß Ärzte, Kapazitäten auf dem Gebiet der Geisteskrankheiten, sich mit Bathurst befaßt und festgestellt haben, daß er völlig normal ist, wenn man von seiner Wahnidee, was die politische Lage anbetrifft, absieht.

Persönlich glaube ich, daß das Ganze ein gigantischer Schwindel ist, der einem noch unbekannten, zweifellos finsteren Zweck dienen soll, möglicherweise der Erregung von Unstimmigkeiten zwischen der britischen und preußischen Regierung und um verschiedene höhere Persönlichkeiten in ein falsches Licht zu setzen, oder aber, um von irgendeiner Verschwörung abzulenken.

Doch was immer auch hinter dieser undurchsichtigen Geschichte stecken mag, es gefällt mir nicht. Ich beabsichtige, dieser Sache auf den Grund zu gehen, und wäre Euer Exzellenz und der britischen Regierung für jede mögliche Unterstützung dankbar.

Ich habe die Ehre, Euer Exzellenz, et cetera, et cetera.

Berchtenwald

Von Baron von Krutz an Graf von Berchtenwald, äußerst dringend! Äußerst wichtig! Muß sofort und persönlich ausgehändigt werden!

28. November 1809

Euer Exzellenz!

Vor einer halben Stunde – um elf Uhr nachts – wurde der Mann, der sich Benjamin Bathurst nannte, bei einem Fluchtversuch von einem Wachtposten des Polizeiministeriums erschossen.

Der Wachtposten, der seinen Dienst im Hinterhof des Gebäudes tat, sah einen Mann auf höchst verdächtige Weise aus dem Haus schleichen. Dieser Wachtposten hatte strikten Befehl, niemandem ohne Passierschein zu gestatten, das Ministerium zu betreten oder zu verlassen. Als er den Verdächtigen sah, rief er ihn an, sich auszuweisen. Bathurst fing jedoch statt dessen zu laufen an, woraufhin der Wachtposten die Muskete anlegte und auf ihn schoß. Sofort eilte der Sergeant der Wache mit seinen Männern herbei und stellte fest, daß der Erschossene der Engländer Benjamin Bathurst war. Die Einunzenkugel hatte ihn in die Brust getroffen, und er starb, ohne das Bewußtsein wiederzuerlangen.

Die Untersuchung ergab, daß der Gefangene, der im zweiten Stock des Gebäudes inhaftiert gewesen war, sich aus seinem Bettuch, der Bettdecke und dem ledernen Klingelzug einen Strick geknüpft hatte. Dieser Strick reichte nur bis zum Fenster des

Kontors unmittelbar unterhalb auf dem ersten Stock. Dort gelang es ihm einzudringen, indem er die Scheibe einschlug. Ich werde noch herausfinden, wie er das tun konnte, ohne gehört zu werden. Ich versichere Euer Exzellenz, daß jemand für seine Unaufmerksamkeit bezahlen wird. Was den Wachtposten betrifft, er handelte genau nach Befehl. Ich belobigte ihn für seine Pflichterfüllung und seine Treffsicherheit, und übernehme die volle Verantwortung für den Tod des Gefangenen durch seine Hand.

Ich habe keine Ahnung, weshalb dieser Benjamin Bathurst, der sich bisher völlig ruhig verhalten und seine Inhaftierung offensichtlich philosophisch hingenommen hatte, plötzlich diesen unüberlegten Fluchtversuch unternahm, außer diese Dummköpfe von Irrenärzten trieben ihn so weit. Erst heute nachmittag händigten sie ihm ein Bündel Zeitungen aus – preußische, österreichische, französische und englische, alle von diesem Monat. Sie sagten, sie wollten sehen, wie er darauf reagierte. Möge Gott ihnen gnädig sein, jetzt wissen sie es!

Welche Art von Bestattung schlagen Euer Exzellenz vor?

Krutz

Vom britischen Botschafter an den Grafen von Berchtenwald.

20. Dezember 1809

Mein teurer Graf von Berchtenwald!

Endlich habe ich Antwort von London auf mein Schreiben vom 28. November, den ich dem Aktenkoffer dieses Bathurst und den anderen Papieren beilegte, erhalten. Die Unterlagen, die Euer Exzellenz zurückhaben wollten – die Abschriften der Vernehmungsniederschriften von Perleberg, das Schreiben des Polizeikapitäns Hartenstein an Baron von Krutz, der Brief von Krutzs Neffen, Leutnant von Tarlburg, und der im Aktenkoffer gefundene Schutzbrief –, liegen bei. Ich weiß nicht, was man in Whitehall mit den anderen Dokumenten getan hat, aber vermutlich endeten sie im nächsten Feuer. Ich an Eurer Stelle würde genau das mit den retournierten Papieren tun.

Auf meine Depesche vom 29. November, betreffs des Todes dieses Bathurst, habe ich noch nichts gehört, doch bezweifle ich sehr, daß er je aktenkundig gemacht werden wird. Die preußische Regierung hatte das unbestreitbare Recht, den Mann festzuhalten, und da dem so ist, war sein Fluchtversuch sein eigenes Risiko.

Meine höchstpersönliche, also völlig unamtliche Meinung ist, daß London keineswegs betrübt über diesen Ausgang ist. Seiner Majestäts Regierung besteht aus absolut realistischen, sachlichen Männern, die von Rätseln nicht angetan sind, und schon gar nicht von solchen, deren Lösung beunruhigender sein könnte als das ursprüngliche Problem.

Ganz im Vertrauen, diese Papiere im Aktenkoffer wirbelten ordentlich Staub auf in London. Gut die Hälfte der hohen Regierungsherren riefen den Himmel als Zeugen ihrer Unschuld an, und der Rest beschuldigte einander, an dem Schwindel beteiligt gewesen zu sein. Wenn das jemandes Absicht gewesen war, hätte er mit keinem größeren Erfolg rechnen können. Eine Weile stand sogar zu befürchten, daß die Sache vor das Oberhaus gebracht werden würde, doch schließlich konnte diese ganz strittige Sache doch vertuscht werden.

Vielleicht habt Ihr die Güte, Graf Tarlburgs Sohn auszurichten, daß seine kleine Freundin wahrhaftig eine sehr begabte junge Dame ist. Kein Geringerer als Sir Thomas Lawrence zollte ihr hohes Lob. Und nun kommt das Verwirrendste an dieser durch und durch verwirrenden Sache: Die Skizze wurde sofort identifiziert! Sie ist ein treffendes Abbild von Benjamin Bathurst, oder sollte ich lieber sagen Sir Benjamin Bathurst, der des Königs stellvertretender Gouverneur der Kronkolonie von Georgia ist? Da Sir Thomas Lawrence ihn vor ein paar Jahren porträtierte, ist er durchaus in der Lage, die Arbeit von Leutnant von Tarlburgs junger Dame zu beurteilen. Sir Benjamin Bathurst war jedenfalls die ganze Zeit, während sein Doppelgänger sich hier in Preußen befand, in Savannah in Ausübung seiner Pflichten. Er hat auch keinen Zwillingsbruder. Manche meinten, dieser Mann könnte sein Halbbruder gewesen sein, doch soviel ich weiß, ist diese Theorie nicht gerechtfertigt.

Dieser General Bonaparte, alias Kaiser Napoleon, von dem in den Dokumenten soviel die Rede ist, hat offenbar ebenfalls einen Doppelgänger im wirklichen Leben: Es gibt in der französischen Armee einen Oberst der Artillerie dieses Namens, ein Korse, der seinen Geburtsnamen Napolione Buonaparte vergallizierte. Er ist ein brillanter Militärtheoretiker, ich bin sicher, daß einige der preußischen Offiziere, wie General Scharnhorst, Euch von ihm erzählen könnten. Seine Loyalität gegenüber der französischen Monarchie steht außer Zweifel.

Diese Ähnlichkeit oder Abwandlung von Tatsachen findet sich überall in dieser erstaunlichen Sammlung von Pseudostaatspapieren. Ihr werdet Euch erinnern, daß die rebellischen Kolonien sich in ihrer Erklärung von Philadelphia als Vereinigte Staaten von Amerika bezeichneten. James Madison, der als Präsident dieser Vereinigten Staaten genannt wird, lebt im Exil in der Schweiz. Sein angeblicher Vorgänger, Thomas Jefferson, der Verfasser der Rebellen-Deklaration, entfloh nach der Unterdrückung des Aufstands nach Havanna und starb vor einigen Jahren im Fürstentum Liechtenstein.

Sehr amüsierte es mich, unseren alten Freund Kardinal Talleyrand – allerdings ohne seinen kirchlichen Titel – in der Rolle des Hauptratgebers des Usurpators Bonaparte zu finden. Von Seiner Eminenz habe ich mir eigentlich schon immer gedacht, daß er wie eine Katze jeweils auf den Füßen landen würde und ohne jegliche Skrupel genausogut Premierminister Seiner Majestät des Satans wie Seiner Höchstchristlichen Majestät sein könnte.

Ein in diesen phantastischen Papieren häufig erwähnter Name blieb mir ein Rätsel, nämlich der englische General Wellington. Ich habe nicht die geringste Ahnung, wer damit gemeint sein könnte.

Ich habe die Ehre, Euer Exzellenz, et cetera, et cetera, et cetera.

Sir Arthur Wellesley

Kim Stanley Robinson
DER FLUG DER LUCKY STRIKE

Der Krieg gebiert manch seltsamen Zeitvertreib. Im Juli 1945 auf Tinian Island im Nordpazifik hatte Captain Frank January begonnen, auf dem Gipfel des Mount Lasso Kieselsteinhaufen aufzutürmen – ein Kieselstein für jeden Start einer B-29, ein Steinhaufen für jede Mission. Der größte Steinhaufen bestand aus vierhundert Steinen. Es war ein geistloser Zeitvertreib, aber das war Poker auch. Die Männer vom 509ten hatten schon Millionen Poker-Partien gespielt, während sie im Schatten einer Palme um eine umgestülpte Kiste herumsaßen, dabei in ihrer Dienstkluft schwitzten, jeden Eid schworen und ihren ganzen Sold und alle Zigaretten einsetzten, um ein Spiel nach dem anderen zu machen, bis die Karten so weich und eselsohrig waren, daß man sie als Toilettenpapier verwenden konnte. Captain January war es leid geworden, und nachdem er ein paarmal zum Berggipfel hinaufgegangen war, hatten einige seiner Crewmitglieder begonnen, es ihm nachzutun. Als sich ihnen ihr Pilot Jim Fitch anschloß, wurde es zu einem offiziellen Zeitvertreib, wie Leuchtkugeln ins Lager werfen oder streunende Japse jagen. Was Captain January von der Entwicklung hielt, sagte er nicht. Die anderen versammelten sich um Captain Fitch, der seine verbeulte Feldflasche herumreichte. »He, January«, rief Fitch.

»Komm, nimm einen Schluck.«

January wanderte hinüber und nahm die Flasche. Fitch lachte über seinen Kieselstein. »Übst dich hier wohl im Bombardieren, eh, Professor?«

»Ja«, sagte January verdrossen. Für Fitch war jeder, der mehr als die Funnys las, ein Professor. Durstig stürzte January etwas Rum herunter. Er konnte hier trinken, wann immer er wollte, direkt unter den Augen des Gruppenpsychiaters. Er reichte die Flasche an Lieutenant Matthews weiter, ihren Navigator.

»Darum ist er auch der Beste«, witzelte Matthews. »Immer feste üben.«

Fitch lachte. »Er ist der Beste, weil ich ihn zum Besten mache, richtig, Professor?«

January krauste die Stirn. Fitch war ein massiger Halbstarker, mit feisten Gesichtszügen und Schweinsaugen – ein Schläger, Januarys Meinung nach. Der Rest der Crew war wie Fitch Mitte zwanzig, und ihnen gefiel der herrische Rowdystil des Captains. January, der siebenunddreißig war, war nicht so dafür. Er wanderte davon, zurück zu dem Steinhaufen, den er gebaut hatte. Von Mount Lasso aus hatte man einen Überblick über die ganze Insel, vom Hafen an der Wall Street bis zum nördlichen Landefeld von Harlem. January hatte schon Hunderten von B-29s dabei zugesehen, wie sie brüllend von den vier parallelen Rollbahnen des nördlichen Landefelds starteten und sich nach Japan wendeten. Das letzte Quartett dieser speziellen Mission dröhnte gerade über die Weite der Insel, und January ließ vier weitere Kiesel fallen, wobei er auf Spalten im Haufen zielte. Einer von ihnen blieb hübsch liegen.

»Da sind sie!« sagte Matthews. »Sie sind auf der Rollbahn.«

January machte das erste Flugzeug der 509ten aus. Heute, am ersten August, gab es Interessanteres zu beobachten als die übliche Parade der Superfortress'. Es ging das Gerücht um, daß General Le May der 509ten ihre Mission wegnehmen wollte. Ihr Kommandant Colonel Tibbets war zu Le May persönlich gegangen, um sich zu beschweren, und der General hatte ihnen beigepflichtet, daß es ihre Mission war, aber unter einer Bedingung: Einer der Männer des Generals würde einen Testflug mit der 509ten machen, um sicherzustellen, daß sie für den Kampf über Japan bereit waren. Der Mann des Generals war angekommen, und jetzt saß er dort unten in dem Kampfflugzeug, mit Tibbets und dem ganzen ersten Team. January schlenderte zu seinen Kameraden zurück, um mit ihnen den Start zu verfolgen.

»Wieso hat das Einsatzflugzeug eigentlich keinen Namen?« meinte Haddock.

Fitch sagte: »Lewis will ihm keinen Namen geben, weil es nicht sein Flugzeug ist, und das weiß er.« Die anderen lachten. Lewis und seine Crew waren natürlich unbeliebt, da sie Tibbets' Favoriten waren.

»Was, meint ihr, wird er dem Mann des Generals wohl antun?« fragte Matthews.

Die anderen lachten bei diesem Gedanken. »Er wird einen Motor beim Start abmurksen, darauf gehe ich jede Wette ein«, sagte Fitch. Er deutete auf die Wracks der B-29s, die das Ende jeder Rollbahn markierten, Flugzeuge, deren Motoren beim Start draufgegangen waren. »Er wird zeigen wollen, daß er nicht abschmiert, wenn ihm so was passiert.«

»Tut er auch nicht!« sagte Matthews.

»Hoffst du«, sagte January leise.

»Sie haben diese Wright-Motoren zu früh rausgebracht«, sagte Haddock ernsthaft. »Sie platzen immer unter der Belastung des Starts.«

»Wär' nicht schade um den alten Bullen«, sagte Matthews.

Dann konzentrierten sich alle auf Tibbets' Flugfähigkeiten, selbst Fitch. Sie hielten Tibbets alle für den Größten. Andererseits konnte January Tibbets noch weniger ausstehen als Fitch. Das hatte angefangen, gleich nachdem er der 509ten zugeteilt worden war. Man hatte ihm gesagt, er sei ein Teil der wichtigsten Gruppe des Krieges, und ihm dann Urlaub gegeben. In Vicksburg hatten zwei Flieger, die gerade aus England heimgekehrt waren, ihm etliche Whiskys spendiert, und da January mehrere Monate in der Nähe von London stationiert gewesen war, hatten sie sich ziemlich lange unterhalten und sich reichlich zugeschüttet. Die zwei waren ernsthaft daran interessiert gewesen, was January jetzt tun würde, aber er war diesbezüglich vage geblieben und hatte das Gespräch wieder auf den Blitzkrieg gebracht. Er habe zum Beispiel einmal eine englische Krankenschwester gesehen, deren Wohnung bombardiert und deren Familie und Nachbarn getötet worden seien . . . Aber sie hatten es wirklich wissen wollen. Also hatte er ihnen erzählt, er sei an was Besonderem dran, und sie hatten ihre Ausweise gezückt und ihm gesagt, daß sie vom Nachrichtendienst der Armee seien und daß, wenn er je wieder so die Sicherheit gefährdete, man ihn nach Alaska versetzen würde. Es war ein schmutziger Trick gewesen. January war nach Wendover zurückgekehrt und hatte Tibbets das ins Gesicht gesagt, und Tibbets war rot angelaufen und hatte ihm noch Schlimmeres angedroht. January verachtete ihn deshalb. Das Ergebnis war, daß January effektiv vom Krieg ausgeschlossen blieb, weil Tibbets tatsächlich parteiisch war. January war sich nicht sicher, ob ihm das wirklich etwas ausmachte, aber im Verlauf ihres einjährigen Trainings hatte er besser denn je bombardiert, um dem alten Bullen zu zeigen, daß er einen Fehler machte, wenn er January abschrieb. Jedesmal, wenn sich ihre Blicke getroffen hatten, war klar gewesen, was abging. Aber Tibbets gab nie nach, einerlei, wie präzise Januarys Bombardements waren. Der bloße Gedanke daran reichte schon aus, um January dazu zu bringen, einen Kiesel über eine Ameise zu halten und fallenzulassen.

»Hör auf damit, ja?« beschwerte sich Fitch. »Ich schwöre, daß du zum Scheißen von der Decke wirst hängen müssen, damit du dich darin üben kannst, das Klo zu treffen.«

Die Männer lachten.

»Hab' ich was falsch gemacht?« fragte January. Dann deutete er hinüber. »Da, es geht los.«

Tibbets' Flugzeug war zur Startbahn Baker gerollt. Fitch reichte wieder die Feldflasche herum. Die tropische Sonne drang auf ihn ein, und der die Insel umgebende Ozean war grellweiß. January hob eine schweißnasse Hand und verlängerte so den Schirm seiner Baseballmütze.

Die vier Propeller setzten sich ruckartig in Bewegung, und die schlanke Superfortress gewann schnell an Tempo und dröhnte auf der Baker dahin. Nach drei Vierteln des Wegs die Startbahn entlang begann der äußere rechte Propeller zu stottern.

»Jau!« jubelte Fitch. »Hab' ich euch nicht gesagt, daß er's schafft?«

Das Flugzeug hob die Nase vom Boden und kippte nach rechts, dann wurde es unter dem Jubel der vier jungen Männer um January abgefangen. January deutete erneut. »Die Nummer drei hat er auch erledigt.«

Der rechte Innenpropeller stotterte, und jetzt wurde das Flugzeug nur noch vom linken Flügel emporgerissen, während die zwei rechten Propeller sich wie Windmühlenflügel nutzlos drehten. »Meine Güte!« rief Haddock. »Hat der alte Bulle sie noch alle?«

Sie brüllten lautstark, um das Flugzeug und Tibbets' nervenaufreibende Arroganz anzutreiben.

»Bei Gott, an diesen Flug wird sich Le Mays Mann noch lange erinnern«, johlte Fitch. »Wow, schaut euch das an! Er geht in Schräglage!«

Offensichtlich reichte es Tibbets noch nicht, daß er zwei Motoren getiltet hatte; er legte das Flugzeug schräg, bis es auf seinem toten Flügeln stand, und flog es in weitem Bogen nach Tinian zurück.

Dann stotterte der linke Innenmotor.

Der Krieg sprengt jede Vorstellungskraft. Drei Jahre lang hatte Frank January seine Phantasie im Zaum gehalten und sich geweigert, ihr irgendeinen Spielraum zuzugestehen. Während all der Gefahren, die ihn bedrohten, der Wirkung der Bomben, des Schicksals der anderen Kriegsteilnehmer, hatte er sich geweigert, über irgend etwas davon nachzudenken. Aber der Krieg zerrte an seiner Beherrschung. Die Wohnung dieser englischen Krankenschwester. Die Missionen über der Ruhr. Der Bomber, der unmittelbar hinter ihm von einer Flak entzweigerissen wurde. Und dann war er ein Jahr in Utah gewesen, und der schraubstockartige Griff, der einst seinen Kopf umschlossen gehalten hatte, war von ihm gewichen.

Als er daher sah, wie Propeller Nummer zwei zum Stillstand kam, machte sein Herz einen kleinen Sprung gegen sein Brustbein, und er stand hilflos dort oben neben Ferebee, dem Bombenschützen des ersten Teams. Er schaute dem Piloten über die Schulter . . .

»Nur noch ein Motor?« fragte Fitch.

»Nur noch einer«, sagte January rauh. Ohne es zu wollen, *sah* er die Panik im Cockpit, die hektische Eile des Versuchs, die beiden rechten Motoren wieder in Gang zu bringen. Das Flugzeug fiel schnell, und Tibbets stabilisierte es, brachte es wieder auf einen Kurs zur Insel zurück. Die zwei rechten Propeller sprangen an, verschwammen zu einem Flimmern. January hielt den Atem an. Sie brauchten mehr Auftrieb; Tibbets versuchte es, sie über die Insel zu ziehen. Vielleicht wollte er die kurze Landebahn auf der Südseite der Insel nehmen.

Aber Tinian war zu groß, das Flugzeug zu schwer. Es donnerte geradewegs in den Dschungel oberhalb des Strandes, wo die 42nd Street auf den East River traf. Es explodierte in einer Feuerwoge. Als das Geräusch der Explosion sie erreichte, wußten sie schon, daß niemand in dem Flugzeug überlebt hatte.

Schwarzer Rauch türmte sich zum weißen Himmel auf. Im schockierten Schweigen auf Mount Lasso summten und surrten Insekten. Januarys Lungen würgten schwer die Luft herunter. Er war bis zuletzt dort bei Ferebee gewesen, er hatte die verzweifelten Schreie gehört, das letzte grüne Dahinschießen gesehen, war von dem Zahnarztbohrer-Schmerz beim Aufprall noch ganz betäubt.

»Oh, mein Gott«, sagte Fitch. »Oh, mein Gott.« Matthews hatte sich gesetzt. January hob die Feldflasche auf und warf sie Fitch zu.

»N-na kommt«, stotterte er. Er hatte nicht mehr gestottert, seit er sechzehn war. Er führte die anderen eilig den Berg hinunter. Als sie den Broadway erreichten, näherte sich ihnen schwankend ein Jeep und kam schlitternd zum Stehen. Es war Colonel Scholes, der Stellvertreter des alten Bullen.

»Was ist passiert?«

Fitch erzählte es ihm.

»Diese verdammten Wrights«, sagte Scholes, als die Männer sich hineindrängten. Diesmal hatte einer genau im falschen Augenblick versagt; irgendein Schweißer in der Heimat hatte die Flamme etwas weniger lang als gewöhnlich an das Metall gehalten – oder etwas ähnlich Geringfügiges, gleichermaßen Triviales getan –, und das war das Ergebnis gewesen.

Sie verließen den Jeep an der Ecke 42nd und Broadway und wanderten auf einer schmalen Fährte ostwärts zur Küste. Ein ziemlich großer Kreis von Bäumen brannte. Die Feuerwehrwagen waren schon da.

Scholes stand mit leerer Miene neben January. »Das war das ganze erste Team«, sagte er.

»Ich weiß«, sagte January. Er stand noch unter Schock, war in seiner Vorstellung zermalmt, verbrannt, zerstört. Einmal als Kind hatte er sich Laken um Arme und Hüften gebunden, war vom Dach gesprungen und geradewegs auf der Brust gelandet; es war wieder der gleiche Schmerz. Er hatte keine Möglichkeit zu wissen, was sich aus diesem Unfall ergeben würde, aber er hatte so eine Ahnung, daß er auch diesmal wieder auf etwas Hartem gelandet war.

Scholes schüttelte den Kopf. Eine halbe Stunde verging, das Feuer war beinahe gelöscht. Januarys vier Kameraden schwatzten drüben mit den Seabees. »Er war im Begriff, das Flugzeug nach seiner Mutter zu nennen«, sagte Scholes zum Boden gewandt. »Er sagte es mir erst heute morgen. Er war im Begriff, es *Enola Gay* zu taufen.«

Nachts atmete der Dschungel, und sein heißer feuchter Atem wehte über das Truppenlager der 509ten. January stand im Türrahmen seiner Quonset-Barracke und hoffte auf eine richtige Brise. Kein Poker heut abend. Die Stimmen waren gedämpft, die Gesichter ernst. Einige der Männer hatten geholfen, die Habseligkeiten der toten Crew in Kisten zu verstauen. Jetzt lag das meiste auf ihren Kojen. January gab die Hoffnung auf eine Brise auf und kletterte in die oberste Koje, um zur Decke zu starren.

Er betrachtete den Wellblechbogen über sich. Das Lied der Grillen fiedelte durch seine Gedanken. Unter ihm fand in schuldbewußtem leisem Tonfall ein hektisches Gespräch statt, dessen Mittelpunkt Fitch war.

»January ist der beste Bombenschütze, der uns geblieben ist«, sagte er. »Und ich bin genauso gut, wie Lewis es war.«

»Aber Sweeney ist auch nicht schlecht«, sagte Matthews. »Und er kann es gut mit Scholes.«

Sie besprachen, wer den Einsatz übernehmen sollte. January blickte finster drein. Tibbets und die Übrigen waren noch keine zwölf Stunden tot, und schon stritten sie sich darum, wer ihre Stelle einnehmen sollte.

January ergriff ein Hemd, wälzte sich von der Koje herunter und streifte es sich über.

»Heh, Professor«, sagte Fitch. »Wohin gehst du?«

»Raus.«

Obwohl es fast Mitternacht war, war es immer noch drückend heiß. Die Grillen verstummten, als er vorbeiging, und begannen dann von neuem zu zirpen. Er zündete sich eine Zigarette an. In der Dunkelheit sahen die MP, die in dem eingezäunten Lager patrouillierten, wie zwei wandelnde Armbinden aus. Die 509te, Gefangene ihrer eigenen Armee. Flieger aus anderen Gruppen hatten schon Steine über den Zaun geworfen. Zwanghaft stieß January Rauch aus, als könnte er damit seine Empörung loswerden. Sie waren nur Kinder, sagte er sich. Ihr Verstand war im Krieg, vom Krieg und für den Krieg geformt worden. Sie wußten, daß man die Toten nicht lange betrauern konnte; trage eine solche Bürde mit dir herum, und auch deine Motoren werden versagen. Dagegen hatte January nichts. Es war eine Haltung, die Tibbets zu formen geholfen hatte, also verdienten sie es nicht anders. Tibbets *wollte* zugunsten seiner Mission vergessen werden, alles, wofür er je gelebt hatte, war, den Japsen das Ding auf die Birne zu werfen, er war blind gegenüber allem anderen, Männern, Frauen, Familie, allem.

Also war es nicht der Mangel an Gefühl bei seinen Kameraden, der January Sorgen machte. Es war selbstverständlich für sie, daß sie den Einsatz fliegen wollten, für den sie ein Jahr lang trainiert hatten. Das heißt natürlich, wenn man ein Kind ist, mit einem Verstand, der von Fanatikern wie Tibbets geformt wurde, geformt, um Befehle entgegenzunehmen und sich die Konsequenzen nicht auszumalen. Aber January war kein Kind, und er würde nicht zulassen, daß Männer wie Tibbets seinem Verstand so etwas antaten. Und das Ding . . . das Ding war nicht natürlich. Irgendeine Art von chemischer Bombe, schätzte er. Gegen die Genfer Konvention. Er drückte seine Zigarette an der Sohle seines Turnschuhs aus und warf die Kippe über den Zaun. Die tropische Nacht atmete über ihm. Er hatte Kopfschmerzen.

Seit Monaten war er sich nun sicher gewesen, daß er nie einen Einsatz fliegen würde. Der Abscheu, den Tibbets und er in ihren Blicken ausgetauscht hatten (January war sich Blicken immer sehr bewußt), war wirklich und stark gewesen. Tibbets hatte begriffen, daß Januarys bis ins Detail den Vorschriften entsprechender Bericht von den Zielanflügen über dem Salton Sea seine Art gewesen war, Verachtung zu zeigen, zu sagen, *du kannst mich nicht loswerden, auch wenn du mich haßt und ich dich hasse*. Der Bericht hatte Tibbets gezwungen, January einem der vier Teams in zweiter Reihe zu überstellen, doch trotz des ganzen Wirbels, den sie um das Ding machten, hatte January herausgefunden, daß das weit genug am unteren Ende der Leiter war, um ihn aus der Sache rauszuhalten.

Jetzt war er sich nicht mehr so sicher. Tibbets war tot. Er zündete sich eine weitere Zigarette an und stellte fest, daß seine Hand zitterte. Die Camel schmeckte bitter. Er warf sie über den Zaun einer verschwindenden Armbinde hinterher und bedauerte es im gleichen Augenblick auch schon. Reine Verschwendung. Er ging wieder hinein.

Bevor er zu seiner Koje hinaufkletterte, holte er ein Taschenbuch aus seiner Feldkiste. »Heh, Professor, was liest du da?« fragte Fitch grinsend.

January zeigte ihm den blauen Umschlag. *Wintergeschichten* von einem Isak Dinesen.* Fitch betrachtete die kleine Kriegsausgabe. »Hübsch rassig, eh?«

»Darauf kannst du wetten«, sagte January schwer. »Dieser Kerl bringt Sex auf jeder Seite.« Er kletterte in seine Koje und schlug das Buch auf. Die Geschichten waren merkwürdig, schwer nachzuvollziehen. Die Stimmen unten störten ihn. Er konzentrierte sich stärker.

Als Junge auf einer Farm in Arkansas hatte January alles gelesen, was er in die Finger bekommen konnte. Samstag nachmittags rannte er mit seinem Vater immer den schlammigen Pfad zum Briefkasten hinunter um die Wette (sein Vater war auch Leser), schnappte sich die *Saturday Evening Post* und lief weiter, um jedes Wort darin zu verschlingen. Das bedeutete, daß er wieder eine Woche lang nichts Neues zu lesen haben würde, aber er konnte nicht anders. Am liebsten hatte er die Hornblower-Geschichten, aber ihm war alles recht. Es war eine Möglichkeit, die Farm hinter sich zu lassen, eine Möglichkeit, die Welt zu erleben. Er war zu einem Mann herangewachsen, der zwischen die Seiten eines Buches schlüpfen konnte, wann immer er das wollte.

Aber nicht in dieser Nacht.

Am nächsten Tag hielt der Kaplan einen Gedenkgottesdienst ab, und am darauffolgenden Morgen schaute Colonel Scholes unmittelbar nach der Messe zur Tür ihrer Hütte herein. »Besprechung um elf«, verkündete er. Sein Gesicht war sorgenvoll. »Seid frühzeitig da.« Er blickte Fitch mit blutunterlaufenen Augen an und krümmte einen Finger. »Fitch, January, Matthews – kommt mal mit.«

* Isak Dinesen war der Schriftstellername von Baronin Karen Christence Blixen-Finecke (1885–1962), die hierzulande unter dem Namen Tania Blixen verlegt wird und vor allem durch den jüngst auch verfilmten Roman *Out of Africa* (1937; dt. *Afrika, dunkel lockende Welt*) bekannt wurde. Ihre *Winter's Tales*, geschrieben nach ihrer Rückkehr aus Kenia während der dunklen Tage der Nazibesetzung des heimatlichen Dänemark, erschienen erstmals 1942 (engl. zuletzt 1987 als Penguin Modern Classics) und liegen auf deutsch als *Wintergeschichten*, DVA, Stuttgart 1985, vor; sie umfassen elf Variationen der Sehnsucht, angesiedelt in ihrer Kindheit, und waren das Lieblingswerk der Autorin. – *Der Übers.*

January zog seine Schuhe an. Der Rest der Männer saß auf seinen Kojen und sah ihnen wortlos zu. January folgte Fitch und Matthews aus der Hütte hinaus.

»Ich habe fast die ganze Nacht mit General Le May am Funkgerät verbracht«, sagte Scholes. Er blickte jedem einzelnen in die Augen. »Wir haben beschlossen, daß eure Crew den ersten Einsatz fliegen wird.«

Fitch nickte, als ob er es erwartet hätte.

»Glauben Sie, daß Sie's schaffen?« meinte Scholes.

»Natürlich«, erwiderte Fitch. Als er ihn ansah, begriff January, warum sie ihn ausgesucht hatten, um Tibbets' Platz einzunehmen: Fitch war wie der alte Bulle, er hatte die gleiche Skrupellosigkeit. Der junge Bulle.

»Ja, Sir«, sagte Matthews.

Scholes schaute ihn an. »Klar«, sagte January, der nicht darüber nachdenken wollte. »Klar.« Sein Herz klopfte direkt unter dem Brustbein. Aber Fitch und Matthews blickten ernst wie Eulen drein, so daß er nicht herausstechen würde, wenn er merkwürdig aussah. Schließlich waren das großartige Neuigkeiten; jeden würden sie sprachlos machen. Nichtsdestotrotz unternahm January einen Versuch, zu nicken.

»Okay«, sagte Scholes. »McDonald wird als Copilot mit Ihnen fliegen.« Fitch krauste die Stirn. »Ich muß jetzt gehen und den britischen Offizieren sagen, daß Le May sie auf dem Einsatz nicht bei Ihnen haben will. Wir sehen uns bei der Besprechung.«

»Ja, Sir.«

Sobald Scholes um die Ecke war, schüttelte Fitch eine Faust zum Himmel. »Jahuuh!« schrie Matthews. Er und Fitch reichten sich die Hände. »Wir haben's geschafft!« Matthews nahm Januarys Hand und drückte sie, das Gesicht zu einem blöden Grinsen verzerrt. »Wir haben es geschafft!«

»Irgend jemand hat es geschafft«, sagte January.

»Ach, Frank«, sagte Matthews. »Zeig etwas Mumm. Du bist immer so cool.«

»Alter Professor Steingesicht«, sagte Fitch und warf January einen flüchtigen Blick mit einer Spur von amüsierter Verachtung zu. »Kommt, gehen wir zu der Besprechung.«

Die Besprechungsbaracke, eine der langen Nissenhütten, war völlig von MP's umstellt, die Karabiner hielten. »Mein Gott«, sagte Matthews, überwältigt von dem Anblick. Drinnen war es bereits rauchig. Die Wände waren mit den üblichen Landkarten Japans bedeckt. Zwei Tafeln im Vordergrund waren mit Tüchern verhangen. Captain Shepard, der Flottenoffizier, der mit den Wissenschaftlern an dem Ding gearbeitet hatte, stand mit seinem Assistenten Lieutenant Stone im Hintergrund und legte einen Filmstreifen in den Projektor ein. Dr. Nelson, der Gruppenpsychiater, hatte sich bereits auf einer der vorderen Bänke neben der Wand niedergelassen. Tibbets hatte den Psychiater erst kürzlich der Gruppe hinzugefügt – eine weitere seiner großartigen Ideen, wie die Spione in der Bar. Die Fragen des Mannes waren January dämlich vorgekommen. Er hatte nicht mal herausfinden können, daß Easterly eine Mimose war, etwas, was jedem sonnenklar war, der mit ihm flog oder auch nur eine einzige Runde Poker gegen ihn gespielt hatte. January glitt neben seinen Kameraden auf eine Bank.

Die zwei Briten traten ein und blickten sich mit steifer Oberlippe um. Sie setzten sich auf die Bank hinter January. Sweeneys und Easterlys Crews trafen ein, gefolgt von den anderen Männern, und bald war der Raum voll. Fitch und der Rest holten Lucky Strikes heraus und zündeten sie sich an; seit sie das Flugzeug getauft hatten, rauchte nur noch January Camels.

Scholes kam mit mehreren Männern herein, die January nicht kannte, und ging zur Stirnseite des Raums. Das Raunen erstarb, und alle Rauchfahnen kräuselten ruhig und gerade in die Luft hinauf.

Scholes nickte, und zwei Nachrichtendienst-Offiziere schlugen die Tücher von den Tafeln zurück und enthüllten Luftaufklärungsfotos.

»Männer«, sagte Scholes, »dies sind die Zielstädte.«

Jemand räusperte sich.

»In der Reihenfolge ihrer Wichtigkeit sind es Hiroshima, Kokura und Nagasaki. Es wird drei Wetterscouts geben: die *Straight Flush* für Hiroshima, die *Strange Cargo* für Kokura und die *Full House* für Nagasaki. Die *Great Artiste* und die *Number 91* werden die Mission begleiten, um Fotos zu machen. Und die *Lucky Strike* wird die Bombe fliegen.«

Es gab Geraschel und Gehüstel. Männer drehten sich um, um January und seine Kameraden anzublicken, und sie saßen alle stocksteif da. Sweeney streckte sich nach hinten, um Fitchs Hand zu schütteln, und es gab ein kurzes Gelächter. Fitch grinste.

»Jetzt hören Sie zu«, fuhr Scholes fort. »Die Waffe, die wir transportieren werden, wurde vor zwei Wochen erfolgreich in den Staaten getestet. Und nun haben wir den Befehl erhalten, sie auf den Feind abzuwerfen.« Er machte eine Pause, damit das einsikkern konnte. »Captain Shepard wird Ihnen jetzt mehr erzählen.«

Shepard ging langsam zur Tafel und gab seinem Auftritt die richtige Würze. Seine Stirn glänzte vor Schweiß, und January wurde klar, daß er aufgeregt und nervös war. Er fragte sich, was der Psychiater wohl daraus folgern würde.

»Ich will gleich auf das Wesentliche kommen«, sagte Shepard. »Die Bombe, die Sie abwerfen werden, ist etwas Neues in der Geschichte. Wir glauben, daß sie alles innerhalb von vier Meilen Umkreis vernichten wird.«

Jetzt war der Raum vollkommen still. January bemerkte, daß er einen Großteil seiner Nase, Augenbrauen und Wangen sehen konnte; es war, als würde er sich in seinen Körper zurückziehen wie ein Fuchs in seinen Bau. Er hielt seinen Blick starr auf Shepard gerichtet und ignorierte standhaft das Gefühl. Shepard schlug ein Tuch über eine Tafel, während jemand anderes das Licht herunterdrehte.

»Dies ist ein Film des einzigen Tests, den wir gemacht haben«, sagte Shepard. Der Film lief an, verfing sich, lief erneut an. Ein zitternder Kegel hellen Zigarettenrauchs schoß lanzenförmig durch den Raum, und auf dem Tuch stand plötzlich eine tote graue Landschaft: viel Himmel, ein glatter Wüstenboden, in der Ferne Berge. Der Projektor machte *click-click-click-click, click-click-click-click.* »Die Bombe befindet sich auf der Spitze des Turms«, sagte Shepard, und January konzentrierte sich auf das nadelähnliche Objekt, das aus dem Wüstenboden aufragte, deutlich sichtbar vor den Bergen. Die Kamera war zwischen acht und zehn Meilen entfernt, schätzte er; er war gut im Schätzen von Entfernungen. Er wurde immer noch von seinem Gesicht abgelenkt.

Click-click-click-click, click – dann wurde die Leinwand eine Sekunde lang weiß und erfüllte sogar ihren Raum mit Licht. Als das Bild zurückkehrte, war der Wüstenboden mit einer weißen Feuerblume erfüllt. Der Feuerball verschmolz und sprang dann plötzlich aus der Erde den ganzen Weg bis in die *Stratosphäre* hinauf, bei Gott, wie ein Leuchtspurgeschoß, das ein Maschinengewehr verläßt und eine weißliche Rauchsäule hinter sich herzieht. Die Säule strömte empor, und ein immer größer werdender Rauchball schwoll nach außen, schloß die Säule nach oben hin wie eine Kappe ab. January schätzte die Größe der Wolke, aber er war sicher, daß er sich irrte. Dort stand sie. Das Bild flackerte, und dann wurde die Leinwand wieder weiß, als wäre die Kamera geschmolzen oder als sei dieser Teil der Welt endgültig ausgelöscht. Doch das Flappen aus dem Projektor sagte ihnen, daß der Film zu Ende war.

January spürte, wie er hart die Luft ausstieß und wieder einsog. Die Lichter in dem rauchigen Raum gingen an, und für eine Sekunde geriet er in Panik, er kämpfte darum, seine Züge in eine angemessene Form zu bringen, der Psychiater würde sie sich bestimmt genau ansehen – und dann schaute er sich um und erkannte, daß er nicht allein stand. Die Gesichter waren blutleer, die Augen blinzelten oder waren groß vor Entsetzen, die Münder hingen offen oder waren zu weißen Strichen verkniffen. Für ein paar Augenblicke hatten alle erfahren, was sie taten. January, der vor sich selbst erschrak, verspürte den Zwang, zu sagen: »Spielen Sie's nochmal ab, ja?« Fitch zupfte sich das gewellte schwarze Haar unbehaglich aus seiner Schlägerstirn. Hinter ihm sah January, daß sich einer der Limeys daran erinnert hatte, wie sauer er darüber gewesen war, daß er den Flug verpaßt hatte. Jetzt sah er krank aus. Jemand stieß ein langes *Pfuuuh* aus, ein anderer pfiff. January blickte wieder nach vorne, von wo der Psychiater sie ungerührt musterte.

Shepard sagte: »Sie ist groß, na schön. Und niemand weiß, was passieren wird, wenn man sie von der Luft aus abwirft. Aber die Pilzwolke, die Sie gesehen haben, reicht wenigstens dreißigtausend Fuß hoch, wahrscheinlich sechzig. Und der Blitz, den Sie zu Anfang gesehen haben, war heißer als die Sonne.«

Heißer als die Sonne. Wieder leckten sich welche die Lippen, schluckten schwer, rückten sich die Baseballmützen zurecht. Einer der Offiziere vom Nachrichtendienst verteilte getönte Brillen, die aussahen wie Schweißermasken. January nahm seine und spielte an der Transparenzanzeige herum.

Scholes sagte: »Sie sind nun das heißeste Ding in den bewaffneten Streitkräften. Also kein Wort, auch untereinander nicht.« Er holte tief Atem. »Tun wir's, wie Colonel Tibbets es von uns erwartet hätte. Er hat jeden von ihnen ausgesucht, weil er der Beste ist, und jetzt ist es an der Zeit, ihm zu zeigen, daß er recht hatte. Also – machen wir den alten Mann stolz.«

Die Besprechung war vorbei. Die Männer schritten hintereinander in das grelle Sonnenlicht hinaus. In die Hitze und den Glanz. Captain Shepard näherte sich Fitch. »Stone und ich werden mit Ihnen fliegen, um auf die Bombe aufzupassen«, sagte er.

Fitch nickte. »Wissen Sie, wie viele Einsätze wir fliegen werden?«

»So viele wie erforderlich sind, um sie zum Aufgeben zu zwingen.« Shepard starrte sie alle hart an. »Aber es wird nur einer sein.«

Der Krieg gebiert seltsame Träume. In jener Nacht wand sich January in der heißen feuchten pflanzlichen Dunkelheit auf den Laken, in jenem furchtbaren Halbschlaf, in dem man manchmal weiß, daß man träumt, aber nichts dagegen tun kann, und er träumte, daß er ging . . .

. . . durch die Straßen ging, als plötzlich die Sonne herunterfiel, die Sonne den Boden berührt und alles und jeder plötzlich von Dunkelheit und Rauch und Schweigen umgeben ist, von einem ohrenbetäubenden Dröhnen. Wänden aus Feuer. Sein Kopf schmerzt, und inmitten seiner Vision ist ein blauweißes Flimmern, als ob Gottes Kamera auf sein Gesicht gerichtet wäre. Ah – die Sonne fällt nieder, denkt er. Sein Arm ist verbrannt. Das Blinzeln ist schmerzhaft. Leute stolpern vorbei, mit offenen Mündern, furchtbar entstellt –

Er ist ein Priester, er kann den geistlichen Kragen fühlen, und die Verwundeten bitten ihn um Hilfe. Er deutet auf seine Ohren, versucht sie zu berühren, kann es aber nicht. Schwarze Rauchschwaden über allem, die Stadt ist in die Straßen gesunken. Ah, das ist das Ende der Welt. In einem Park findet er Schatten und sauberen Boden. Leute kauern unter Büschen wie verängstigte Tiere. Wo der

Park auf den Fluß stößt, drängen sich rote und schwarze Gestalten im brodelnden Wasser. Eine Gestalt deutet auf ein Bambusdickicht. Er betritt es und findet fünf oder sechs gesichtslose Soldaten eng aneinandergeschmiegt. Ihre Augen sind geschmolzen, ihre Münder nur noch Löcher. Die Taubheit erspart ihm ihre Worte. Der sehende Soldat ahmt das Trinken nach. Die Soldaten sind durstig. Er nickt und geht zum Fluß, um nach einem Behälter zu suchen. Körper treiben stromabwärts.

Stunden vergehen, während er ergebnislos nach einem Eimer sucht. Er zieht Leute aus dem Schutt. Er hört den Schrei eines Vogels, und ihm wird klar, daß seine Taubheit das Brüllen der brennenden Stadt ist, ein Rauschen wie das Blut in seinen Ohren, aber er ist nicht taub, er dachte nur, er wäre taub, weil es keine menschlichen Schreie mehr gibt. Die Leute leiden schweigend. Durch die düstere Nacht stolpert er zum Fluß zurück, während Schmerzwogen seinen Kopf erfüllen. In einem Feld ziehen Männer Kartoffeln aus dem Boden, die gut genug gebacken sind, um sie zu essen. Er teilt sich eine mit ihnen. Am Fluß sind alle tot –

– und er kämpfte sich aus seinem Alptraum frei, in stinkenden Schweiß gebadet, den Geschmack von Dreck im Mund, mit vor Entsetzen verknotetem Magen. Er setzte sich auf, und das nasse grobe Laken blieb an seiner Haut kleben. Sein Herz schien zwischen Lungen, die verzweifelt nach Luft rangen, zermalmt zu werden. Der blumenreiche modrige Dschungelgeruch erfüllte ihn, und Traumbilder tauchten so lebendig vor ihm auf, daß er in der dunklen Hütte nichts anderes mehr sah. Er griff nach seinen Zigaretten und sprang von der Koje, eilte ins Lager hinaus. Zitternd zündete er sich eine an und begann umherzugehen. Einen Moment lang machte es ihm Sorgen, daß der idiotische Psychiater ihn sehen könnte, aber dann verbannte er diese Vorstellung. Nelson würde schlafen. Sie schliefen alle. Er schüttelte den Kopf, blickte an seinem rechten Arm hinauf und hätte fast die Zigarette fallengelassen – aber es war nur seine Herdnarbe, eine alte Narbe, die er schon die meiste Zeit seines Lebens über hatte, seit dem Tag, als er die Bratpfanne vom Herd an seinen Arm gezogen und ihn mit Öl verbrüht hatte. Er konnte sich noch an das runde O der Angst erinnern, daß der Mund seiner Mutter geformt hatte, als sie hereingeeilt kam, um zu sehen, was passiert war. Nur eine alte

Brandnarbe, dachte er, wir wollen es nicht übertreiben. Er krempelte den Ärmel herunter.

Den Rest der Nacht ging er auf und ab, rauchte eine Zigarette nach der anderen und versuchte, sich wieder zu sammeln. Die Himmelskuppel hellte sich auf, bis das ganze Lager und der Dschungel dahinter sichtbar wurden. Das Licht des Tages zwang ihn, in seine Hütte zurückzukehren und sich hinzulegen, als wäre nichts geschehen.

Zwei Tage später befahl Scholes ihnen, einen von Le Mays Männern auf einen Testzielflug hinüber nach Rota mitzunehmen. Dieser neue Lieutenant Colonel befahl Fitch, beim Start nicht mit den Motoren zu spielen. Sie machten einen perfekten Anflug. January setzte die Attrappe direkt auf dem Zielpunkt ab, wie er es so häufig auf dem Salton Sea getan hatte, und Fitch drückte das Flugzeug in einer gewaltigen Schräglage hinunter, notwendig für ihre 150-Grad-Kurve und sichere Flucht. Wieder auf Tinian gratulierte ihnen der Lieutenant Colonel und schüttelte jedem die Hand. January lächelte wie alle anderen, die Handflächen kühl, das Herz ruhig. Es war, als wäre sein Körper eine Schale, etwas, das er von außen manipulieren konnte wie ein Bombenzielgerät. Er aß gut, er schwatzte soviel, wie er es immer getan hatte, und als der Psychiater ihn auf den Boden zurückholte, um ihm einige Fragen zu stellen, war er freundlich und wirkte offen.

»Hallo, Doc.«

»Wie fühlen Sie sich bei alledem, Frank?«

»Wie ich mich immer gefühlt habe, Sir. Gut.«

»Essen Sie gut?«

»Besser denn je.«

»Schlafen Sie gut?«

»So gut es in dieser Feuchtigkeit geht. Ich bin an Utah gewöhnt, fürchte ich.« Dr. Nelson lachte. Tatsächlich hatte January seit seinem Traum kaum geschlafen. Er fürchtete sich vor dem Schlafen. Konnte der Mann das nicht sehen?

»Und wie fühlen Sie sich dabei, Teil der Crew zu sein, die man für den ersten Einsatz ausgewählt hat?«

»Nun, es war die richtige Wahl, schätze ich. Wir sind die b. . . die beste Crew, die übriggeblieben ist.«

»Bedauern Sie das Unglück, das Tibbets' Crew zugestoßen ist?«

»Ja, Sir, ich bedaure es.« Das sollten Sie mir besser glauben.

Nach den Scherzen und dem derben Händeschütteln, die das Gespräch beendeten, ging January in den grellen Glanz des tropischen Mittags hinaus und zündete sich eine Zigarette an. Er gestattete sich, zur gleichen Zeit, da er dem Mann zum Abschied zuwinkte, das Gefühl abgrundtiefer Verachtung gegenüber dem Psychiater und seiner blinden Profession. Was für ein Schrumpfhirn. Warum hatte er es nicht sehen können? Was auch immer geschah, es würde seine Schuld sein . . . Während er eine Rauchwolke ausatmete, erkannte January, wie simpel es war, jemanden zum Narren zu halten, wenn man das wollte. Jede Handlung war nur eine Maske, die jemand anderer perfekt manipulieren konnte. Und die ganze Zeit über, da man ihn manipulierte, lebte January in einem *click-click-click-click*-Film, im stummen Brüllen eines Traums, kämpfte gegen Bilder an, die er nicht vertreiben konnte. Die Hitze der tropischen Sonne – war sie nicht dreiundneunzig Millionen Meilen entfernt? – pulsierte schmerzhaft in seinem Genick.

Während er zusah, wie der Psychiater sich ihren Heckwaffenschützen Kochenski vornahm, erwog er, zu dem Mann hinzugehen und zu sagen: *Ich steck's auf.* Ich mach' dabei nicht mit. In seiner Vorstellung sah er den Ausdruck, der sich im Blick des Mannes formen würde, in Fitchs Blick, in Tibbets' Blick, und sein Verstand zog sich von dieser Idee zurück. Er empfand zu große Verachtung für sie. Er würde ihnen um nichts auf der Welt einen Anlaß geben, *ihn* zu verachten, einen Grund, ihn einen Feigling zu nennen. Störrisch verscheuchte er den ganzen Gedankenkomplex. Es war einfacher, mitzumachen.

Zwei zusammenhanglose Tage später war er schließlich dabei, kurz nach Mitternacht des 9. August, sich auf den Einsatz vorzubereiten. Um ihn her taten Fitch, Matthews und Haddock das gleiche. Wie seltsam war doch die tägliche Routine des Ankleidens, wenn man im Begriff war, eine Stadt zu zerstören, hunderttausend Leben zu beenden! January stellte fest, daß er seine Hände, seine Stiefel, die Kratzer im Linoleumboden betrachtete. Er legte seine Überlebensweste an, überprüfte die Taschen geistesabwesend auf Fischhaken, Wasserbehälter, Erste-Hilfe-Päckchen und Notrationen. Dann das Fallschirmgurtwerk und vor allem seinen Overall. Die Senkel seiner Stiefel zu schnüren, dauerte Minuten; es wollte ihm nicht gelingen, wenn er seinen Fingern so direkt dabei zusah.

»Komm schon, Professor!« Fitchs Stimme klang gepreßt. »Der große Tag ist da.«

Er folgte den anderen in die Nacht. Ein kühler Wind wehte. Der Kaplan sprach ein Gebet für sie. Sie nahmen Jeeps den Broadway hinunter zur Startbahn Able. Die *Lucky Strike* stand in einem Kreis von Scheinwerfern und Männern, die Hälfte trug Kameras, der Rest Reporterzubehör. Sie umringten die Crew; es erinnerte January an eine Hollywood-Premiere.

Schließlich konnte er durch die Luke hinauf in das Flugzeug entfliehen. Andere folgten. Eine halbe Stunde verging, bevor sich Fitch zu ihnen gesellte, grinsend wie ein Filmstar. Sie starteten die Motoren, und January war dankbar für ihr vibrierendes, gedankenerstickendes Dröhnen. Sie rollten von der Hollywood-Szenerie fort, und January empfand einen Augenblick lang Erleichterung, bis er sich erinnerte, wohin sie fliegen würden. Auf der Startbahn Able beschleunigten sie die Motoren zu ihrem Dreiundzwanzigtausend-UpM-Wimmern, und als er durch die saubere Windschutzscheibe hinausschaute, sah er, wie die farbigen Startbahnmarkierungen immer schneller vorbeirasten. Fitch hielt die Maschine auf der Rollbahn, bis Tinian unter ihnen verschwand, dann riß er sie rasch hoch. Sie waren unterwegs.

Als sie Höhe gewonnen hatten, kletterte January an Fitch und McDonald vorbei zum Sitz des Bombenschützen, legte seinen Fallschirm darauf und lehnte sich zurück. Das Dröhnen der vier Motoren umgab ihn wie ein Wattepolster. Er flog, da war nichts mehr zu machen. Die schweren Vibrationen waren angenehm, ihm gefiel dieses Gefühl hier in der Nase des Flugzeugs. Eine depressive Stimmung hüllte ihn ein.

Vor seinen geschlossenen Augenlidern zuckte ein schwarzes augenloses Gesicht auf, und mit einem Schlag war er wach, sein Herz raste. Er war auf dem Flug, kein Ausweg mehr möglich. Jetzt erkannte er, wie einfach es gewesen wäre, auszusteigen. Er hätte bloß zu sagen brauchen, daß er nicht mitmachen wollte. Daß das so einfach gewesen wäre, erschreckte ihn. Wen kümmerte schon, was der Psychiater oder Tibbets oder sonst jemand dachte, im Vergleich hierzu? Jetzt gab es keinen Ausweg mehr. Andererseits war es bequem. Jetzt konnte er aufhören, sich Sorgen zu machen, aufhören zu denken, daß er irgendeine Chance hätte.

Mit dem Bombenzielgerät zwischen den Knien döste January ein, und während er döste, wurde ihm in einem Tagtraum der Ausweg klar. Er konnte die Stufe zu Fitch und McDonald hinaufsteigen und erklären, daß er insgeheim zum Major befördert worden sei, und befehlen, die Mission umzuleiten. Sie sollten nach Tokio fliegen und die Bombe in die Bucht werfen. Man habe dem japanischen Kriegsministerium von dieser Demonstration der neuen Waffen erzählt, und wenn sie sahen, wie dieser Feuerball die Bucht zum Kochen brachte und in den Himmel wuchs, würden sie ganz schnell die Kapitulationsverträge unterzeichnen, Kamikazes hin oder her. Schließlich waren sie ja nicht verrückt. Unnötig, eine ganze Stadt zu killen. Der Plan war so gut, daß die Generäle daheim die Mission zweifellos auf der Stelle ändern und ihre Befehle verzweifelt nach Tinian funken würden, nur um festzustellen, daß man ihnen zuvorgekommen war . . . so daß man January, wenn sie nach Tinian zurückkehrten, als Helden feiern würde, weil er gewußt hatte, was die Generäle wirklich wollten, und all dies riskiert hatte. Es wäre wie eine dieser Hornblower-Geschichten in der *Saturday-Evening-Post.*

January war nun hellwach. Phantastisches Vergnügen wich verzweifeltem Sarkasmus. Es gab nicht die geringste Chance, Fitch und den Rest zu überzeugen, daß er Geheimbefehle besaß, die ihre außer Kraft setzten. Und er konnte nicht einfach hochgehen und ihnen *befehlen*, die Bombe in die Bucht von Tokio zu werfen, weil er es war, der sie tatsächlich abwerfen mußte, und er konnte nicht gleichzeitig unten die Bombe abwerfen und den anderen oben Befehle geben. Hirngespinste.

Die Zeit verstrich langsam wie aus zweiter Hand. Januarys Gedanken paßten zur Rotation der Propeller; verzweifelt rotierten sie einmal in diese Richtung, dann in die andere, wie ein Tier, das sich mit einem Bein in einer Falle verfangen hat. Die Crew blieb stumm. Die Wolken unter ihnen waren wie weißes Geröll auf dem schwarzen Ozean. Januarys Knie vibrierte gegen die viereckige

Konsole des Bombenzielgeräts. Er war es, der die Bombe abwerfen mußte. Einerlei, wohin seine Gedanken eilten, sie wurden davon bald wieder zur Räson gebracht. Er war es, nicht Fitch oder die Crew, auch nicht Le May oder die Generäle und Wissenschaftler daheim, nicht Truman und seine Berater. Truman – plötzlich haßte January ihn. Roosevelt hätte es anders gemacht. Wenn nur Roosevelt noch leben würde! Der Kummer, der January erfüllte, als er von Roosevelts Tod erfahren hatte, widerhallte aufs neue in ihm, stärker denn je. Es war ungerecht, so schwer gearbeitet zu haben und dann nicht das Ende des Krieges zu sehen. Und FDR hätte ihn anders beendet. Ganz am Anfang von alledem hatte er erklärt, daß zivile Zentren nie bombardiert würden, und wenn er noch leben würde, wenn, wenn, wenn. Aber er lebte nicht mehr. Und jetzt war es der lächelnde Bastard Harry Truman, der *ihm*, Frank January, befahl, die Sonne auf zweihunderttausend Frauen und Kinder zu werfen. Einmal hatte ihn sein Vater zu einem Spiel der Browns mitgenommen, das vor zwanzigtausend Leuten stattgefunden hatte, einer riesigen Menge – »Ich habe dich nie gewählt«, flüsterte January boshaft und zuckte zusammen, als er bemerkte, daß er es laut ausgesprochen hatte. Glücklicherweise war sein Mikrofon abgeschaltet. Aber Roosevelt hätte es anders gemacht, *ganz sicher*.

Das Bombenzielgerät erhob sich vor ihm, durchstieß den schwarzen Himmel und verdeckte ein paar von den Hunderten von kleinen, kreuzförmigen Sternen. Die *Lucky Strike* flog Iwo Jima entgegen, kam ihrem Ziel mit jeder Minute um vier Meilen näher. January beugte sich vor, drückte sein Gesicht an die kühle Stirnstütze des Bombenzielgeräts und hoffte, daß sie seine Gedanken wie seine Stirn festhalten mochte. Es funktionierte erstaunlich gut.

Seine Kopfhörer knackten, und er setzte sich auf. »Captain January.« Es war Shepard. »Wir machen die Bombe jetzt scharf, wollen Sie zusehen?«

»Klare Sache.« Er schüttelte den Kopf, überrascht von seiner eigenen Doppelzüngigkeit. Er stieg zu den Piloten hoch und ging steif zu der geräumigen Kabine hinter dem Cockpit. Matthews nahm an seinem Schreibtisch anhand der Funksignale aus Iwo Jima und Okinawa eine Standortbestimmung vor, und Haddock stand neben ihm. Am anderen Ende der Kabine befand sich eine kleine kreisrunde Luke, hinter der ein großer Tunnel bis in den hinteren Bereich des Flugzeugs führte. January öffnete sie, setzte sich und schwang sich mit den Füßen voran durch das Loch.

Der Bombenschacht war noch nicht erwärmt, und die kalte Luft fühlte sich gut an. Er stand der Bombe gegenüber. Stone saß auf dem Boden des Schachts; Shepard lag ausgestreckt unter der Bombe und griff in sie hinein. Auf einem Gummitablett neben Stone befanden sich Werkzeuge, Platten und verschiedene zylindrische Blöcke. Shepard zog sich hervor, setzte sich auf und saugte an einem abgeschürften Knöchel. Er schüttelte reuevoll den Kopf: »Ich wage es nicht, bei dieser hier Handschuhe zu tragen.«

»Ich bin schon froh genug, wenn du nicht irgendwas fallenläßt«, witzelte January nervös. Die zwei Männer lachten.

»Nichts kann in die Luft gehen, ehe ich nicht diese grünen Drähte an die roten angeschlossen habe«, sagte Stone.

»Gib mir mal den Schraubenschlüssel«, sagte Shepard. Stone reichte ihn ihm, und er streckte sich wieder unter der Bombe aus. Nach ein paar furchtbaren Knirschlauten im Inneren holte er einen zylindrischen Stecker heraus. »Verschlußstecker«, sagte er und legte ihn auf die Matte.

January stellte fest, daß er in der kalten Luft eine Gänsehaut bekam. Stone reichte Shepard einen der Blöcke. Shepard machte sich wieder unter der Bombe zu schaffen. »Die roten Enden an den Verschluß.« – »Ich weiß.« Während er ihnen zusah, wurde January an einen Automechaniker auf dem öligen Boden einer Werkstatt erinnert, der unter einem Wagen hantiert. Er hatte selbst einige Jahre damit zugebracht, nachdem seine Familie nach Vicksburg gezogen war. Hiroshima war eine Flußstadt. Einmal waren bei einem Pritschenlaster, der Säcke mit Zementstaub die Fourth Street hinuntergebracht hatte, die Bremsen ausgefallen, und er war auf die Kreuzung River Road zugerast, wo er trotz der Bemühungen des Fahrers, zu wenden, in einen vorüberkommenden Wagen gekracht war. Frank hatte draußen auf dem Hof gespielt, das Krachen gehört und den Zementstaub aufsteigen sehen. Er war einer der ersten am Unfallort gewesen. Die Frau und das Kind auf dem Rücksitz des Modell T waren getötet worden. Der Fahrerin war nichts passiert. Sie stammten aus Chicago. Eine

Gruppe von Leuten beruhigte den Fahrer des Lasters, der beim Modell T zu helfen versuchte, obwohl er eine schlimme Schnittwunde am Kopf hatte und über und über mit weißem Staub bedeckt war.

»Okay, ziehen wir den Verschlußstecker fest.« Stone gab Shepard den Schraubenschlüssel. »Genau sechzehn Drehungen«, sagte Shepard. Trotz der Kühle im Schacht schwitzte er, und er hielt inne, um sich über die Stirn zu fahren. »Hoffen wir, daß wir nicht von einem Blitz getroffen werden.« Er legte den Schraubenschlüssel zur Seite, erhob sich auf die Knie und nahm eine kreisrunde Platte. Radkappe, dachte January. Stone verband Drähte miteinander, dann half er Shepard, zwei weitere Platten zu installieren. Gutes altes amerikanisches Know-how, dachte January, während die Gänsehaut ihn zunehmend frösteln machte. Da war Shepard, ein Wissenschaftler, der eine Bombe zusammensetzte, als wäre er ein Automechaniker, der Öl und Reifen wechselt. January empfand eine Welle des Zorns auf die Wissenschaftler, die die Bombe entworfen hatten. Sie hatten da unten in New Mexico über ein Jahr lang daran gearbeitet, hatte denn keiner von ihnen während der ganzen Zeit je innegehalten, um darüber nachzudenken, was sie da taten?

Aber sie brauchten sie ja nicht abzuwerfen. January wandte sich ab, um sein Gesicht vor Shepard zu verbergen, und trat in den Schacht zurück. Die Bombe sah wie ein großer langer Abfalleimer aus, mit Finnen an einem Ende und kleinen Antennen am anderen. Bloß eine Bombe, dachte er, zum Teufel, es ist bloß eine weitere Bombe.

Shepard stand da und tätschelte sanft die Bombe. »Wir sind jetzt lebendig geworden.« Kein Gedanke daran, was sie anrichten würde. January eilte von dem Mann fort, aus Angst, daß der Haß seine Hülle sprengen und ihn mit sich fortreißen würde. Die Pistole an seinem Gürtel verfing sich an der Luke, und er stellte sich vor, wie er damit Shepard erschoß – und auch Fitch und McDonald –, und sich an den Kontrollen zu schaffen machte, so daß die *Lucky Strike* sich schräg legte und wie ein verbrauchtes Leuchtspurgeschoß, wie ein von einer Flak abgeschossenes Flugzeug, trudelnd ins Meer stürzte. Ganz so wie es menschlichem Aberwitz gebührte. Niemand würde je erfahren, was ihnen zugestoßen war, und ihr

Abfalleimer würde auf den Grund des Pazifiks gekippt werden, dort, wo er hingehörte. Er könnte sogar jeden erschießen und dann mit dem Fallschirm abspringen, und vielleicht würde er von einem der Superdumbos gerettet werden, die ihnen folgten . . .

Der Gedanke verflog, und als January sich an ihn erinnerte, verengte er vor Empörung die Augen. Aber ein anderer Teil von ihm begrüßte diese Lösung. Sie war durchführbar und löste sein Problem. Seine Finger erkundeten den Halfterverschluß.

»Willst du 'n Kaffee?« fragte Matthews.

»Klar«, sagte January und nahm die Hand von der Pistole, um nach dem Becher zu greifen. Er nippte: heiß. Er sah zu, wie Matthews und Benton das Fern-Navigationssystem einstellten. Als die Peiltöne hereinkamen, nahm Matthews ein Lineal und zog auf seinem Kartentisch Linien, ausgehend von Okinawa und Iwo Jima. Er tippte mit dem Finger auf das Planquadrat. »Sie haben die Navigation jeder Kunst beraubt«, sagte er zu January. »Sie könnten genausogut aufhören, Navigatorkuppeln zu bauen«, und klopfte an die kleine Plexiglaswölbung über ihnen.

»Gutes altes amerikanisches Know-how«, sagte January.

Matthews nickte. Mit zwei Fingern maß er die Entfernung zwischen ihrer Position und Iwo Jima. Benton maß mit einem Lineal.

»Rendezvous um fünf fünfunddreißig, eh?« sagte Matthews. Sie würden sich mit den zwei Schleppflugzeugen über Iwo treffen.

Benton widersprach: »Ich würde sagen, fünf fünfzig.«

»Was? Prüfen Sie das nach, Mann, wir sind hier nicht in einem Schleppdampfer.«

»Der Wind –«

»Ja, der Wind. Frank, willst du dich auch an der Wette beteiligen?«

»Fünf sechsunddreißig«, sagte January prompt.

Sie lachten. »Seht ihr, er setzt mehr Vertrauen in mich«, sagte Matthews mit einem blöden Grinsen.

January erinnerte sich wieder an den Plan, die Crew zu erschießen und das Flugzeug über dem Meer abstürzen zu lassen, und er schürzte angewidert die Lippen. Nicht um alles in der Welt wäre er in der Lage, diese Männer zu erschießen, die, wenn auch nicht seine Freunde, so doch wenigstens seine Kameraden waren. Sie waren so gut wie Freunde. Sie würden keinem ein Leid tun.

Shepard und Stone kamen in die Kabine geklettert. Matthews bot ihnen Kaffee an. »Das Ding ist bereit, ihnen den Arsch zu versohlen, eh?« Shepard nickte und trank.

January ging weiter, an Haddocks Konsole vorbei. Noch ein Plan, der nicht funktionieren würde. Was sollte er tun? Alle Anzeigen und Pegel des Bordingenieurs zeigten Normalzustand. Vielleicht könnte er etwas sabotieren? Irgendwo einen Draht durchschneiden?

Fitch schaute zu ihm nach hinten und meinte: »Wann werden wir über Iwo sein?«

»Um fünf vierzig, sagt Matthews.«

»Hoffentlich hat er recht.«

Ein Schläger. In Friedenszeiten würde Fitch an irgendeinem Pooltisch herumhängen und den Bullen Ärger bereiten. Er war bestens für den Krieg geeignet. Tibbets hatte seine Männer gut ausgesucht – die meisten von ihnen jedenfalls. Als January an Haddock vorbei war, blieb er kurz stehen und starrte zu der Gruppe von Männern in der Navigationskabine. Sie scherzten, tranken Kaffee. Sie waren alle ein bißchen wie Fitch: junge Rauhbeine, tüchtig und gedankenlos. Sie hatten einen Mordsspaß, erlebten ein Abenteuer. Das war Januarys vorherrschender Eindruck von seinen Kameraden im 509ten; trotz all der Sauereien und der gelegentlichen Augenblicke überwältigender Furcht hatten sie einen Mordsspaß. Sein Verstand eilte voraus und er konnte sich ausdenken, zu was diese jungen Männer heranwachsen würden, es war, als stünden sie schon in ihren Geschäftsanzügen, wohlhabend und kahlköpfig, vor ihm. Sie würden rauh, tüchtig und gedankenlos sein, und während die Jahre vergingen und der große Krieg allmählich in Vergessenheit geriet, würden sie auf ihn mit wachsender Nostalgie zurückschauen, denn sie wären die Überlebenden und nicht die Toten. Jedes Kriegsjahr würde ihnen in der Erinnerung wie zehn vorkommen, so daß die Haupterfahrung ihres Lebens immer Krieg bleiben würde – als Zeit, in der Geschichte noch deutlich in ihren Händen lag, wo jede ihrer täglichen Handlungen in sie einging, als moralische Werte einfach waren und andere ihnen sagten, was sie zu tun hatten. Je mehr die Jahre vergingen, je stärker die Überlebenden alterten, ihre Körper verfielen und sie in dem einen oder anderen Trott dahinlebten, desto intensiver würden sie unbewußt einen neuen Krieg herbeisehnen, da sie insgeheim glaubten, sie würden auf magische Weise wieder so sein wie im letzten – jung, frei und glücklich. Und da sie bis dahin die Positionen der Macht innehätten, würden sie auch die Möglichkeit besitzen, Krieg zu führen.

Also würde es weitere Kriege geben. Er hörte es in Matthews' Lachen, sah es in ihren erregten Augen. »Da ist Iwo, und es ist fünf einunddreißig. Her mit dem Geld! Ich hab' gewonnen!« Und in künftigen Kriegen würden sie mehr Bomben von dieser Art haben, zweifellos Hunderte von ihnen. Er sah weitere Flugzeuge, weitere junge Crews wie diese, die zweifellos nach Moskau oder sonstwohin flögen, Feuerbälle in jeder Hauptstadt, warum auch nicht? Und wozu? Wozu? Damit die alten Männer hoffen konnten, auf magische Weise wieder jung zu werden. Nichts ist normaler als das.

Sie waren über Iwo Jima. Noch drei Stunden bis Japan. Stimmen aus der *Great Artiste* und *Number 91* knisterten im Funk. Rendezvous abgeschlossen, die drei Flugzeuge flogen nordwärts, nach Shikoku, der ersten japanischen Insel auf ihrem Weg. January ging nach achtern, um die Toilette zu benutzen. »Bist du okay, Frank?« fragte Matthews. »Klar. Nur der Kaffee ist scheußlich.« – »Ist er nicht immer.« January zupfte an seiner Baseballmütze und eilte davon. Kochenski und die anderen Bordschützen spielten Poker. Als er fertig war, kehrte er nach vorne zurück. Matthews saß auf dem Stuhl vor seinen Karten und bereitete seine Geräte für die konstante Überwachung des Abtriftens vor, das dann erforderlich wäre. Haddock und Benton waren ebenfalls an ihren Plätzen beschäftigt. January wand sich zwischen den Piloten hinunter zur Nase durch. »Gut Schuß«, rief Matthews ihm nach.

Dort vorn schien es ruhiger zu sein. January setzte sich, schob sich den Kopfhörer über und beugte sich vor, um durch das geriffelte Plexiglas zu schauen.

Die Dämmerung hatte das gesamte Himmelsgewölbe rosa gefärbt. Langsam veränderte sich der strahlende Schatten von Blaßlila zu Blau, Pulsschlag auf Pulsschlag eine andere Farbe. Der Ozean unter ihnen war eine glitzernde blaue Fläche, marmoriert von einem Muster hellrot gebauschter Wolken. Der Himmel über ihnen war eine gewaltige Kuppel, oben dunkler als am Horizont. Für January war die Dämmerung die Zeit, in der man am deutlichsten erkannte, wie groß die Erde war und wie hoch sie über ihr hinwegflogen. Es erschien ihm, als flögen sie am äußersten Rand der Atmosphäre, und January sah, wie dünn sie war, eigentlich nur eine Haut aus Luft, so daß sich sogar, wenn sie bis zu ihr hinaufflogen, die Erde unter ihr immer noch grenzenlos in alle Richtungen hin ausdehnte. Der Kaffee hatte January erwärmt, er schwitzte. Sonnenlicht brach sich im Plexiglas. Seine Uhr zeigte sechs. Das Bombenzielgerät peilte auf Mitte Horizont und blaue Erdhalbkugel. Seine Kopfhörer knackten, und er lauschte den Berichten der Leitflugzeuge, die über den Zielstädten flogen. Kokura, Nagasaki, Hiroshima, alle hatten sie eine Sechszehntel-Wolkendecke. Vielleicht würden sie die ganze Mission wegen des Wetters abbrechen. »Zuerst schauen wir uns Hiroshima an«, sagte Fitch. January spähte mit neuerwachtem Interesse auf die Miniaturwolkenfelder hinunter. Sein Fallschirm verschob sich unter ihm. Während er ihn wieder zurechtrückte, stellte er sich vor, wie er ihn anlegte, sich hinten zur Hauptfluchtluke unter der Kabine des Navigators schlich, die Luke öffnete . . . er könnte aus dem Flugzeug verschwunden sein, bevor es jemand bemerkte. Es ihnen überlassen. Sie könnten die Bombe werfen oder nicht, aber es wäre nicht January, der es tat. Er könnte wie am Schirm einer Pusteblume auf die Welt hinunterschweben, die kühle Luft um sich rauschen hören und den seidenen Baldachin ansehen, der wie ein Miniaturhimmel über ihm hing, eine private Welt.

Ein augenloses schwarzes Gesicht. January schauderte; es war, als könnte der Alptraum jeden Augenblick zurückkehren. Wenn er sprang, würde sich nichts ändern, die Bombe würde immer noch fallen – würde er sich dann irgendwie besser fühlen, treibend auf seinem Inlandmeer? Klar, rief ein Teil von ihm; vielleicht, räumte ein anderer ein; der Rest von ihm sah dieses Gesicht . . .

Die Kopfhörer knackten. Shepard sagte: »Lieutenant Stone hat die Bombe jetzt scharf gemacht, und ich kann Ihnen allen sagen, was wir befördern. Bei uns an Bord befindet sich die erste Atombombe der Welt.«

Nicht ganz, dachte January. Pfiffe gellten in seinen Kopfhörern. Die erste ging in New Mexico los. Atome spalten: January hatte diesen Ausdruck schon früher gehört. Gewaltige Energien in jedem einzelnen Atom, hatte Einstein gesagt. Brich eines auf, und – er hatte das Ergebnis im Film gesehen. Shepard sprach über Radioaktivität, was January weiteres in Erinnerung brachte. Entfesselte Energie in Form von Röntgenstrahlen. Getötet durch Röntgenstrahlen! Es wäre gegen die Genfer Konvention, wenn sie das vorhatten.

Fitchs Stimme erklang. »Wenn die Bombe abgeworfen ist, wird Lieutenant Benton unsere Reaktionen auf das, was wir sehen, aufzeichnen. Diese Aufzeichnungen werden für die Geschichte gemacht, also hütet eure Zungen.« Hütet eure Zungen! January stieß ein Lachen aus. Flucht nicht und lästert nicht Gott beim Anblick der ersten Atombombe, wie sie eine Stadt und alle ihre Bewohner mit Röntgenstrahlen auslöscht!

Sechs zwanzig. January stellte fest, daß er mit den Händen die Stirnstütze des Bombenzielgeräts umklammerte. Er hatte den Eindruck, als habe er Fieber. Im rauhen Hereinbrechen des Morgenlichts schien die Haut auf seinen Handrücken leicht durchsichtig zu sein. Die Hautlinien sahen wie das zarte Muster von Wellen auf der Oberfläche des Meeres aus. Seine Hände waren aus Atomen gemacht. Atome waren die kleinsten Bausteine der Materie, es waren Billionen von ihnen erforderlich, um diese angespannten, zitternden Hände zu schaffen. Das bedeutete, daß die Energie, die sich nur in einer Hand befand . . . Er drehte die Hand um und betrachtete die Linien und das fleckige Fleisch unter der durchsichtigen Haut. Ein Mensch war eine Bombe, die die Welt in die Luft sprengen konnte. January spürte diese latente Macht in ihm, wie sie mit jedem schweren Herzschlag pulsierte. Was für Geschöpfe waren sie doch und in welch blauer Unermeßlichkeit von Welt! – Und sie waren auf dem Wege, ein Bombe abzuwerfen und hunderttausend dieser erstaunlichen Geschöpfe zu töten.

Wenn ein Fuchs oder Waschbär sich mit einem Bein in einer Falle verfängt, springt er umher, bis das Bein zerschunden, verdreht oder gebrochen ist, und erst dann zwingen Schmerz und Erschöpfung das Tier zum Aufgeben. Jetzt wollte January auf ähnliche Weise aufgeben. Sein Verstand schmerzte. Seine Fluchtpläne waren blanker Unsinn – dumm, nutzlos. Es war besser, aufzugeben. Er versuchte, mit dem Denken aufzuhören, aber es war hoffnungslos. Wie sollte er aufhören? Solange er bei Bewußtsein war, würde er denken. Der Verstand kämpft länger in seinen Fallen als jeder Fuchs.

Die *Lucky Strike* ging in Schräglage und begann den langen Aufstieg zur Bombenabwurfhöhe. Am Horizont lagen die Wolken über einer grünen Insel. Japan. Es war bestimmt heißer geworden, das Heizgerät mußte kaputtgegangen sein, dachte er. Nicht denken. Alle paar Minuten gab Matthews Fitch kleine Kurskorrekturen durch. »Jetzt zwei fünfundsiebzig. Das wär's.« Um dem Augenblick zu entfliehen, erinnerte January sich an seine Kindheit. Wie er einem Muli und einem Pflug gefolgt war. Wie er nach Vicksburg gezogen war. Eine Zeitlang hatte er dort in Vicksburg, da seine Mutter es ihm schwer gemacht hatte, Freunde zu finden, ein Spiel mit sich selbst gespielt. Er hatte sich die Zeit vertrieben, indem er sich vorstellte, daß alles, was er tat, lebenswichtig und bestimmend für das Schicksal der Welt war. Wenn er zum Beispiel vor einem bestimmten Wagen eine Straße überquerte, dann würde der Wagen es nicht mehr bis zur nächsten Kreuzung schaffen, bevor ein Laster in ihn hineinfuhr und so der Fahrer getötet wurde, der dann nicht mehr in der Lage wäre, das Flugboot zu erfinden, das Präsident Wilson vor den Entführern gerettet hätte – also mußte er auf diesen Wagen warten, weil alles Folgende davon abhing. Ach, zum Teufel, dachte er, denk an was *anderes*. Diese letzte Hornblower-Geschichte, die er gelesen hatte – wie hätte er sich aus dieser Situation befreit? Das runde O im Gesicht seiner Mutter, als sie hereingelaufen kam und sah, daß sein Arm – der Mississippi, schlammbraun hinter den Uferdämmen – abrupt schüttelte er den Kopf, das Gesicht vor Frustration und Verzweiflung verzerrt, als ihm schließlich bewußt wurde, daß er sich jetzt in keine Erinnerung mehr flüchten konnte, denn jetzt gab es keinen Abschnitt seines Lebens mehr, der nicht mit der Lage, in der er sich befand, zusammenhing, und einerlei, in welche Richtung er dachte, er würde der Stunde, die ihm bevorstand, nicht entgehen können.

Weniger als eine Stunde. Sie waren auf dreißigtausend Fuß, Bombenabwurfhöhe. Fitch gab ihm Höhenangaben durch, damit er sein Zielgerät darauf einrichtete. Matthews gab ihm Windgeschwindigkeiten durch. Schweiß geriet ihm in die Augen, und er blinzelte heftig. Die Sonne stieg wie eine Atombombe hinter ihnen auf, brachte jede Nische und Rille des Plexiglases zum Glitzern, erhellte sein Kuppelabteil mit heftigem Glanz. Zunichtegemachte Pläne zermürbten seinen Verstand, er atmete schnell, seine Kehle war trocken. Nutzlos und wiederholt verfluchte er die Wissenschaftler und Truman. Verfluchte er die Japaner, weil sie das ganze Durcheinander überhaupt erst angerichtet hatten, verfluchte er die gelben Mörder, sie hatten es sich selbst zuzuschreiben. Denkt an Pearl Harbor. Amerikaner waren im Bombenhagel umgekommen, obwohl gar kein Krieg erklärt worden war; sie hatten ihn angefangen und jetzt schlug er mit Macht auf sie zurück. Und sie verdienten es. Und eine Invasion Japans würde Jahre dauern, Millionen Leben kosten – macht dem jetzt ein Ende, macht dem ein Ende, sie verdienten es, sie verdienten den kochenden Fluß voll verkohlter Menschen, die stumm starben, verdammte störrische Rasse von Wahnsinnigen!

»Da ist Honshu«, sagte Fitch, und January kehrte in die Welt des Flugzeugs zurück. Sie waren über der Inlandsee. Bald würden sie das Sekundärziel passieren, Kokura, ein bißchen weiter südlich. Sieben dreißig. Die Insel war stärker von Wolken verhangen als das Meer, und wieder machte Januarys Herz einen Sprung bei der Vorstellung, daß das Wetter sie zum Abbruch der Mission zwingen könnte. Aber sie verdienten es. Es war eine Mission wie jede andere Mission. Er hatte Bomben über Afrika, Sizilien, Italien und ganz Deutschland abgeworfen . . . Er beugte sich vor, um einen Blick durch das Visier zu werfen. Unter dem X des Fadenkreuzes lag das Meer, doch an der Leitkante des Visiers war Land. Honshu. Bei zweihundertunddreißig Meilen die Stunde würden sie in etwa einer halben Stunde über Hiroshima sein. Vielleicht eher. Er fragte sich, wie lange sein Herz noch so hart klopfen könnte.

Fitch sagte: »Matthews, ich übergebe Ihnen die Leitung. Sagen Sie uns, was zu tun ist.«

»Zwei Grad südlich gehen«, war alles, was Matthews sagte. Schließlich hatten ihre Stimmen doch noch eine Spur Bewußtsein, sogar von Angst angenommen.

»January, sind Sie bereit?« fragte Fitch.

»Ich warte nur«, sagte January. Er setzte sich auf, so daß Fitch seinen Hinterkopf sehen konnte. Das Bombenzielgerät stand zwischen seinen Beinen. Ein Schalter an der Seite würde den Bombardierungsvorgang auslösen; die Bombe würde das Flugzeug nicht unmittelbar auf das Umlegen des Schalters hin verlassen, sondern erst nach einem fünfzehnsekundigen Funksignal abgeworfen werden, das die folgenden Flugzeuge warnte. Das Visier war entsprechend darauf eingestellt.

»Wählen Sie einen Steuerkurs von zwo fünfundsechzig«, sagte Matthews. »Wir kommen in direkten Aufwind.« Man ersparte so jede Seitenabtriftkorrektur der Bombe. »January, stellen Sie sie auf zwohunderteinunddreißig Meilen die Stunde ein.«

»Zwo einunddreißig.«

Fitch sagte: »Alle außer January und Matthews legen ihre Schutzbrillen an.«

January nahm die getönte Brille vom Boden. Man brauchte sie, um die Augen zu schützen, oder sie würden schmelzen. Er legte sie an und preßte seine Stirn auf die Stütze. Sie war im Weg. Er nahm sie ab. Als er wieder durch das Visier schaute, war Land unter dem Fadenkreuz. Er sah auf die Uhr. Punkt acht. Aufstehen und die Zeitung lesen, Tee trinken.

»Zehn Minuten bis ZP«, sagte Matthews. Der Zielpunkt war die Aioi-Brücke, eine T-förmige Brücke in der Mitte der sich deltaförmig verbreiternden Stadt. Leicht auszumachen.

»Da unten ist es recht wolkig«, nickte Fitch. »Werden Sie gut genug sehen können?«

»Das weiß ich erst, wenn wir's versucht haben«, sagte January.

»Wir können einen neuen Anflug machen und dabei, falls nötig, Radar einsetzen«, sagte Matthews.

Fitch sagte: »Werfen Sie erst ab, wenn Sie ganz sicher sind, January.«

»Ja, Sir.«

Durch das Visier war zwischen zerrissenen Wolken vage eine Ansammlung von Hausdächern und grauen Straßen zu sehen. Ringsum grüner Wald. »Na schön«, rief Matthews, »dann los! Halten Sie genau den Steuerkurs, Captain! January, wir bleiben bei zwo einunddreißig.«

»Und derselbe Steuerkurs«, sagte Fitch. »January, Sie sind dran. Überprüfen Sie alle, ob die Schutzbrillen sitzen. Und machen Sie sich fürs Abdrehen bereit.«

Januarys Welt zog sich zu der Szenerie im Bombenzielgerät zusammen. Ein gesprenkeltes Feld aus Wolken und Wald. Über eine schmale Hügelkette zu Hiroshimas Stromgebiet. Der breite Fluß war schlammig braun, das Land blaß dunstiggrün, das zunehmende Netzwerk der Straßen stumpfgrau. Jetzt bedeckten die winzigen rechteckigen Formen der Gebäude fast das ganze Land, und schwimmend kam die eigentliche Stadt in Sicht, schmale Inseln, die sich in einer dunkelblauen Bucht drängten. Unter dem Fadenkreuz bewegte sich die Stadt Insel für Insel, Wolke für Wolke vorbei. January hatte zu atmen aufgehört, seine Finger hingen starr wie Steine am Schalter. Und da war die Aioi-Brücke. Sie glitt direkt unter das Fadenkreuz, ein winziges T mitten in einem Riß in den Wolken. Januarys Finger berührten den Schalter. Bedächtig holte er Luft, hielt sie an. Wolken schwammen unter dem Fadenkreuz hindurch, dann die nächste Insel. »Fast da«, sagte er ruhig in sein Mikrofon. »Fertig.« Jetzt, da er die Verantwortung trug, summte sein Herz. Er zählte bis zehn. Jetzt trieben unter dem Fadenkreuz abwechselnd Wolken mit grünen Wäldern und bleiernen Straßen dahin. »Ich habe den Schalter umgelegt, aber ich krieg' das Funksignal nicht!« krächzte er ins Mikro. Seine rechte Hand hielt den Schalter fest an seinem Platz. Fitch schrie etwas – Matthews' Stimme übertönte ihn knackend – »Ich zieh ihn v-vor und zurück«, rief January, wobei er das Bombenzielgerät mit seinem Körper vor den Blicken der Piloten abschirmte. »*Aber* – Moment mal –«

Er legte den Schalter um. Ein leises Summen erfüllte seine Ohren. »Da ist es! Es hat angeschlagen!«

»Aber wo wird sie aufkommen?« schrie Matthews.

»Festhalten!« rief January.

Die *Lucky Strike* bebte und ging zehn oder zwanzig Fuß in die Höhe. January wand sich, um nach unten zu schauen, und da war die Bombe, flog direkt unter dem Flugzeug dahin. Dann fiel sie taumelnd weg.

Das Flugzeug tauchte rechts ab und ging so hart in den Sturzflug über, daß die Zentrifugalkraft January gegen das Plexiglas warf. Mehrere tausend Fuß tiefer stabilisierte Fitch es wieder, und sie rasten nach Norden.

»Seht ihr was?« schrie Fitch.

An der Heckwaffe keuchte Kochenski: »Nichts.« January rappelte sich auf. Er griff nach der Schweißerbrille, aber er hatte sie nicht mehr auf dem Kopf. Er konnte sie nicht finden. »Wie lang ist es her?« fragte er.

»Dreißig Sekunden«, erwiderte Matthews.

January schloß krampfhaft die Augen.

Das Blut in seinen Lidern wurde plötzlich rot, dann weiß.

In den Kopfhörern ein Durcheinander von Stimmen: »Oh, mein Gott. Oh, mein Gott.« Das Flugzeug hüpfte und sprang, Metall knirschte. January preßte sich gegen das Plexiglas. »Noch 'ne Schockwelle!« schrie Kochenski. Das Flugzeug wurde erneut durchgeschüttelt, geriet völlig außer Kontrolle, das ist es, dachte January, das Ende der Welt, ich schätze, das löst mein Problem.

Er öffnete die Augen und stellte fest, daß er noch sehen konnte. Die Motoren dröhnten noch, die Propeller drehten sich. »Das waren die Schockwellen von der Bombe«, rief Fitch. »Wir sind jetzt okay. Schaut euch das an! Schaut euch dieses unglaubliche Bild an!«

January schaute. Die untere Wolkenschicht war auseinandergerissen, und eine schwarze Rauchsäule türmte sich über einem Kern aus rotem Feuer auf. Schon hatte die Spitze der Säule ihre größte Höhe erreicht. Schreie des Entsetzens tosten schmerzhaft in seinen Ohren. Er starrte auf den heißen Stiel der Wolke, auf die Feuerwogen, die in ihm wallten. Plötzlich konnte er an der Wolke vorbeisehen, und seine Fingernägel gruben sich in die Handflächen. Durch einen Riß in den Wolken sah er es deutlich, das Delta, die sechs Flüsse, dort links von der Rauchsäule: die Stadt Hiroshima, unberührt.

»Wir haben sie verfehlt!« schrie Kochenski. »Wir haben sie verfehlt!«

January wandte sich ab, um sein Gesicht vor den Piloten zu verbergen; ein zufriedenes Grinsen lag darauf. Er setzte sich in seinem Sitz zurück und ließ zu, daß Erleichtertung ihn erfüllte.

Dann war es vorbei. »Verflucht nochmal!« schrie Fitch auf ihn herunter. McDonald versuchte ihn zurückzuhalten. »January, stehen Sie auf!«

»Ja, Sir.« Jetzt gab es eine Menge neuer Probleme.

January stand auf und drehte sich um, die Beine schwach. Seine rechten Fingerspitzen pochten schmerzhaft. Die Männer hatten sich dicht zusammengedrängt, um durch das Plexiglas zu schauen. January schaute mit ihnen.

Die Pilzwolke bildete sich. Sie wallte empor, als wollte sie sich für immer ausdehnen, gespeist von dem Inferno und dem schwarzen Stiel unter ihr. Es sah aus, als wäre sie zwei Meilen breit und eine halbe Meile hoch und als würde sie sich bis in die Höhe hinauf ausdehnen, in der sie flogen, um ihr Flugzeug auf diese Weise zu einem winzigen Zwerg zu machen. »Glaubst du, wir werden jetzt steril?« fragte Matthews.

»Ich kann die Strahlung schmecken«, erklärte McDonald. »Ihr auch? Sie schmeckt wie Blei.«

Flammenausbrüche schossen von unten die Wolke hinauf und gaben ihrem Stiel eine purpurne Färbung. Da stand sie: wie lebendig, böse, sechzigtausend Fuß hoch. Eine Bombe. January drängte sich überwältigt an den Piloten vorbei in die Navigatorkabine.

»Soll ich anfangen, die Reaktionen der einzelnen aufzuzeichnen, Captain?« fragte Benton.

»Zum Teufel damit«, sagte Fitch und folgte January nach hinten. Aber Shepard kam zuerst dort an, indem er rasch aus der Navigatorkuppel herunterstieg. Er eilte durch die Kabine und packte January an der Schulter. »Du Bastard!« schrie er, während January zurücktaumelte. »Du hast die Nerven verloren, du Feigling!«

January wandte sich Shepard zu, glücklich, endlich ein Ziel zu haben, aber Fitch griff ein, nahm ihn beim Kragen und zog ihn zu sich herum, bis sie sich von Angesicht zu Angesicht gegenübersahen –

»Stimmt das?« schrie Fitch, so zornig wie Shepard. »Hast du absichtlich dran gedreht?«

»Nein«, grunzte January und stieß Fitchs Hand von seinem Hals fort. Er holte aus und schlug Fitch, kräftig und derb, auf den Mund. Fitch taumelte fassungslos zurück und wäre zweifellos auf January losgegangen, wenn Matthews, Benton und Stone nicht dazwischengegangen und ihn mit Ordnungsrufen zurückgehalten hätten. »Seid still! Seid still!« schrie McDonald vom Cockpit aus, und einen Augenblick lang war es ein Tollhaus, aber Fitch ließ sich beruhigen, und bald waren nur noch McDonalds Rufe nach Stille zu hören. January zog sich zwischen die Pilotensitze zurück, die rechte Hand am Pistolenhalfter.

»Die Stadt war im Fadenkreuz, als ich den Schalter umlegte«, sagte er. »Aber als ich ihn die ersten paar Male bewegte, geschah nichts –«

»Das ist eine Lüge!« rief Shepard. »Mit dem Schalter war alles in Ordnung, ich habe ihn selbst überprüft. Außerdem explodierte die Bombe *meilenweit* hinter Hiroshima, schaut selbst! Das bedeutet *Minuten*.« Er wischte sich Speichel vom Kinn und deutete auf January. »Du hast's getan.«

»Das weißt du nicht«, sagte January. Aber er konnte sehen, daß Shepard die Männer schon überzeugt hatte, und wich einen Schritt zurück. »Bringt mich zu einem Untersuchungsausschuß, rasch. Und laßt mich bis dahin allein. Wenn ihr mich noch einmal anfaßt«, er starrte erst Fitch und dann Shepard gehässig an, »erschieße ich euch.« Er drehte sich um und sprang zu seinem Sitz hinunter, wobei er sich bloßgestellt und verwundbar vorkam wie ein gefangener Waschbär.

»Sie werden *dich* dafür erschießen«, schrie Shepard hinter ihm her. »Befehlsverweigerung – Verrat –« Matthews und Stone brachten ihn zum Schweigen.

»Verschwinden wir von hier«, hörte er McDonald sagen. »Ich kann das Blei schmecken, ihr nicht?«

January blickte durch das Plexiglas hinaus. Die riesige Wolke brannte und wallte noch immer. Ein Atom . . . Nun, sie hatten es diesem Wald wirklich gegeben. Er hätte fast aufgelacht, hielt sich aber zurück, aus Angst vor Hysterie. Durch einen Riß in den Wolken erspähte er zum erstenmal einen deutlichen Blick auf Hiroshima. Es lag wie eine Landkarte über seine Insel ausgebreitet, unversehrt. Nun, das war's dann wohl. Das Inferno an der Säule der Pilzwolke fand acht oder zehn Meilen oberhalb der Küste, der Bucht und ein oder zwei Meilen weiter im Landesinneren statt. Ein gewisser Waldflecken würde verschwunden sein, zerstört – völlig vom Angesicht der Erde getilgt. Die Japse würden hinausgehen und den Schaden ermitteln können. Und wenn man ihnen sagte, es sei eine Demonstration, eine Warnung gewesen –

und wenn sie schnell genug handelten – nun, dann hatten sie ihre Chance. Vielleicht würde es klappen.

Als die Anspannung nachließ, wurde January übel. Er erinnerte sich an Shepards Worte und wußte, daß, ob sein Plan nun klappte oder nicht, er in Schwierigkeiten war. In Schwierigkeiten! Es war schlimmer als das. Bitter verfluchte er die Japaner, er wünschte sich sogar für einen Augenblick, daß er die Bombe auf *sie* geworfen *hätte*. Müde ließ er es zu, daß Verzweiflung ihn übermannte.

Lange Zeit später setzte er sich aufrecht hin. Wieder einmal war er ein gefangenes Tier. Er begann nach einer Fluchtmöglichkeit zu suchen, sich Pläne auszudenken. Eine Alternative nach der anderen. Während des ganzen langen, grimmigen Fluges nach Hause überlegte er, wirbelte sein Verstand unablässig im Tempo der Propeller und noch schneller dahin. Und als sie auf Tinian landeten, hatte er einen Plan. Es war eine gewagte Sache, schätzte er, aber etwas Besseres fiel ihm nicht ein.

Die Besprechungshütte war wieder von MPs umstellt. January stolperte mit den Übrigen vom Laster und ging hinein. Er war sich mehr denn je der Blicke bewußt, die ihm galten, und sie waren hart, anklagend. Er war zu müde, um darauf zu achten. Er hatte seit über sechsunddreißig Stunden nicht mehr geschlafen. Jetzt zitterte der Raum von den fehlenden Motorvibrationen, und selbst die Stille dröhnte. Er mußte unbedingt an den Grundlinien seines Planes festhalten. Die Blicke von Fitch und Shepard, die verletzte Begriffsstutzigkeit von Matthews, er mußte sie aus seinem Denken verbannen. Dankbar zündete er sich eine Zigarette an.

Im Durcheinander der Fragen und Argumente schilderten die anderen den Einsatz. Dann lenkten der hagere Scholes und ein Offizier des Nachrichtendienstes das Gespräch auf den Bombenzielanflug. Januarys Plan machte es erforderlich, an seiner Geschichte festzuhalten: ». . . und als das ZP im Fadenkreuz war, legte ich den Schalter um, aber ich empfing kein Signal. Ich legte ihn wiederholte Male um, bevor der Ton schließlich einsetzte. Von diesem Zeitpunkt an waren es immer noch fünfzehn Sekunden bis zur Auslösung.«

»Gab es etwas, das das Aussetzen des Signals bewirkt haben könnte?«

»Nichts, was mir sofort aufgefallen wäre, aber –«

»Das ist unmöglich«, unterbrach Shepard mit rotem Gesicht. »Ich habe den Schalter überprüft, bevor wir abflogen, und er war völlig in Ordnung. Außerdem wurde die Bombe erst mehr als eine Minute –«

»Captain Shepard«, sagte Scholes. »Wir werden Sie zu gegebener Zeit befragen.«

»Aber es ist doch offensichtlich, daß er lügt –«

»Captain Shepard! Es ist überhaupt nichts offensichtlich. Reden Sie nur, wenn Sie gefragt werden.«

»Jedenfalls«, sagte January in der Hoffnung, die Fragen vom Thema der langen Verzögerungszeit abzulenken, »fiel mir an der Bombe etwas auf, als sie fiel, das erklären könnte, warum sie hängengeblieben ist. Ich muß es mit einem der Wissenschaftler diskutieren, die mit der Konstruktion der Bombe vertraut sind.«

»Was war das?« fragte Scholes mißtrauisch.

January zögerte. »Es wird eine Untersuchung geben, stimmt's?«

Scholes runzelte die Stirn. »Dies ist die Untersuchung, Captain January. Erzählen Sie uns, was Sie sahen.«

»Aber man wird die Sache doch über das hier hinaus weiterverfolgen?«

»Es sieht so aus, als würden Sie vors Kriegsgericht kommen, ja, Captain.«

»Das dachte ich mir. Ich möchte mit niemandem außer meinem Anwalt und einem Wissenschaftler, der mit der Bombe vertraut ist, darüber reden.«

»*Ich* bin ein Wissenschaftler, der mit der Bombe vertraut ist«, brach es aus Shepard heraus. »Sie könnten es mir sagen, wenn Sie wirklich was wüßten, Sie –«

»Ich sagte, ich will einen Wissenschaftler!« schrie January und erhob sich, um den rot angelaufenen Shepard über den Tisch hinweg anzustarren. »Nicht einen g-gottverdammten Mechaniker.« Shepard begann zu brüllen, andere schlossen sich ihm an, und der Raum hallte von Geschrei wider. Während Scholes die Ordnung wieder herstellte, setzte January sich hin und weigerte sich, noch irgendwelche weiteren Aussagen zu machen.

»Ich werde zusehen, daß man Ihnen einen Anwalt stellt, und das Kriegsgericht einberufen«, sagte Scholes, der sich sichtlich auf verlorenem Posten befand. »Inzwischen stehen Sie unter Arrest, wegen Verdachts auf Befehlsverweigerung im Kampf.« January nickte, und Scholes reichte ihn an die MP weiter.

»Eins noch«, meinte January, seine Erschöpfung niederkämpfend. »Sagen Sie General Le May, daß, wenn man den Japsen erzählte, dieser Abwurf sei eine Warnung gewesen, man die gleiche Wirkung erzielen könnte wie –«

»Ich hab's Ihnen gesagt!« rief Shepard. »Ich sagte Ihnen, daß er es absichtlich getan hat!«

Die Männer um Shepard hielten ihn zurück. Aber er hatte die meisten von ihnen überzeugt, und selbst Matthews starrte ihn in zorniger Verblüffung an.

January schüttelte müde den Kopf. Er hatte das dumpfe Gefühl, daß sein Plan, war er bisher auch erfolgreich gewesen, schließlich doch nicht so gut war. »Einfach versuchen, das Beste draus zu machen.« Er brauchte seine ganze verbliebene Willenskraft, um seine Beine dazu zu bringen, ihn auf würdige Weise aus der Hütte zu tragen.

Seine Zelle war das leere Büro eines Unteroffiziers. MPs brachten ihm seine Mahlzeiten. Die ersten paar Tage tat er kaum etwas anderes als schlafen. Am dritten Tag schaute er aus dem vergitterten Fenster des Büros und sah einen Traktor, der einen mit einer Persenning verhüllten Karren aus dem Lager zog, gefolgt von Jeeps voller MPs. Es sah wie ein Militärbegräbnis aus. January eilte zur Tür und hämmerte dagegen, bis einer der jungen MPs kam.

»Was passiert da draußen?« wollte January wissen.

Mit kalten Augen und verzogenem Mund sagte der MP: »Sie bereiten einen neuen Einsatz vor. Diesmal werden sie es richtig machen.«

»Nein!« schrie January. »Nein!« Er eilte auf den MP zu, der ihn zurückstieß und die Tür verschloß. *»Nein!«* Er schlug unter wilden Flüchen gegen die Tür, bis seine Hände schmerzten. »Das *braucht* ihr nicht zu tun, es ist *un*nötig.« Schließlich verlor er die Fassung, er sank auf das Bett und weinte. Jetzt würde alles, was er getan hatte, vergebens sein. Er hatte sich für nichts geopfert.

Ein oder zwei Tage danach ließen die MPs einen Colonel herein, einen grauhaarigen Mann, der steif dastand und fast Januarys Hand zerquetschte, als er sie schüttelte. Seine Augen waren von eisblauer Farbe.

»Ich bin Colonel Dray«, sagte er. »Ich bin abgestellt worden, um Sie vor dem Militärgericht zu vertreten.« January konnte den Widerwillen des Mannes spüren. »Dazu werde ich jedes Faktum brauchen, das Sie mir geben können, also fangen wir an.«

»Ich spreche mit keinem, bevor ich nicht einen Atomwissenschaftler gesehen habe.«

»Ich bin Ihr *Verteidiger* –«

»Es ist mir egal, wer Sie sind«, sagte January. »Ihre Verteidigung meiner Person hängt davon ab, ob es Ihnen gelingt, einen der Wissenschaftler herzuholen. Je höher sein Rang, desto besser. Und ich will allein mit ihm sprechen.«

»Ich werde anwesend sein müssen.«

Also würde er es tun. Aber jetzt hatte January auch seinen Anwalt zum Feind.

»Natürlich«, sagte January. »Sie sind mein Anwalt. Aber sonst keiner. Unser Atomgeheimnis mag davon abhängen.«

»Haben Sie einen Beweis für Sabotage entdeckt?«

»Kein Wort mehr, ehe nicht dieser Wissenschaftler hier ist.«

Wütend nickte der Colonel und ging.

Spät am nächsten Tag kehrte der Colonel mit einem anderen Mann zurück. »Dies ist Dr. Forest.«

»Ich habe mitgeholfen, die Bombe zu entwickeln«, sagte Forest. Er hatte einen Bürstenschnitt und trug einen Arbeitsanzug, für January sah er mehr nach Armee aus als der Colonel. Mißtrauisch starrte er zwischen den zwei Männern hin und her.

»Sie verbürgen sich für die Identität dieses Mannes mit Ihrem Wort als Offizier?« fragte er Dray.

»Natürlich«, sagte der Colonel steif und beleidigt.

»Also«, sagte Dr. Forest. »Sie hatten Schwierigkeiten damit, sie abzuwerfen, als Sie es wollten. Erzählen Sie mir, was Sie gesehen haben.«

»Ich sah nichts«, erwiderte January rauh. Er holte tief Atem; es war Zeit, sich der Vertantwortung zu stellen. »Ich will, daß Sie den Wissenschaftlern eine Nachricht überbringen. Ihr habt an diesem

Ding jahrelang gearbeitet, und ihr müßt Zeit gehabt haben, darüber nachzudenken, wie man die Bombe einsetzen sollte. Ihr wißt, daß wir die Japaner zum Aufgeben hätten bringen können, indem wir ihnen eine Demonstration der –«

»Einen Moment«, sagte Forest. »Wollen Sie behaupten, Sie haben überhaupt nichts gesehen? Es gab gar keine Fehlfunktion?«

»Das stimmt«, sagte January und räusperte sich. »Es war nicht *nötig*, verstehen Sie?«

Forest blickte Colonel Dray an. Dray zuckte empört die Schultern. »Er sagte mir, er habe einen Beweis für Sabotage entdeckt.«

»Ich will, daß Sie zurückgehen und die Wissenschaftler bitten, sich für mich einzusetzen«, sagte January, wobei er seine Stimme hob, um die Aufmerksamkeit des Mannes zu erwecken. »Ich habe keine Chance vor diesem Kriegsgericht. Aber wenn die Wissenschaftler mich verteidigen, dann lassen sie mich vielleicht am Leben, verstehen Sie? Ich will nicht für etwas erschossen werden, was jeder von euch Wissenschaftlern auch getan hätte.«

Dr. Forest war zurückgewichen. Sich verfärbend, sagte er: »Wie kommen Sie darauf, daß wir das auch getan hätten? Glauben Sie nicht, wir haben uns das überlegt? Glauben Sie nicht, daß Männer diese Entscheidung getroffen haben, die besser als Sie dafür qualifiziert sind?« Er winkte mit der Hand – »Gott verdammt – wie kommen Sie darauf, sich für kompetent genug zu halten, um etwas so Wichtiges zu entscheiden!«

January war von der Reaktion des Mannes erschreckt; in seinem Plan war das anders gelaufen. Zornig richtete er den Finger auf Forest. »Weil *ich* der Mann war, der es ausführen sollte, *Doktor* Forest. Sie halten sich einfach nur fern und können behaupten, daß Sie es nicht getan haben. Schön für Sie, aber *ich war da*.«

Mit jedem Wort verfärbte sich der Mann mehr. Es schien, als müßte jeden Augenblick eine Ader an seinem Hals platzen. January versuchte es noch einmal. »Haben Sie sich je vorzustellen versucht, was eine Ihrer Bomben einer Stadt voller Menschen antut?«

»Das reicht!« explodierte der Mann. Er wandte sich an Dray. »Ich bin nicht verpflichtet, das, was ich hier gehört habe, vertraulich zu behandeln. Sie können sicher sein, daß es bei Captain Januarys Gerichtsverfahren als Beweis gegen ihn verwendet wird.«

Er drehte sich um und warf January einen Blick so glühenden Hasses zu, daß January ihn verstand. Zuzugeben, daß er recht hatte, würde für diese Männer bedeuten, zuzugeben, daß sie sich geirrt hatten – daß jeder einzelne von ihnen für seinen Teil am Bau der Waffe, die January sich zu benutzen geweigert hatte, verantwortlich war. Als er dies begriff, wußte January, daß er verloren war.

Und doch erschütterte der Avec von Dr. Forests Abgang noch das kleine Büro. January saß auf seinem Feldbett und holte sich eine Lulle heraus. Unter Colonel Drays kaltem Blick zündete er sie sich mit zitternden Händen an und nahm einen Zug. Er blickte achselzuckend zum Colonel hoch. »Es war meine einzige Chance«, erklärte er. Das bewirkte etwas – zum ersten und einzigen Mal verwandelte sich die kalte Verachtung im Blick des Colonels in ein kleines, hartes, anwaltliches Glänzen des Respekts.

Das Gerichtsverfahren dauerte zwei Tage. Die Geschworenen erklärten ihn der Befehlsverweigerung im Kampf und Hilfestellung und Unterstützung des Feindes für schuldig. Das Urteil lautete Tod durch Erschießen.

Während der meisten der ihm noch verbliebenen Tage sprach January kaum, zog sich immer weiter hinter die Maske zurück, die ihn so lange verborgen hatte. Ein Geistlicher kam, um ihn zu sehen, aber es war der Kaplan des 509ten, der gleiche, der die Mission der *Lucky Strike* vor dem Start gesegnet hatte. Zornig warf January ihn hinaus.

Später suchte ihn jedoch ein katholischer Priester auf. Sein Name war Patrick Getty. Er war ein kleiner, untersetzter Mann mit Brille, der, wie es schien, irgendwie Angst vor January hatte. January ließ es zu, daß der Mann zu ihm sprach. Als er am nächsten Tag zurückkehrte, redete January ein wenig mit ihm, und am drauffolgenden Tag unterhielten sie sich miteinander. Es wurde zur Gewohnheit.

Gewöhnlich sprach January über seine Kindheit. Er erzählte, wie er die schmutzig schwarze Ackerkrume hinter einem Muli pflügte. Wie er immer den Pfad zum Briefkasten hinunterlief. Wie er beim Licht des Mondes Bücher las, nachdem man ihn schlafen geschickt hatte, und wie seine Mutter ihn deshalb mit einem hochhackigen Schuh verdrosch. Er erzählte dem Priester die Geschichte von der Zeit, als er sich den Arm verbrüht hatte, und von dem Autounfall am Ende der Fourth Street. »Es ist das Gesicht des Lkw-Fahrers, an das ich mich erinnere, verstehen Sie, Vater?«

»Ja«, sagte der junge Priester. »Ja.«

Und er erzählte ihm von dem Spiel, das er gespielt hatte, in dem jede Handlung, die er beging, das Gleichgewicht der Dinge in der Welt berührte. »Als ich mich an dieses Spiel erinnerte, dachte ich, es wäre dumm. Auf einen Riß im Gehsteig treten und dadurch ein Erdbeben bewirken – wissen Sie, das ist albern. Kinder sind so.« Der Priester nickte. »Aber jetzt denke ich, daß, wenn jeder sein ganzes Leben mit dem Gedanken leben würde, daß jede Bewegung, die man macht, wirklich wichtig ist, daß es dann . . . schon was ändert.« Er winkte vage mit der Hand und stieß Zigarettenrauch aus. »Man ist verantwortlich für das, was man tut.«

»Ja«, sagte der Priester. »Ja, das ist man.«

»Und wenn man den Befehl bekommt, etwas Falsches zu tun, ist man immer noch dafür verantwortlich, stimmt's? Der Befehl ändert nichts daran.«

»Das stimmt.«

»Hmph.« January rauchte eine Weile. »So heißt es jedenfalls. Aber schauen Sie nur, was passiert ist.« Er deutete auf das Büro. »Ich bin wie der Kerl in einer Geschichte, die ich mal gelesen habe – er dachte, daß alles, was in Büchern steht, wahr wäre, und nachdem er einen Stapel Western gelesen hatte, versuchte er einen Zug zu berauben. Er kam in den Knast.« Er lachte kurz. »Bücher sind voller Quatsch.«

»Nicht alle«, sagte der Priester. »Außerdem haben Sie nicht versucht, einen Zug zu berauben.«

Sie lachten bei diesem Gedanken. »Haben Sie diese Geschichte gelesen?«

»Nein.«

»Es war ein seltsames Buch – eigentlich werden zwei Geschichten erzählt, und sie wechseln sich Kapitel für Kapitel ab, aber sie haben überhaupt nichts miteinander zu tun! Ich hab's nicht kapiert.«

»... Vielleicht wollte der Autor damit sagen, daß alles mit allem anderen zusammenhängt.«

»Vielleicht. Aber es ist eine komische Art, das zu sagen.«

»Mir gefällt sie.«

Und so vertrieben sie sich die Zeit, mit Gesprächen.

Und so war der Priester auch derjenige, der kam und January sagte, daß sein Antrag auf Begnadigung vom Präsidenten abgelehnt worden war. Getty sagte verlegen: »Es scheint, als billige der Präsident das Urteil.«

»Dieser Bastard«, sagte January schwach. Er saß auf seinem Feldbett.

Die Zeit verging. Wieder ein heißer, feuchter Tag.

»Nun«, sagte der Priester. »Ich will Ihnen eine gute Nachricht bringen. In Ihrer Lage glaube ich zwar nicht, daß Sie noch vieles interessiert, aber man sagte mir, ich sollte es Ihnen nicht erzählen. Die zweite Mission – Sie wissen, daß es einen zweiten Einsatz gab?«

»Ja.«

»Nun, er ging ebenfalls schief.«

»Was?« schrie January und sprang auf die Füße. »Sie machen Witze!«

»Nein. Sie flogen nach Kokura, stellten jedoch fest, daß es mit Wolken bedeckt war. Dasselbe galt für Nagasaki und Hiroshima, so daß sie nach Kokura zurückflogen und die Bombe abzuwerfen versuchten, indem sie Radar einsetzten, aber offenbar gab es diesmal eine – eine richtige Fehlfunktion der Geräte, und die Bombe fiel auf eine Insel.«

January hüpfte auf und nieder, den Mund weit offen. »Also haben wir k-keine –«

»Wir haben keine Atombombe auf eine japanische Stadt abgeworfen. Das stimmt.« Getty grinste. »Und stellen Sie sich vor – ich hörte das von meinem Vorgesetzten –, sie haben eine Botschaft an die japanische Regierung geschickt, wonach die zwei Explosionen nur als Warnung gedacht seien, und wenn sie nicht bis zum September aufgäben, würden wir zuerst weitere Bomben auf Kioto und Tokio werfen und dann wohin auch immer. Es heißt, daß der Kaiser nach Hiroshima gefahren ist, um sich den Schaden anzusehen, und als er ihn sah, dem Kabinett augenblicklich befahl, sich zu ergeben. Also . . .«

»Also hat es geklappt«, sagte January. Er hüpfte umher. »Es hat geklappt, es hat geklappt!«

»Ja.«

»Genau wie ich gesagt habe!« schrie er und hüpfte lachend vor dem Priester auf und ab.

Auch Getty sprang ein wenig herum, und der Anblick des auf und nieder hüpfenden Priesters war zuviel für January. Er setzte sich auf das Feldbett und lachte, bis ihm die Tränen über die Wangen liefen.

»Aber –« Er wurde rasch wieder nüchtern. »Aber Truman wird mich trotzdem erschießen lassen, eh?«

»Ja«, sagte der Priester traurig. »Ich glaube schon.«

Diesmal war Januarys Lachen bitter. »Er ist ein Bastard, na schön. Und auch noch stolz darauf, ein Bastard zu sein, was die Sache noch schlimmer macht.« Er schüttelte den Kopf. »Wenn Roosevelt noch leben würde . . .«

»Es wäre anders gelaufen«, schloß Getty. »Ja. Dann vielleicht. Aber er lebt nicht mehr.« Er setzte sich neben January. »Zigarette?« Er hielt ihm ein Päckchen hin, und January bemerkte die weiße Kriegsverpackung. Er krauste die Stirn.

»Haben Sie keine Camel?«

»Oh. Tut mir leid.«

»Ach, naja. Ist schon okay.« January nahm eine der Lucky Strikes und zündete sie sich an. »Das ist eine verdammt gute Nachricht.« Er atmete aus. »Ich habe nie geglaubt, daß Truman mich begnadigen würde, aber Sie haben mir trotzdem eine gute Nachricht gebracht. Ha. Sie haben das Ziel *verfehlt*. Sie haben ja keine Ahnung, wieviel besser ich mich dadurch fühle.«

»Ich denke schon.«

January rauchte die Zigarette.

». . . Am Ende bin ich doch ein guter Amerikaner. Ich *bin* ein guter Amerikaner«, beharrte er, »egal, was Truman sagt.«

»Ja«, erwiderte Getty und hustete. »Sie sind allemal besser als Truman.«

»Passen Sie besser auf, was Sie sagen, Vater.« Er schaute ihm in die Augen hinter der Brille, und der Ausdruck, den er dort sah, ließ ihn stocken. Seit dem Abwurf waren alle Blicke, die auf ihn gerichtet worden waren, voll Verachtung gewesen. Er hatte sie während des Gerichtsverfahrens so oft gesehen, daß er gelernt hatte, nicht mehr hinzuschauen; und jetzt mußte er sich beibringen, es wieder zu tun. Der Priester blickte ihn an, als wäre er . . . als wäre er eine Art Held. So ungefähr. Zu sehen war es jedenfalls . . .

January würde die nächsten Jahre nicht mehr erleben, er würde nie erfahren, was sich aus seiner Handlung entwickelte. Er hatte es aufgegeben, an die Zukunft zu denken und sich Möglichkeiten auszumalen, weil es keinen Zweck mehr hatte. Es war Schluß mit den Plänen. Er wäre sowieso nicht in der Lage gewesen, sich den Verlauf der Nachkriegsjahre vorzustellen. Daß die Welt sich rasch in ein Waffenlager verwandelte, das sich am Rande des Atomkriegs dahinbewegt, hätte er vielleicht noch voraussagen können. Aber er hätte wohl nie vermutet, daß sich so viele Menschen der January Society anschließen würden. Er sollte nie erfahren, welche Wirkung diese Gesellschaft während der Korea-Krise auf Dewey haben würde, und nie von den erfolgreichen Kampagnen der Gesellschaft für den Atomwaffentestsperrvertrag erfahren und nie wissen, daß teilweise dank dieser Gesellschaft und ihrer Verbündeten ein Vertrag von den Großmächten unterzeichnet wurde, wonach die Anzahl der Atomwaffen Jahr für Jahr zu reduzieren sei, bis keine mehr übrig wären.

Frank January sollte nie etwas davon erfahren. Aber in diesem Augenblick auf seinem Feldbett, als er dem jungen Patrick Getty in die Augen sah, bekam er eine dunkle Ahnung davon – er spürte, nur sekundenlang, den Einfluß auf die Geschichte.

Daraufhin entspannte er sich. In seiner letzten Woche nahm jeder, der ihn traf, den gleichen Eindruck mit nach Hause, den eines ruhigen, stillen Mannes, zornig auf Truman und andere, aber auf eine kühle, an den Tatsachen orientierte Weise. Patrick Getty, eine treibende Kraft in der January Society, sagte, January sei, nachdem er von dem mißglückten Angriff auf Kokura erfahren habe, eine Zeitlang sehr gesprächig gewesen. Dann, als der Tag herannahte, sei er stiller und stiller geworden. An dem Morgen, an dem sie ihn früh weckten und mit ihm zu einem hastig zusammengezimmerten Exekutionsschuppen hinausmarschierten, schüttelten ihm die MPs die Hand. Der Priester war bei ihm, als er seine letzte Zigarette rauchte und sie ihm die Kapuze über den Kopf ziehen wollten. January schaute ihn ruhig an. »Sie laden eines der Gewehre mit einer Platzpatrone, richtig?«

»Ja«, sagte Getty.

»Also kann jeder Mann in der Gruppe sich vorstellen, daß er mich vielleicht gar nicht erschossen hat?«

»Ja. Das stimmt.«

Ein knappes, humorloses Lächeln war Januarys letztes Mienenspiel. Er warf die Zigarette zu Boden, trat sie aus und knuffte den Priester in den Arm. »Aber ich *weiß* es.« Dann kehrte die Maske für immer an ihren alten Platz zurück, machte die Kapuze überflüssig, und festen Schrittes ging January zur Wand. Man hätte meinen können, er sei im Frieden mit sich selbst.

Keith Roberts

WEIHNACHTSABEND

1

Der große Wagen fuhr langsam und schob sich auf immer enger werdenden Wegen dahin. Hier, hinter dem kleinen Marktflecken Wilton, lag der Schnee höher. Bäume und Hecken, die im Scheinwerferlicht auftauchten, waren mit Flugschnee bedeckt. Das Heck des Mercedes schwänzelte leicht und fing sich wieder. Mainwaring hörte den Chauffeur atemlos fluchen. Die Sprechverbindung war eingeschaltet.

Skalen, die in die Rückseite des Sitzes eingelassen waren, zeigten das mechanische Wohlergehen des Fahrzeugs an; Öldruck, Temperatur, Drehzahl, Geschwindigkeit. Das Licht der Zweitgeräte schimmerte sanft auf dem Gesicht seiner Begleiterin. Sie bewegte sich unruhig; er sah ihr blondes Haar hin- und herschwingen. Er drehte sich ein wenig zur Seite. Sie trug einen geschmackvollen, knappen Kilt und schwere Stiefel. Ihre Beine waren makellos.

Er schaltete die Armaturenbeleuchtung ab. »Es ist nicht mehr weit«, sagte er.

Er fragte sich, ob sie sich der eingeschalteten Sprechverbindung bewußt war. »Zum erstenmal hier?«

Sie nickte im Dunkeln. »Es ging alles ein bißchen Hals über Kopf«, meinte sie.

Wilton Great House erstreckte sich fünf Meilen oder mehr hinter der Stadt auf einem Hügelkamm. Der Wagen fuhr einige Zeit neben der Mauer her, die das Grundstück umgab. Seit Mainwarings letztem Besuch waren die Verteidigungsanlagen verstärkt worden. In regelmäßigen Abständen ragten jetzt Wachtürme empor; auf der Mauer selbst hatte man mehrere Reihen Stacheldraht gespannt.

Die Einfahrt wurde von zwei neuen Bunkern beherrscht. Der Mercedes fuhr zwischen sie und hielt. Auf dem Weg von London hierher hatte es aufgehört zu schneien; nun sanken wieder dicke Flocken herab, von den Scheinwerfern erhellt. Irgendwo wurden Befehle gebellt.

Ein Mann trat vor und klopfte an das Fenster. Mainwaring öffnete es mit einem Knopfdruck. Er sah eine DDP-Armbinde und eine Pistolentasche mit geöffneter Lasche. »Guten Abend, Hauptmann«, sagte er.

*»Guten Abend, mein Herr. Ihre Ausweiskarte?«**

Kalte Luft strich über Mainwarings Wange. Er reichte seinen Ausweis und die Unbedenklichkeitsbescheinigung hinaus. »Richard Mainwaring«, sagte er. *»Die rechte Hand des Gesandten. Fräulein Hunter, aus meiner Abteilung.«*

Eine Lampe richtete sich auf die Papiere, blendete seine Augen und erfaßte das Mädchen. Es saß steif auf seinem Platz und blickte geradeaus. Hinter dem Sicherheitsoffizier konnte Mainwaring undeutlich zwei Soldaten mit Stahlhelmen und Sturmgewehren ausmachen. Vor ihm summten unablässig die Scheibenwischer.

Der DDP-Offizier trat einen Schritt zurück. *»In einer Woche läuft Ihr Ausweis ab«*, sagte er. *»Sie müssen Ihre Karte erneuern lassen.«*

»Vielen Dank, Herr Hauptmann«, erwiderte Mainwaring. *»Frohe Weihnachten.«*

Der Mann salutierte steif und nahm ein Funksprechgerät von seinem Gürtel. Nach einer kurzen Pause schwangen die Tore auf. Der Mercedes rollte geschmeidig hinein. *»Bastard«*, sagte Mainwaring.

»Ist das immer so?« fragte sie.

»Es wird von Mal zu Mal schlimmer.«

Sie zog den Mantel enger um ihre Schultern. »Offen gesagt, ich finde das ein bißchen unheimlich.«

»Der Minister sorgt sich eben um seine Gäste«, sagte er.

Wilton House stand in freiem Hügelgelände, das mit hohen Bäumen bewachsen war. Vorsichtig nahm Hans eine Kurve und fuhr unter halb unsichtbaren Ästen hindurch. Der Wind heulte und fauchte an einem Seitenfenster vorbei. Es war, als stoße der Wagen in einen schwarzen Tunnel voll wirbelnder, blasser Flokken vor. Er glaubte, sie frösteln zu sehen. »Gleich sind wir da«, sagte er.

* Kursivstellen im Text verweisen in aller Regel auf deutsch im Original. – *Der Übers.*

Die Scheinwerfer glitten über eine gewellte Schneefläche. Pfosten, die fast bis zur Spitze eingeschneit waren, markierten die Zufahrt. Noch eine Biegung, und vor ihnen tauchte das Haus auf. Die Lampen des Wagens strichen über eine Fassade von Fenstern mit Mittelpfosten und Zinnentürmen. Für den Uneingeweihten, der den kunstvoll verwitterten Stein sah, war schwer zu erraten, daß das Gerüst des Hauses aus Stahlbeton bestand. Der Wagen fuhr knirschend auf unsichtbarem Kies nach rechts und hielt. Die Zweitanzeige der Zündung an der Rückenlehne leuchtete auf.

»Danke, Hans«, sagte Mainwaring. »War eine nette Fahrt.«

»War mir ein Vergnügen, Sir«, erwiderte Hans.

Sie strich sich durch das Haar und nahm ihre Handtasche. Er hielt ihr die Tür auf. »Okay, Diane?«

Sie zuckte die Achseln. »Ja«, meinte sie. »Ich bin manchmal ein bißchen albern.« Sie drückte kurz seine Hand. Dann sagte sie: »Ich bin froh, daß du dabei bist. Jemand, auf den man sich verlassen kann.«

Mainwaring legte sich auf das Bett und starrte an die Decke. Wilton House war innen wie außen ein Triumph der Kunst über die Natur. Hier im Tudor-Flügel, wo die meisten der Gäste untergebracht waren, bestanden Wände und Decke aus Stuckmörtel, der von schweren Eichenbalken umrahmt war. Er wandte den Kopf. Das Zimmer wurde von einem offenen Kamin aus gelbem Speckstein beherrscht; über dem Sims, in den plastisch hervortretende Reliefs geschnitzt waren, hing das *Hakenkreuz*, flankiert von den Löwe-und-Adler-Emblemen der Zwei Reiche. Auf dem schmiedeeisernen Rost brannte ein Feuer; die Scheite loderten fröhlich und warfen wabernden warmen Widerschein an die Decke. Neben dem Bett bot ein kleines Regal Pflichtlektüre: die offizielle Biographie des Führers, Shirers *Aufstieg des Dritten Reiches*, Cummings dickleibiges Werk *Churchill – die Versuchung der Dekadenz*. Aber da waren auch eine hübsch gebundene Ausgabe von Buchan-Romanen, ein paar Kiplings, einen Shakespeare, ein kompletter Wilde. Auf einem Beistelltisch lag ein Stapel neuer Zeitschriften; *Connoisseur, Das Feld, Der Spiegel, Paris Match*. Ein Waschbekken, über dessen Halter dunkelblaue Handtücher hingen; aus einer Ecke des Zimmers führten Türen zum Bad und zur Garderobe, in der ein Diener schon seine Kleidung säuberlich untergebracht hatte.

Er drückte seine Zigarette aus, zündete sich eine neue an, schwang die Beine vom Bett und schenkte sich einen Whisky ein. Von den Gartenanlagen drangen leise Stimmen zu ihm herauf, Gelächter, unterbrochen vom Krachen einer Pistole, dem Rattern einer Automatik. Er ging zum Fenster und schob den Vorhang zur Seite. Noch immer fiel Schnee, schwebte lautlos vom schwarzen Himmel herab; aber die Schießstände neben dem großen Haus waren hell erleuchtet. Er sah eine Weile zu, wie die Gestalten umhergingen und Gruppen bildeten, dann ließ er den Vorhang zurückfallen und setzte sich neben das Feuer. Die Schultern hochgezogen starrte er in die Flammen. Er erinnerte sich an die Fahrt durch London; die über Whitehall schlaff herabhängenden Flaggen, die langsamen, ruckartigen Bewegungen des Verkehrs, die leichten Panzer, die vor St. James aufgefahren waren. Die Kensington Road war überfüllt gewesen, der Verkehr ein einziger Stau und Gehupe; die breite Front von Harrods erhob sich düster und orientalisch zum finster drohenden Himmel. Er runzelte die Stirn, als er sich an den Anruf erinnerte, der ihn vor dem Verlassen des Ministeriums erreicht hatte.

Kosowicz war der Name gewesen. Von *Time International*; jedenfalls hatte er das behauptet. Er hatte sich zweimal geweigert, mit ihm zu sprechen; aber Kosowicz war beharrlich gewesen. Schließlich hatte er seine Sekretärin gebeten, das Gespräch durchzustellen.

Kosowicz hatte typisch amerikanisch geklungen. »Mr. Mainwaring«, hatte er gesagt. »Ich möchte ein persönliches Interview mit Ihrem Minister beantragen.«

»Ich fürchte, das kommt überhaupt nicht in Frage. Außerdem muß ich klarstellen, daß diese Art der Kontaktaufnahme äußerst ungewöhnlich ist.«

»Wie soll ich das verstehen, Sir?« hatte er gesagt. »Als Warnung oder als Drohung?«

»Weder noch«, hatte Mainwaring ruhig erwidert. »Ich habe nur darauf hingewiesen, daß es die korrekten Dienstwege gibt, um ein solches Anliegen vorzubringen.«

Kosowicz hatte gesagt: »Mr. Mainwaring, was ist wahr an dem Gerücht, wonach Aktionsgruppen nach Moskau verlegt werden?«

»Der Stellvertreter des Führers, Heß, hat zu dieser Frage bereits eine Stellungnahme abgegeben«, hatte Mainwaring geantwortet. »Ich kann veranlassen, daß Ihnen ein Exemplar zugestellt wird.«

»Sie liegt mir vor«, hatte es aus dem Telefon geklungen. »Mr. Mainwaring, was versuchen Ihre Leute da einzufädeln? Ein zweites Warschau?«

»Ich bedaure, daß ich Ihnen keinen weiteren Kommentar geben kann, Mr. Kosowicz«, hatte Mainwaring gesagt. »Der Stellvertreter des Führers hat die Notwendigkeit der Gewaltanwendung bedauert. Die *Einsatzgruppen* sind in Alarmbereitschaft versetzt worden; das ist bisher alles. Sie werden notfalls eingesetzt werden, um militante Personen zu zerstreuen. Zu diesem Zeitpunkt hat sich die Notwendigkeit einer solchen Maßnahme noch nicht ergeben.«

Kosowicz hatte das Thema gewechselt. »Sie haben den Stellvertreter des Führers erwähnt, Sir. Wie ich höre, hat es vor zwei Tagen einen weiteren nächtlichen Bombenanschlag gegeben. Können Sie dazu etwas sagen?«

Mainwarings Hand hatte den Hörer fester umklammert. »Ich fürchte, Sie sind falsch unterrichtet. Von einem solchen Vorfall ist uns nichts bekannt.«

Im Hörer war es für einen Augenblick still gewesen. Dann hatte die Stimme gefragt: »Kann ich Ihr Dementi als amtlich betrachten?«

»Es handelt sich hierbei nicht um ein amtliches Gespräch«, hatte er gesagt. »Ich bin nicht befugt, irgendwelche Erklärungen abzugeben.«

»Ja, es gibt Dienstwege«, hatte die Stimme gesagt. »Vielen Dank, Mr. Mainwaring.«

»Auf Wiederhören.« Mainwaring hatte aufgelegt, sich hingesetzt und den Apparat angestarrt. Nach einer Weile hatte er sich eine Zigarette angezündet.

Vor den Fenstern des Ministeriums war immer noch der Schnee gefallen, ein dunkles Wirbeln und Tanzen vor dem Himmel. Sein Tee war, als er die Tasse an die Lippen setzte, schon fast kalt gewesen.

Das Feuer knisterte und loderte auf. Er schenkte sich noch einen Whisky ein und lehnte sich zurück. Bevor er sich auf den Weg zu Wilton House gemacht hatte, hatte er mit Winsby-Walker von der Produktionsabteilung zu Mittag gegessen. Winsby-Walker hatte es sich zur Aufgabe gemacht, alles zu wissen, aber einen Korrespondenten namens Kosowicz hatte er nicht gekannt. Er hatte gedacht: ›Ich hätte bei der Sicherheitsabteilung rückfragen sollen.‹ Aber dann hätte die Sicherheitsabteilung natürlich auch begonnen, über ihn zu recherchieren.

Er richtete sich auf und schaute auf seine Uhr. Der Lärm von den Schießständen hatte nachgelassen. Er lenkte seine Gedanken mit einer unbewußten Anstrengung in eine andere Richtung. Die neuen Gedanken waren auch nicht angenehmer. Das vergangene Weihnachtsfest hatte er mit seiner Mutter verbracht; nun, das konnte jetzt nicht mehr geschehen. Er erinnerte sich an andere Weihnachtsfeste, die Jahre zurücklagen. Einst waren sie, für das ahnungslose Kind, fröhliche Tage mit Gebäck und Spielzeug gewesen. Er erinnerte sich an den Duft der Tannenzweige, wie sie sich angefühlt hatten, an die Nähe des Kerzenlichts; und an Bücher, die er mit der Taschenlampe unter dem Bett gelesen hatte, die harten Kanten des vollen Kissenbezugs, schwer am Fußende des Bettes. Damals war er noch ein Ganzes gewesen; erst später hatte sich, ganz langsam, die Erkenntnis seiner Mängel eingestellt. Und mit ihr die Einsamkeit. Er dachte: ›Sie wollte erleben, daß ich meinen Platz gefunden habe. Wenigstens das.‹

Der Scotch machte ihn rührselig. Er leerte das Glas und ging ins Badezimmer, zog sich aus und duschte. Als er sich abtrocknete, dachte er: ›Richard Mainwaring, Persönlicher Assistent des Britischen Ministers für Zusammenarbeit.‹ Laut sagte er: »Man muß an die Vorteile denken.«

Er zog sich an, seifte sein Gesicht ein und begann sich zu rasieren. Er dachte: ›Fünfunddreißig ist genau die Mitte meines Lebens.‹ Er erinnerte sich an eine andere Zeit mit dem Mädchen Diane, als sich bei ihm für einige Wochen eine Art Zauber eingestellt hatte. Die Affäre wurde jetzt zwischen ihnen nicht einmal mehr erwähnt. Wegen James. Es gibt natürlich immer einen James.

Er trocknete sein Gesicht ab und nahm etwas Rasierwasser. Unwillkürlich waren seine Gedanken wieder zu dem Anruf zurückgekehrt. Eines stand fest: Es hatte ein großes Sicherheitsleck gegeben. Irgendwo hatte irgend jemand Kosowicz mit streng vertraulichen Informationen versorgt. Derselbe Jemand hatte vermutlich eine Liste von geheimen Telefonnummern mitgeliefert. Er zog die Brauen zusammen, als er sich mit dem Problem befaßte. Ein Land, und nur eines, stand den Zwei Reichen mit gigantischer, selbstbewußter Stärke als Gegner gegenüber. Auf dieses Land hatte sich das Hauptaugenmerk des semitischen Nationalismus gerichtet. Und Kosowicz war Amerikaner gewesen.

Er dachte: ›Freiheit, na ja. Die Demokratie ist ein Judengeschöpf.‹ Er runzelte wieder die Stirn und betastete sein Gesicht. Am springenden Punkt änderte das nichts. Der Tip war von der Freiheitsfront gekommen; und man hatte sich mit ihm, wie verstohlen auch immer, in Verbindung gesetzt. Jetzt war er zum Komplizen geworden; der Gedanke nagte schon den ganzen Tag an ihm.

Er fragte sich, was sie wohl von ihm wollten. Es gab ein Gerücht – ein übles Gerücht –, wonach man das nie erfuhr. Nicht bis zum Ende, bis man getan hatte, was von einem verlangt wurde. Sie waren unermüdlich, tödlich und raffiniert. Er war nicht beim ersten Hauch von Gefahr blökend zur Sicherheit gelaufen; aber das würde man einkalkuliert haben. Jeder Schritt, jeder Haken würde einkalkuliert sein.

Jedes Sichkrümmen am Haken.

Er gab einen gepreßten Laut von sich, wütend auf sich selbst. Angst machte die Hälfte ihrer Stärke aus. Er knöpfte sein Hemd zu und dachte an die Wachen am Tor, an die Drähte und Bunker. Hier lebte er in völliger Abgeschiedenheit. Für ein paar Tage konnte er die ganze Sache vergessen. Er sagte laut: »Außerdem spiele ich gar keine Rolle. Ich bin nicht wichtig.« Der Gedanke heiterte ihn beinahe auf.

Er knipste das Licht aus, ging in sein Zimmer zurück und schloß die Tür hinter sich. Er trat ans Bett und blieb regungslos stehen, wobei er auf das Bücherregal starrte. Zwischen Shirer und dem Churchill-Folianten stand ein dritter, schmaler Band. Er streckte die Hand aus, um vorsichtig den Rücken zu berühren; er las den Namen des Verfassers, Geißler, und den Titel: *Auf dem Weg zur Menschlichkeit*. Unter dem Titel war, wie ein Lothringerkreuz ohne Oberseite, das Doppelte F der Freiheitsfront zu sehen.

Vor zehn Minuten war das Buch noch nicht dagewesen.

Er ging zur Tür. Der Flur draußen war verlassen. Irgendwo im Haus ertönte leise Musik: *Till Eulenspiegel.* In größerer Nähe gab es keine Geräusche. Er schloß die Tür wieder und sperrte zu. Drehte sich um und sah, daß die Garderobentür einen Spalt weit offenstand.

Seine Aktentasche lag noch auf dem Tisch. Er ging darauf zu und zog die Luger heraus. Das Gewicht der schweren Pistole war beruhigend. Er stieß das Magazin hinein, kippte mit dem Daumen den Sicherheitshebel um und lud durch. Der Verschluß rastete knackend ein. Dann ging er zur Garderobe und stieß die Tür mit dem Fuß auf.

Es war niemand darin.

Sein Atem entwich mit einem leisen Zischen. Er drückte auf den Knopf, der das Magazin freigab, warf die Patrone aus und legte die Waffe auf das Bett. Wieder starrte er auf das Regal. Er dachte: ›Ich muß mich getäuscht haben.‹

Vorsichtig zog er das Buch heraus. Geißlers Buch war seit der Veröffentlichung in sämtlichen Provinzen der Zwei Reiche verboten; Mainwaring selbst hatte noch nie ein Exemplar des Buches gesehen. Er setzte sich auf die Bettkante und schlug es aufs Geratewohl auf.

Die Lehre gemeinsamer arischer Herkunft, vom englischen Mittelstand mit solchem Eifer aufgegriffen, besaß die oberflächliche Vernünftigkeit der meisten Theorien, die letztlich auf Rosenberg zurückzuführen sind. Churchill hatte seine Antwort in gewisser Hinsicht schon gegeben, aber Chamberlain und das Land wandten sich Heß zu . . .

Das Abkommen von Köln schien zwar den bereits in England ansässigen Juden Hoffnung auf Sicherheit zu geben, ebnete tatsächlich aber den Weg für Feldzüge der Einschüchterung und Geldschneiderei ähnlich jenen, die es in der Geschichte schon gegeben hatte, vor allem unter König Johann. Der Vergleich ist nicht unpassend, denn die englische Bourgeoisie, die dringend nach einer logischen Grundlage suchte, entdeckte viele unangreifbare Präzedenzfälle. Ein wahres Zeichen der Zeit war fast mit Sicherheit das Wiedererwachen des Interesses an den Romanen Sir Walter Scotts.

Bis 1942 hatte man die Lektion auf beiden Seiten gelernt, und der Davidstern war ein alltäglicher Anblick auf den Straßen der meisten britischen Städte.

Der Wind heulte plötzlich langgezogen auf und rüttelte an den Fensterläden. Mainwaring blickte hoch, dann wandte er seine Aufmerksamkeit wieder dem Buch zu. Er blätterte wahllos ein paar Seiten weiter.

1940, als ihre Expeditionsstreitkräfte zerschlagen waren und ihre Verbündeten stillhielten oder eine Niederlage erlitten hatten, stand die Insel wahrhaft allein. Ihr Proletariat, geplagt durch schlechte Führerschaft, geschwächt durch eine ungeheure Depression, war praktisch ohne Stimme. Ihre Aristokratie verschrieb sich, wie ihr Gegenstück, die Junker, kalt dem, was nicht mehr zu übersehen war, während nach dem Putsch von Whitehall das Kabinett auf den Rang eines Verwaltungsrats herabgewürdigt war . . .

Das Klopfen an der Tür ließ ihn schuldbewußt zusammenzucken. Er legte das Buch zur Seite.

»Wer ist da?« fragte er.

»Ich«, sagte sie. »Richard, bist du nicht fertig?«

»Einen Augenblick«, sagte er. Er starrte das Buch an, dann stellte er es in das Regal zurück. ›Das wird man wohl am wenigsten erwarten‹, dachte er. Er schob die Luger in seine Aktentasche und schloß sie. Dann ging er zur Tür.

»Ich habe mir schon Gedanken gemacht«, meinte sie. »Ist alles in Ordnung mit dir?«

»Ja. Ja, natürlich.«

»Du machst ein Gesicht, als hättest du ein Gespenst gesehen«, meinte sie.

Er lächelte. »Ich war wohl etwas perplex«, sagte er. »Diese arische Schönheit.«

Sie grinste ihn an. »Ich bin halb Irin, halb Engländerin, halb Skandinavierin. Wenn du es wissen willst.«

»Das kann aber nicht stimmen.«

»Etwas zu trinken?«

»Nur einen kleinen Schluck. Wir kommen zu spät.«

»Heute abend geht es nicht sehr förmlich zu«, sagte er. Er wandte sich ab und zupfte an seiner Krawatte.

Sie nippte an ihrem Whisky und scharrte mit der Schuhspitze auf dem Teppich. »Ich nehme an, du bist schon bei vielen Hausgesellschaften gewesen«, meinte sie.

»Auf ein oder zwei.«

»Richard, sind sie . . .«

»Sind sie was?«

»Ich weiß nicht«, sagte sie. »Man kann nicht umhin, so einiges zu hören.«

»Keine Sorge«, erwiderte er. »Eine ist so ziemlich wie die andere.«

»Bist du wirklich ganz okay?« fragte sie.

»Sicher.«

»Du hast zwei linke Hände«, sagte sie. »Komm, laß mich das machen.« Sie griff hinauf und knotete die Krawatte richtig. Ihre Augen betrachteten einen Moment lang forschend sein Gesicht, zuckten hierhin und dorthin. »So«, meinte sie. »Ich glaube, du brauchst jemanden, der sich um dich kümmert.«

»Wie geht es James?« fragte er ruhig.

Sie starrte einen Moment lang. »Ich weiß es nicht«, gestand sie ihm dann. »Er ist in Nairobi. Ich habe ihn seit Monaten nicht mehr gesehen.«

»Eigentlich bin ich ein bißchen nervös«, erklärte er.

»Wieso?«

»Als Begleiter einer so reizenden Blondine.«

Sie warf den Kopf zurück und lachte. »Dann solltest du auch einen Schluck trinken.«

Er schenkte sich Whisky ein und sagte: »Cheers.« Das Buch schien jetzt seine Schulterblätter zu versengen.

»Um der Wahrheit die Ehre zu geben, du siehst selbst ziemlich attraktiv aus«, sagte sie.

›Dies ist die Nacht, in der alles zusammenkommt‹, dachte er. ›Es sollte ein Wort dafür geben.‹ Dann fiel ihm Till Eulenspiegel ein.

»Wir sollten jetzt aber wirklich hinuntergehen«, meinte sie.

In der großen Halle gleißte das Licht und spiegelte sich auf poliertem Holz. Dunkle Täfelung mit Kassettenrelief. An der Vorderseite des Saals loderte ein mächtiges Feuer. Unter der

Galerie der Spielleute waren lange Tische gedeckt worden. Formlos oder nicht, sie funkelten vor Gläsern und Silberbesteck. Kerzen brannten zwischen Girlanden aus dunklem Immergrün; neben jedem Platz lag eine zusammengerollte dunkelrote Serviette.

In der Mitte der Halle stand ein Weihnachtsbaum, dessen Spitze an die Kassettendecke stieß. An seinen Zweigen hingen Äpfel, Körbchen mit Süßigkeiten, rote Papierrosen; um den Ständer waren Geschenke in buntgestreifter Verpackung aufgehäuft. Rund um den Baum standen die Menschen in Gruppen beieinander, schwatzten und lachten. Richard sah Müller, den Verteidigungsminister, mit einer atemberaubenden Blondine, die er für seine Frau hielt; neben ihnen stand ein hochgewachsener Mann mit Monokel, der irgendeinen Posten im Sicherheitsbüro bekleidete. Es gab eine Gruppe von DDP-Offizieren in ihren schwarzen, eleganten Uniformen und dahinter ein halbes Dutzend Leute aus dem Ministerium für Zusammenarbeit. Er sah Hans, den Chauffeur, mit gesenktem Kopf dastehen, eifrig nicken, irgendeine Bemerkung belächeln und dachte, wie schon so oft, daß er wirkte wie ein großer, gutaussehender Ochse.

Diane war unter der Tür stehengeblieben und schob ihren Arm unter seinen. Aber der Minister hatte sie bereits gesehen. Er schlängelte sich durch die Menge, ein Glas in der Hand. Er trug eine enge, schwarzkarierte Schottenhose und ein dunkelblaues Rollkragenhemd. Er wirkte glücklich und entspannt. »Richard«, sagte er. »Und meine liebe Miß Hunter. Wir hatten Sie schon fast aufgegeben. Aber Hans Trapp ist ja hier. Jetzt wird erst einmal etwas getrunken. Kommen Sie, kommen Sie schon; bitte schließen Sie sich meinen Freunden an. Hier drüben, wo es warm ist.«

»Wer ist Hans Trapp?« fragte sie.

»Das wirst du bald sehen«, meinte Mainwaring.

Einige Zeit später sagte der Minister: »Meine Damen und Herren, ich glaube, wir nehmen jetzt Platz.«

Die Mahlzeit war erstklassig, der Wein floß in Strömen.

Als der Cognac serviert wurde, kam Richard zu Bewußtsein, daß er unbekümmerter plauderte und ihm der Geißler-Band fast völlig in Vergessenheit geraten war. Die traditionellen Trinksprüche – auf König und Führer, auf die Provinzen und die Zwei Reiche – wurden ausgesprochen, dann klatschte der Minister in die Hände und bat um Ruhe. »Meine Freunde«, sagte er, »heute abend, dieser besondere Abend, an dem wir alle so zwanglos miteinander umgehen können, ist *Weihnachtsabend.* Er bedeutet wohl, wie ich annehme, uns allen hier eine ganze Menge. Aber zuerst und vor allem wollen wir uns daran erinnern, daß dies der Abend der Kinder ist. Ihrer Kinder, die Sie begleitet haben, um mit Ihnen wenigstens einen Teil dieses besonderen Weihnachtsfestes zu feiern.«

Er machte eine Pause. »Sie sind schon«, fuhr er dann fort, »aus ihrem Hort geholt worden und werden bald bei uns sein. Ich möchte sie Ihnen zeigen.« Er nickte; auf dieses Zeichen hin rollten Diener einen schweren, reichverzierten Kasten heran. Ein Vorhang wurde zurückgezogen und enthüllte die graue Oberfläche eines großen Fernsehbildschirms. Gleichzeitig verdunkelten sich die Lampen im Saal. Diane wandte sich stirnrunzelnd Mainwaring zu; er berührte leicht ihre Hand und schüttelte den Kopf.

Bis auf den Feuerschein war die Halle jetzt fast dunkel. Die Flammen der Kerzen flackerten in ihren Kränzen von einem Windzug erfaßt; in der Stille war das Sausen des Windes um die große Fassade des Gebäudes zu hören. Im ganzen Haus würde man jetzt die Lichter löschen.

»Für manche von Ihnen«, sagte der Minister, »ist das der erste Besuch hier. Deshalb eine Erläuterung.

Am *Weihnachtsabend* sind alle Geister und Kobolde unterwegs. Der Unhold Hans Trapp treibt sein Unwesen; sein Gesicht ist schwarz und schrecklich, seine Kleidung besteht aus Bärenfell. Ihm tritt die Lichtbringerin entgegen, der Geist des Weihnachtsfestes. Manche nennen sie die Lichtkönigin, andere das Christkind. Sie werden sie jetzt sehen.«

Der Bildschirm wurde hell.

Sie bewegte sich langsam, wie eine Schlafwandlerin. Sie war zierlich und weiß gekleidet. Ihr aschblondes Haar wallte ihr über die Schultern; auf ihrem Kopf leuchtete ein Diadem von brennenden Kerzen. Hinter ihr kamen die Sternenjungen mit ihren Stäben und Flittergewändern, darauf wieder eine kleine Gruppe von Kindern. Sie waren im Alter von acht und neun Jahren bis herab zu Kleinkindern. Sie hielten einander furchtsam an den Händen, setzen die Füße hintereinander wie Katzen und warfen ängstliche Blicke in die Schatten auf beiden Seiten.

»Sie liegen in der Dunkelheit und warten«, erklärte der Minister leise.

»Ihre Kinderschwestern haben sie verlassen. Wenn sie schreien, hört es niemand. Also schreien sie nicht. Und einen nach dem anderen hat sie gerufen. Sie sehen ihr Licht unter der Tür vorbeiziehen; und sie müssen aufstehen und ihr folgen. Hier, wo wir sitzen, ist Wärme. Hier ist Sicherheit. Ihre Geschenke liegen bereit; um sie zu erreichen, müssen Sie im Dunkeln Spießruten laufen.«

Der Aufnahmewinkel wechselte. Jetzt sahen sie die Prozession von oben. Die Lichtkönigin ging gleichmäßigen Schrittes dahin; die Schatten, die sie warf, huschten und zuckten über getäfelte Wände.

»Sie sind jetzt in der Langen Galerie«, sagte der Minister. »Fast genau über uns. Sie dürfen nicht stocken, sie dürfen nicht zurückschauen. Irgendwo verbirgt sich Hans Trapp. Vor Hans kann sie nur das *Christkind* beschützen. Sehen Sie, wie eng sie sich hinter ihrem Licht zusammendrängen!«

Ein Heulen ertönte, wie der Schrei eines Wolfs. Teilweise schien es aus dem Gerät zu kommen, teilweise hallte es im Saal selbst wider. Das *Christkind* drehte sich um und hob die Arme; das Heulen zerfiel in eine vielstimmige Kadenz und erstarb zu einem Grollen. An seine Stelle trat ein fernes, mächtiges Pochen, wie Schläge auf einer Trommel.

»Ich finde das nicht besonders lustig«, sagte Diane abrupt.

»So ist es auch nicht gemeint«, erwiderte Mainwaring.

»Psst.«

Der Minister erklärte ruhig: »Das arische Kind muß von seinen frühesten Jahren an die Dunkelheit kennen, die es umgibt. Es muß lernen, sich zu fürchten und diese Furcht zu überwinden. Es muß lernen, stark zu sein. Die Zwei Reiche sind nicht durch Schwäche entstanden; Schwäche wird sie nicht am Leben erhalten. Dafür ist kein Platz. Das wissen Ihre Kinder zum Teil bereits. Das Haus ist groß und finster; aber sie werden schließlich bis zum Licht vorstoßen. Sie kämpfen, wie die Reiche es einmal getan haben. Um ihr Geburtsrecht.«

Wieder wechselte der Blickwinkel, und die Kamera zeigte eine breite, geschwungene Treppe. Die Spitze des kleinen Zuges tauchte auf und begann hinaufzusteigen. »Und wo ist unser Freund Hans?« sagte der Minister. *»Ah . . .«*

Ihre Finger krallten sich um Mainwarings Arm. Ein schwarzverschmiertes Gesicht erschien auf dem Bildschirm. Der Butzemann schnaubte und griff mit Klauen nach der Kamera; dann drehte er sich um und sprang leichtfüßig auf die Treppe zu. Die Kinder kreischten und drängten sich zusammen; schlagartig war die Luft von Getöse erfüllt. Groteske Gestalten hüpften und wirbelten; Hände griffen zu und krallten. Der Zug wurde gestaucht und durcheinandergewirbelt; Mainwaring sah ein Kind der Länge nach hinstürzen. Das Geschrei wurde zu einem schrillen Entsetzensgeheul; dann drehte sich das *Christkind* mit erhobenen Armen um. Die Kobolde und Werwölfe wichen knurrend in die Schatten zurück; der langsame Marsch wurde fortgesetzt.

»Sie sind schon beinahe hier«, sagte der Minister. »Und sie sind gute Kinder, ihrer Rasse würdig. Bereitet den Baum vor.«

Diener stürzten mit langen, dünnen Fackeln vor, um die vielen Kerzen anzuzünden. Der Baum sprang aus dem Halbdunkel, glitzernd, schwarzgrün; und Mainwaring dachte zum erstenmal, was für ein dunkles Etwas das doch war, obwohl es vor Licht erstrahlte.

Die großen Türen am Ende der Halle wurden aufgerissen, und die Kinder stürmten herein. Tränennaß und schluchzend, manche mit blauen Flecken; aber bevor sie zum Baum liefen, blieben sie alle stehen und verbeugten sich vor dem sonderbaren Wesen, das sie durch die Dunkelheit geführt hatte. Dann wurde ihm die Krone abgenommen, man löschte die Lichter, und die Königin wurde zu einem Kind wie die anderen auch, zu einem zierlichen, barfüßigen Mädchen im weißen Florkleid.

Der Minister stand lachend auf. »Und nun Musik«, sagte er, »und noch mehr Wein. Hans Trapp ist tot. Meine Freunde, liebe Kinder – *frohe Weihnachten!«*

»Entschuldigen Sie mich einen Moment«, sagte Diane.

Mainwaring drehte sich um. »Fühlst du dich nicht wohl?« fragte er.

»Ich möchte nur einen bestimmten Geschmack loswerden«, sagte sie.

Er sah ihr besorgt nach, und der Minister ergriff seinen Arm und sprach mit ihm. »Großartig, Richard«, sagte er. »Bis jetzt ist es großartig gelaufen, nicht wahr?«

»Großartig, Sir«, sagte Richard.

»Gut, gut. Ah, Heidi, Erna . . . und Frederick, du heißt doch Frederick? Was habt ihr da? Oh, wie schön . . .« Er führte Mainwaring fort, die Finger immer noch unter seinem Ellenbogen. Freudenschreie ertönten; jemand hatte einen Schlitten entdeckt, verborgen hinter dem Baum. Der Minister sagte: »Sehen Sie sich das an, wie glücklich sie jetzt sind. Ich hätte gerne Kinder, Richard. Eigene Kinder. Manchmal glaube ich, daß ich zuviel gegeben habe . . . Aber die Gelegenheit besteht ja noch. Ich bin jünger als Sie, ist Ihnen das klar? Dies ist das Zeitalter der Jugend.«

»Ich wünsche dem Minister alles erdenkliche Glück«, sagte Mainwaring.

»Richard, Richard, Sie müssen lernen, nicht zu allen Zeiten so korrekt zu sein. Seien Sie ein wenig locker, Sie achten zu sehr auf Würde. Sie sind mein Freund. Ich vertraue Ihnen, vor allen anderen vertraue ich gerade Ihnen. Ist Ihnen das klar?«

»Vielen Dank, Sir, ja«, sagte Richard.

Der Minister schien vor innerer Freude zu sprudeln. »Richard, kommen Sie mit«, sagte er. »Nur einen Augenblick. Ich habe ein besonderes Geschenk für Sie. Ich werde Sie nicht lange von der Party fernhalten.«

Mainwaring folgte ihm, wie immer angezogen von der seltsamen Dynamik des Mannes. Der Minister duckte sich unter einem Torbogen hindurch, wandte sich nach rechts, dann nach links und stieg eine schmale Treppenflucht hinunter. An ihrem Ende war der Weg durch eine flache, graue Stahltür versperrt. Der Minister preßte seine Handfläche auf eine Sensorscheibe; ein Klicken, das Surren eines Mechanismus, und die Tür schwang nach innen auf. Dahinter befand sich eine zweite Treppe aus Betonstufen, beleuchtet von einer einzelnen Lampe hinter schwerem Wellglas. Kühle Luft wehte herauf. Mainwaring erkannte mit einem gelinden Schock, daß sie einen Teil des Bunkersystems betreten hatten, das unterirdisch das gesamte Gelände durchzog.

Der Minister eilte voraus und öffnete mit der Handfläche eine weitere Tür. »Spielzeug, Richard«, sagte er. »Alles Spielzeug. Aber es amüsiert mich.« Als er Mainwarings Gesicht sah, setzte er rasch hinzu: »Kommen Sie, Mann, kommen Sie! Sie sind ja nervöser als die Kinder, erschreckt vom armen alten Hans!«

Die Tür führte in einen verdunkelten Raum. Ein schwerer, süßlicher Geruch hing in der Luft, den Mainwaring einen Augenblick lang nicht einordnen konnte. Sein Begleiter schob ihn sanft vorwärts. Er leistete Widerstand, bog sich zurück, und der Arm des Ministers zuckte an ihm vorbei. Ein Klicken, und der Raum war von Licht durchflutet. Er sah eine weite, niedrige Halle, ebenfalls aus Beton. Auf der einen Seite, bereits poliert und glänzend, stand der Mercedes, daneben der private Porsche des Ministers. Außerdem standen da noch zwei Volkswagen, ein Ford Executive und, in der hintersten Ecke, ein Traum in funkelndem Weiß. Ein Lamborghini. Sie waren in die Garage unter dem Haus gelangt.

»Meine private Abkürzung«, sagte der Minister. Er ging zu dem Lamborghini hinüber und fuhr mit den Fingern über die niedrige, breite Motorhaube. »Sehen Sie ihn sich an, Richard. Kommen Sie, steigen Sie ein. Ist er nicht eine Schönheit? Ist er nicht großartig?«

»Gewiß«, sagte Mainwaring.

»Gefällt er Ihnen?«

Mainwaring lächelte. »Sehr sogar, Sir. Wem wohl nicht?«

»Gut«, meinte der Minister, »das freut mich ganz besonders. Richard, hiermit befördere ich Sie. Er gehört Ihnen. Viel Spaß damit.«

Mainwaring glotzte nur.

»Na, kommen Sie, Mann«, sagte der Minister. »Machen Sie kein Gesicht wie ein Fisch. Hier, sehen Sie. Bordbuch, Ihre Schlüssel. Alles geregelt, erledigt.« Er griff nach Mainwarings Schultern und zog ihn lachend zu sich herum. »Sie haben gute Arbeit geleistet. Die Zwei Reiche vergessen ihre guten Freunde, ihre Diener nicht.«

»Ich fühle mich sehr geehrt, Sir«, sage Mainwaring.

»Fühlen Sie sich nicht geehrt. Sie sind immer noch so förmlich, Richard . . .«

»Sir?«

»Bleiben Sie bei mir«, sagte der Minister. »Bleiben Sie bei mir. Dort oben . . . die verstehen nicht. Aber wir verstehen . . . eh? Dies sind schwierige Zeiten. Wir müssen zusammenhalten, immer zusammenhalten. Königreich und Reich. Getrennt . . . könnten wir vernichtet werden.« Er wandte sich ab, legte die geballten Fäuste auf das Autodach. »Das alles hier«, sagte er. »Judentum, die Amerikaner . . . Kapitalismus. Sie müssen in Angst gehalten werden. Niemand fürchtet ein geteiltes Reich. Es würde untergehen!«

»Ich werde mein Bestes tun, Sir«, erwiderte Mainwaring. »Das werden wir alle.«

»Ich weiß, ich weiß. Aber heute nachmittag, Richard. Ich habe mit Säbeln gespielt. Mit albernen kleinen Säbeln«, sagte er.

Mainwaring dachte: ›Ich weiß, wie er mich festhält. Ich kann den Mechanismus sehen. Aber ich darf mir nicht einbilden, die ganze Wahrheit zu kennen.‹

Der Minister drehte sich wieder herum, wie von Schmerzen gepeinigt. »Stärke ist Recht«, sagte er. »Es muß so sein. Aber Heß . . .«

Mainwaring sagte langsam: »Wir haben es früher schon versucht, Sir . . .«

Der Minister hieb mit der Faust auf das Blechdach. »Richard«, sagte er, »begreifen Sie denn nicht? Das waren nicht wir. Diesmal nicht. Es waren seine eigenen Leute. Baumann, von Thaden . . . ich kann es nicht genau sagen. Er ist ein alter Mann, er fällt nicht mehr ins Gewicht. Es ist eine Idee, die sie töten wollen, Heß ist eine Idee. Verstehen Sie? Es geht um *Lebensraum*. Wieder einmal . . . Die halbe Welt ist ihnen nicht genug.«

Er straffte sich. »Der Wurm im Apfel«, sagte er. »Er nagt und nagt . . . Aber wir sind die Vermittler. Wir sind so ungeheuer wichtig. Richard, seien Sie meine Augen. Seien Sie meine Ohren.«

Mainwaring blieb stumm und dachte an das Buch in seinem Zimmer; dann griff der Minister wieder nach seinem Arm. »Die Schatten, Richard«, sagte er. »Sie waren noch niemals näher. Es ziemt uns, daß wir unsere Kinder lehren, die Dunkelheit zu fürchten. Aber . . . nicht in unserer Zeit. Ja? Nicht für uns. Da ist Leben, da ist Hoffnung. Es gibt so vieles, was wir tun können . . .«

Mainwaring dachte: ›Vielleicht ist es der Wein, den ich getrunken habe. Der Druck auf mich ist zu groß.‹ Eine dumpfe, sonderbare Stimmung hatte sich seiner bemächtigt, fast so etwas wie Gleichgültigkeit. Er folgte seinem Minister ohne Widerspruch durch den Bunkerkomplex zurück, hinauf, dorthin, wo das mächtige Feuer und die Kerzen am Baum niederbrannten. Er hörte, wie der Gesang sich mit der Stimme des Windes verflocht, sah die Kinder mit schweren Lidern schläfrig singen. Das Haus schien sich beruhigt zu haben und jetzt ruhen zu wollen; und sie war natürlich fort. Er setzte sich in eine Ecke, trank Wein und brütete, sah dem Minister zu, wie er von Gruppe zu Gruppe ging, dann war auch er fort und der Saal beinahe leer, bis auf die Dienerschaft, die abräumte.

Er fand sein eigenes Selbst, sein inneres Selbst, endlich eingeschlummert, wie es am Ende eines jeden Tages einschlummerte. Wie immer war die Müdigkeit als ein Segen gekommen. Er stand bedächtig auf und ging zur Tür. ›Hier werde ich nicht vermißt‹, dachte er. In seinem Kopf klappten die Läden herunter.

Er fand seinen Schlüssel und sperrte das Zimmer auf. ›Jetzt wird sie warten‹, dachte er. ›Wie all die Briefe, die nie kamen, die Telefone, die nie klingelten.‹ Er öffnete die Tür.

»Was hat dich aufgehalten?« fragte sie.

Er schloß leise die Tür hinter sich. Das Feuer knisterte in dem kleinen Raum, die Vorhänge waren vor der Nacht zugezogen. Sie saß am Kamin, barfuß, noch in ihrem Partykleid. Neben ihr auf dem Teppich standen Gläser und ein Aschenbecher mit halbgerauchten Stummeln. Eine Lampe brannte; in dem warmen Licht waren ihre Augen groß und dunkel.

Er schaute zum Regal hinüber. Der Geißler stand an seinem Platz. »Wie bist du hereingekommen?« fragte er.

Sie kicherte. »Hinter der Tür hing ein Zweitschlüssel«, sagte sie. »Hast du nicht bemerkt, wie ich ihn gestohlen habe?«

Er ging auf sie zu, blieb stehen und schaute hinunter.

›Ein weiteres Teil des Puzzles‹, dachte er. ›Zuviel, zu kompliziert.‹

»Bist du zornig?« fragte sie.

»Nein.«

Sie klopfte mit der Hand auf den Boden. »Bitte, Richard«, sagte sie sanft. »Sei nicht ärgerlich.«

Er setzte sich langsam und sah sie an.

»Zu trinken?« fragte sie. Er antwortete nicht. Sie füllte trotzdem ein Glas. »Was hast du die ganze Zeit gemacht? Ich dachte, du kommst schon Stunden früher herauf.«

»Ich habe mit dem Minister geredet«, sagte er.

Sie zeichnete mit dem Finger ein Muster in den Teppich. Ihr Haar fiel nach vorn, golden und schwer, und gab ihren Nacken frei. »Das von vorhin tut mir leid«, sagte sie. »Ich war dumm. Ich glaube, ich hatte auch etwas Angst.«

Er trank langsam. Er kam sich vor wie ein leerlaufender Motor. Es war qualvoll, zu dieser nächtlichen Stunde wieder mit dem Denken anfangen zu müssen. »Was hast du gemacht?« erkundigte er sich.

Sie sah zu ihm hoch. Ihr Blick war offen. »Hier gesessen«, sagte sie, »und dem Wind zugehört.«

»Das kann nicht sehr vergnüglich gewesen sein.«

Sie schüttelte langsam den Kopf, wobei sie sein Gesicht nicht aus den Augen ließ. Leise sagte sie: »Du kennst mich kein bißchen.«

Er blieb stumm. »Du glaubst nicht an mich, nicht wahr?« meinte sie.

›Du brauchst Verständnis‹, dachte er. ›Du bist anders als die anderen, und ich verkaufe mich unter Preis.‹ Laut sagte er: »Nein.«

Sie stellte ihr Glas hin und nahm ihm lächelnd seines ab. Sie rutschte ihm auf dem Teppich entgegen und legte einen Arm um seinen Hals. »Ich habe über dich nachgedacht«, meinte sie. »Einen Entschluß gefaßt.« Sie küßte ihn. Er spürte ihre vorwärtsdrängende Zunge und öffnete seine Lippen. Sie sagte: »Mmm . . .« Sie bog sich ein wenig zurück und lächelte. »Stört es dich?« fragte sie.

»Nein.«

Sie preßte eine Haarsträhne quer auf ihren Mund, öffnete ihn und küßte wieder. Er spürte, wie er unwillkürlich reagierte, wie er sie berührte und drückte.

»Das ist ein albernes Kleid«, meinte sie. »Es ist im Weg.« Sie griff hinter sich. Der Stoff teilte sich; sie schob ihn bis zu den Hüften hinunter. Sie sagte: »Jetzt ist es wie beim letztenmal.«

»Nichts ist jemals wie beim letztenmal«, sagte er langsam.

Sie rollte sich auf seinen Schoß und sah zu ihm hinauf.

»Ich habe die Uhr zurückgedreht«, flüsterte sie.

Später sagte sie in dem Traum: »Ich war so albern.«

»Wie meinst du das?«

»Ich war schüchtern«, erklärte sie. »Das war alles. Ich wußte nicht, was mir entgangen ist.«

»Was ist mit James?« fragte er.

»Er hat jemand anderen. Ich wußte ja nicht, was mir entgangen ist.«

Er ließ seine Hand über sie gleiten, und Gegenwart und unmittelbare Vergangenheit überlagerten sich, so daß er sie, während er sie umarmte, noch knien sah, den Widerschein des Feuers auf ihrem Körper. Er griff nach ihr, und sie war wieder bereit; sie wehrte sich lachend, ritt ohne Sattel, hielt durch bis zum Ende.

Viel später sagte er: »Der Minister hat mir einen Lamborghini geschenkt.«

Sie drehte sich auf den Bauch und lag da, das Kinn auf die Hände gestützt, sah ihn durch dichtes Haargewirr an. »Und jetzt hast du dir eine Blondine zugelegt«, sagte sie. »Was wirst du mit uns machen?«

»Nichts von alledem ist Wirklichkeit«, meinte er.

»Oh . . .«, sagte sie und stieß ihm die Faust in die Rippen. »Richard, du machst mich böse. Es ist passiert, du Affe. Das ist alles. Es passiert jedem.« Sie kratzte wieder mit einem Finger am Teppich. »Hoffentlich hast du mir ein Kind gemacht«, sagte sie. »Dann mußt du mich heiraten.«

Er verengte seine Augen, und der Wein begann wieder in seinem Kopf zu singen.

Sie rieb die Nase an seiner Haut. »Du hast mich einmal gefragt«, sagte sie. »Frag mich noch mal.«

»Ich erinnere mich nicht.«

»Richard, bitte . . .«, sagte sie. Also sagte er: »Diane, willst du mich heiraten?« Und sie sagte: »Ja, ja, ja«, und dann kam das Begreifen, und obwohl es nicht möglich war, nahm er sie noch einmal, und diesmal war es am allerschönsten, glatt und süß wie Honig. Er hatte vom Bett Kissen und eine Steppdecke geholt, sie lagen eng aneinandergeschmiegt, und er stellte fest, daß er immerfort redete, redete, daß es nicht der Sex sei, sondern das Einkaufen in Marlborough und der gemeinsame Tee und der Anblick des Sonnenuntergangs vom White-Horse-Berg aus und das ständige, ständige Beisammensein mit ihr; dann legte sie den Finger auf seinen Mund, und er versank mit ihr in Schlaf, vorbei an Kälte, Einsamkeit und Angst, vorbei an Wüsten und Orten ohne Licht, vielleicht dorthin, wo goldene Türme aufragten und Laub flirrte und gleißte und weiße Autos auf Straßen sangen und Sonnen einwärts loderten und neue Welten bestrahlten.

Er erwachte, das Feuer war niedergebrannt. Er setzte sich betäubt auf. Sie beobachtete ihn. Er streichelte eine Weile lächelnd ihr Haar; dann entwand sie sich ihm. »Richard«, sagte sie, »ich muß jetzt gehen.«

»Noch nicht.«

»Es ist mitten in der Nacht.«

»Das macht nichts«, sagte er.

»Doch. Er darf nichts davon wissen.«

»Wer?«

»Du weißt, wer«, sagte sie. »Du weißt, weshalb ich hierher eingeladen worden bin.«

»So ist er nicht«, sagte er. »Wirklich nicht.«

Sie fröstelte. »Richard, bitte. Bring mich nicht in Schwierigkeiten«, sagte sie und lächelte. »Es ist ja nur bis Morgen. Nur eine kurze Zeit.«

Er stand ungeschickt auf und hielt sie fest, preßte ihre Wärme fest an sich. Ohne Schuhe war sie sehr klein; ihre Schulter paßte unter seine Achselhöhle.

Als sie sich schon halb angekleidet hatte, hielt sie lachend inne und stützte sich mit einer Hand an der Wand ab. »Ich bin ganz wirr«, sagte sie.

Später sagte er: »Ich bringe dich zu deinem Zimmer.«

»Nein, bitte nicht. Es geht schon.« Sie hatte ihre Handtasche genommen und sich das Haar gebürstet. Sie sah wieder so aus, als wäre sie auf einer Party gewesen.

An der Tür drehte sie sich um. »Ich liebe dich, Richard«, sagte sie. »Wirklich.« Sie küßte ihn schnell noch einmal; dann war sie fort.

Er schloß die Tür und legte den Riegel vor. Eine Weile stand er einfach nur da und sah sich im Zimmer um. Im Kamin brach ein durchgebranntes Scheit knackend auseinander und ließ ein paar kleinere Funken auffliegen. Er ging zum Waschbecken und wusch sich Gesicht und Hände. Er schüttelte die Steppdecke auf dem Bett auf und legte die Kissen an ihren Platz. Ihr Duft haftete noch an ihm; er erinnerte sich daran, wie sie sich angefühlt und was sie gesagt hatte.

Er ging zum Fenster und schob es einen Spalt weit auf. Draußen lag der Schnee in hohen Schwaden und Wehen. Sternenlicht schimmerte darauf geisterhaft weiß, und das ganze große Haus war still. Er stand da und spürte die Kälte an seiner Haut, und in all der Stille klang von weit her eine klare Stimme. Sie kam vielleicht von den Wachgebäuden herüber, fern und friedlich.

Stille Nacht, heilige Nacht,
alles schläft, einsam wacht . . .

Er ging zum Bett und schlug die Decke zurück. Das Laken war glatt und makellos sauber, es duftete frisch. Er lächelte und schaltete das Licht aus.

Nur das traute, hochheilige Paar.
Holder Knabe mit lockigem Haar . . .

In der Mauer des Zimmers, zwei Zentimeter hinter Putz, summte eine komplizierte kleine Maschine. Eine Spule aus haarfeinem Golddraht zitterte leicht, aber das Knarren des geöffneten Fensters war das letzte gewesen, was den Recorder interessiert hatte; das ferne Singen allein konnte seine Relaisschaltung nicht auslösen. Unhörbar legte sich ein winziger Schalter um; Elektrofäden verblaßten und wurden inaktiv. Mainwaring legte sich im letzten Feuerschein zurück und schloß die Augen.

Schlafe in himmlischer Ruh',
schlafe in himmlischer Ruh' . . .

2

Hinter geschlossenen Vorhängen flammt Helligkeit.

Der Himmel ist von hartem, klaren Blau; eisig, voll Sonnenlicht. Das Licht gleißt vom funkelnden Land zurück. Weit Entferntes – Wälder, Hügel, einzelne Bäume – steht scharf umrissen da. Dächer und Giebel tragen weiße Hauben, Äste hohe Schneekrusten. In der Stille knackt hier und dort der Schnee und fällt zerstäubend zu Boden.

Die Schatten der Reiter zucken und wabern. Die Stille wird unterbrochen. Hufe klirren auf dem Pflaster des gekehrten Hofs oder stampfen gedämpft im Schnee. Es scheint, als sei die Luft selbst durch die Kälte kristallisiert; die Stimmen brechen und bersten hindurch, spröde wie Glas.

»Guten Morgen, Hans . . .«

»Verflucht kalt!«

»Der Hundemeister meint, es sei sehr gefährlich!«

»Macht nichts. Wir erwischen es vor dem Wald!«

Ein Reiter prescht unter einem Bogengang hervor. Das Pferd schnaubt und schlägt aus.

»Ich wette mit dir um fünfzig amerikanische Dollar!«

»Einverstanden! Heute habe ich Glück.«

Der Lärm, das Klirren und Stampfen, fällt in sich zusammen. Wangen röten sich, die Wahrnehmung ist geschärft; für mehr als einen Reiter dreht sich der frühmorgendliche Hof. Neben dem Eingang sind Tische aufgestellt. Eine riesige, dampfende Schüssel wird herangetragen. Die Becher werden gehoben, Trinksprüche werden laut, und wieder erklingen krachend die Antworten.

»Auf die Zwei Reiche . . .!«

»Auf die Jagd . . .!«

Nun ist die Zeit wie eine straffe Feder. Die Hunde stürzen vorwärts, je sechs mit einem Abrichter, die Koppeln gespannt, die Würgeleinen knarrend und klatschend. Hinter ihnen drängen sich die Reiter. Die auf- und abwippenden Rotröcke spritzen über den Schnee. In der Einfahrt salutiert ein Offizier; ein anderer klatscht in die behandschuhten Hände und nickt. Das Tor öffnet sich surrend.

Und auf Meilen ringsum werden Türen zugeschlagen, Riegel vorgeschoben, Fensterläden geschlossen, Kinder ins Haus getrieben. Dorfstraßen, schneegedämpft, warten dumpf. Irgendwo bellt ein Hund, wird zum Schweigen gebracht. Die Häuser kauern mürrisch, mit blinden Augen. Das Wort hat sich verbreitet, schneller, als Pferde galoppieren können. Heute geht die Jagd los; auf Schnee.

Die Reiter schwärmen aus, auf einer gefleckten Feldeinöde. Ein Halt, ein Wittern, die Hörner beginnen zu blasen. Voraus springen und hetzen die Hunde, schwarze Punkte auf Weiß. Wieder ertönen die Hörner, aber diese Hunde laufen stumm. Die Reiter preschen vorwärts.

Nun zerfallen für die Reiter Zeit und Traum. Zweige und Schnee verschwimmen nebulös; Baumstämme, Gräben und Gatter treten hinzu. Die Flut erreicht einen Kamm und ergießt sich dann auf der anderen Seite den Abhang hinunter. Hecken ragen weißumhüllt, gedämpfter Donner wird unterbrochen von fliegender Stille, dem Aufprall und Knirschen der Landung. Der Jagdruf klingt rauh und schrill; und die Ekstase und das rasende Blut verdrängen jede Vernunft. Ein Pferd stürzt in einem gigantischen Wirbel; ein anderes überschlägt sich, quetscht seinen Reiter in den Schnee. Ein drittes läuft reiterlos dahin. Die Jagd, zerstörerisch, zerstört, ohne es zu merken, sich selbst.

Da sind Hütten, ein Lattenzaun. Der Zaun stürzt um, wie von selbst. Ein Hühnerhaus zerstiebt in einer Wolke aufgeworfener Kristalle; Vögel rennen kreischend unter die Hufe. Mützen werden verloren und davongeschleudert; Haar fliegt wild. Peitschen knallen, Sporen zerkratzen blutige Flanken; und die Wälder sind nah. Äste und Zweige peitschen; Schnee fällt polternd. Das Knacken ist überall.

Am Ende ist es immer gleich. Die Hundeführer kreisen ein, schreiend, hüfthoch im zertrampelten Unterholz; die Reiter drängen sich näher und näher, die Pferde scheuen und zittern; und es wird still. Nur die Beute, rotgefärbt, windet sich und bäumt sich auf; der dünne, hohe Laut, den sie ausstößt, ist der Inbegriff des Schmerzes.

Wenn der *Jagdmeister* will, kann er dem Leiden jetzt ein Ende machen. Der Knall der Pistole klingt hohl; und Vögel stieben von gefrorenen Zweigen auf, kreisen mit den Echos und Schreien. Die Pistole kracht erneut, und die Jagdbeute erschlafft. Mit der Zeit endet das Beben, und ein Hund kriecht vor und leckt.

Nun entsteht langsam Bewegung; ein Auseinanderstreben, fort von der Stelle. Gemurmel, ein Lachen, das in der Stille erstickt. Das Fieber vergeht. Jemand beginnt zu frösteln, und ein Mädchen, glitzerndes Blut an Wange und Hals, legt den Handschuh an die Stirn und stöhnt. Der Trieb ist gekommen und gegangen; für kurze Zeit haben die Zwei Reiche sich von sich selbst befreit.

Die Reiter kehren auf ihren müden Pferden zurück, trotten durch das Tor herein. Als der letzte drinnen ist, startet ein geschlossener schwarzer Lieferwagen und fährt davon. Nach einer Stunde kommt er leise zurück, und die Tore schließen sich hinter ihm.

Aus tiefstem Schlaf an die Oberfläche zu kommen, war, als tauche man langsam aus einem warmen Meer auf. Eine Zeitlang, als Mainwaring mit geschlossenen Augen dalag, waren Erinnerung und Wahrnehmung verworren, so daß sie noch bei ihm und das Zimmer ein Ort im Gedächtnis seiner Kindheit war. Er rieb sich das Gesicht, gähnte, schüttelte den Kopf; und das Klopfen, das ihn geweckt hatte, wiederholte sich.

»Ja?«

Eine Stimme sagte: »Letztes Frühstück in fünfzehn Minuten, Sir.«

Er rief: »Danke«, und hörte die Schritte verklingen.

Er schob sich hoch, tastete auf dem Nachttisch nach der Uhr und hielt sie sich dicht vor die Augen. Es war Viertel vor elf.

Er warf die Bettdecke zurück und spürte die Luft prickelnd an seiner Haut. Sie war im Morgengrauen sicher bei ihm gewesen; sein Körper erinnerte sich an den Sukkubus mit beinahe schmerzlicher Kraft. Er blickte lächelnd hinunter und ging ins Bad. Er duschte, trocknete sich ab, rasierte sich und kleidete sich an. Er zog die Tür zu, sperrte ab und ging zum Frühstückszimmer. Einige Paare saßen noch beim Kaffee; er lächelte zur Begrüßung und wählte einen Platz am Fenster. Hinter den Doppelscheiben türmte sich der Schnee auf; der Widerschein erfüllte den Raum mit einem weißen, inwendigen Glanz. Er aß langsam, hörte ferne Rufe. Auf dem langen Hang hinter dem Haus bewarfen Kinder sich heftig mit

Schneebällen. Einmal tauchte ein Schlitten auf, der hinter einer Bodenerhebung wieder verschwand.

Er hatte gehofft, sie zu sehen, aber sie kam nicht. Er trank Kaffee, rauchte eine Zigarette. Er ging ins Fernsehzimmer. Der große Farbbildschirm zeigte ein Kinderfest in einem Berliner Krankenhaus. Er sah eine Weile zu. Die Tür hinter ihm klickte mehrmals, aber es war nicht Diane.

Es gab einen zweiten Aufenthaltsraum für Gäste, der zu dieser Jahreszeit nicht häufig benutzt wurde; und einen Leseraum und eine Bibliothek. Er schlenderte hindurch, aber sie war nirgends zu sehen. Ihm kam der Gedanke, daß sie vielleicht noch nicht aufgestanden war; in Wilton House gab es nur wenige feste Regeln für das Weihnachtsfest. Er dachte: ›Ich hätte mir ihre Zimmernummer geben lassen sollen.‹ Er wußte nicht einmal genau, in welchem der Gästeflügel man sie untergebracht hatte.

Das Haus war still; es schien, als seien die meisten Besucher auf ihre Zimmer gegangen. Er fragte sich, ob sie vielleicht an der Jagd teilgenommen hatte; er hatte undeutlich gehört, wie die Teilnehmer aufgebrochen und zurückgekehrt waren. Er bezweifelte, daß das eine große Anziehungskraft auf sie ausgeübt hatte.

Er schlenderte zum Fernsehzimmer zurück und sah eine Stunde oder länger zu. Zur Essenszeit fühlte er sich ein wenig verstimmt und bemerkte überdies das Aufkommen einer sonderbaren Unruhe. Er kehrte auf sein Zimmer zurück, weil er sich fragte, ob sie vielleicht aus irgendeinem Grund wieder dorthin gegangen war; aber das Wunder wiederholte sich nicht. Das Zimmer war leer.

Das Feuer brannte, und das Bett war frisch bezogen. Er hatte nicht an die Hauptschlüssel des Personals gedacht. Der Geißler-Band stand immer noch auf dem Regal. Er nahm ihn herunter und wog ihn stirnrunzelnd in der Hand. In gewisser Hinsicht war es Wahnsinn, ihn dort zu lassen.

Er zuckte die Achseln und stellte das Buch zurück. ›Wer achtet schon auf Bücherregale?‹ dachte er. Die Intrige, wenn es eine gab, erschien ihm im helleren Licht des Tages absurd. Er trat auf den Flur hinaus, schloß die Tür und sperrte sie hinter sich zu. So gut wie möglich, versuchte er das Buch aus seinen Gedanken zu verdrängen. Es stellte ein Problem dar; und sich mit Problemen zu befassen, war er noch nicht gewillt. Zuviel anderes ging in seinem Kopf vor.

Zu Mittag aß er allein, nun schon mit merklicher innerer Unruhe; der Prozeß war so besorgniserregend wie jener vor Jahren. Einmal glaubte er sie kurz im Korridor zu entdecken. Sein Herz schlug schneller, aber es war die andere Blondine, Müllers Frau. Die Gestik, die Frisur waren ähnlich; aber diese Frau war viel größer.

Er ließ es zu, daß er in einen Tagtraum versank. Es schien ihm, als wären Bilder von ihr seinem Innersten eingeprägt; jedes einzelne wurde jetzt herausgesucht, genau betrachtet und liebevoll beiseite gelegt. Er sah den Schimmer ihrer Haare und ihrer Haut im Widerschein des Feuers, die Art, wie ihre Wimpern die Wangen streiften, als sie in seinen Armen lag und schlief. Andere Erinnerungen, schärfer noch, unmittelbarer, pulsierten wie kleine Stromstöße durch seinen Geist. Sie warf lächelnd den Kopf zurück; ihr Haar pendelte, berührte die Spitze einer Brust.

Er schob seine Tasse weg und stand auf. Um fünfzehn Uhr verlangte der Patriotismus ihre Anwesenheit im Fernsehzimmer. Wie die aller Gäste. Dann, wenn nicht vorher, würde er sie sehen. Er dachte sarkastisch, daß er sein ganzes Leben lang auf sie gewartet hatte; ein bißchen länger würde auch nicht mehr ins Gewicht fallen.

Er streifte wieder durch das Haus; die Große Halle, die Lange Galerie, wo das *Christkind* dahingeschritten war. Unter den Fenstern, die sie säumten, lag ein schneebedecktes Dach. Das scharfe, reflektierte Licht stach hinauf und nahm dem Ort alles Geheimnisvolle. In der Großen Halle hatte man den Baum schon entfernt. Er sah den Bediensteten dabei zu, wie sie Dekorationen anbrachten und stapelweise Korbstühle hereintrugen, die mit Goldfarbe gelackt waren. Auf der Chorgalerie verriet eine Anzahl seltsam geformter Behälter, daß das Orchester eingetroffen war.

Um vierzehn Uhr ging er ins Fernsehzimmer zurück. Ein rascher Blick bestätigte ihm, daß sie nicht da war. Die Bar hatte geöffnet; Hans, der so breit und zuvorkommend aussah wie immer, war dazu eingeteilt worden, die Gäste zu versorgen. Er lächelte Mainwaring an und sagte: »Guten Tag, Sir.« Mainwaring ließ sich ein Bier geben und trug das Glas zu einem Platz in der Ecke. Von hier aus konnte er sowohl den Bildschirm als auch die Tür beobachten.

Der Schirm zeigte die weltweite Zusammenschaltung, die innerhalb der Zwei Reiche zum geheiligten Weihnachtsfest gehörte. Er sah, ohne sonderliches Interesse, wie von den Garnisonen in Leningrad und Moskau, von einem Feuerschiff, von einer Wetterstation in der Arktis und von einer Mission in Deutsch-Ostafrika Grüße an die Daheimgebliebenen übermittelt wurden. Um fünfzehn Uhr sollte der Führer sprechen; in diesem Jahr würde zum erstenmal Ziegler vor Edward VIII. in Erscheinung treten.

Der Raum füllte sich langsam. Sie kam nicht. Mainwaring leerte sein Glas, ging zur Bar, verlangte eine zweite Flasche und ein Päckchen Zigaretten. Aus der Unruhe war nun fast Bestürzung geworden. Zum erstenmal kam ihm der Gedanke, daß sie krank geworden sein könnte.

Das Zeitsignal ertönte, gefolgt vom Trommelwirbel der deutschen Hymne. Er erhob sich zusammen mit den anderen und blieb steif stehen, bis sie vorbei war. Der Bildschirm wurde hell, zeigte den vertrauten Raum in der Reichskanzlei; die dunkle, hohe Täfelung, die tiefroten Vorhänge, das große *Hakenkreuz*-Emblem über dem Schreibtisch. Der Führer sprach, wie immer, tadellos, aber Mainwaring dachte in einem Winkel seines Gehirns, wie alt er wirkte.

Die Rede ging zu Ende. Er begriff, daß er kein Wort davon gehört hatte.

Wieder setzte der Trommelwirbel ein. Der König sagte: »Erneut ist es mir zu Weihnachten . . . Pflicht und Freude . . . zu Ihnen zu sprechen.«

In Mainwarings Kopf schien etwas zu platzen. Er stand auf und ging rasch zur Bar. »Hans«, sagte er, »haben Sie Miß Hunter gesehen?«

Der andere fuhr herum. Er sagte: »Sir, *psst* . . . bitte . . .«

»Haben Sie sie gesehen?«

Hans starrte auf den Bildschirm und dann wieder Mainwaring an. Der König sagte: »Es hat . . . Probleme und Schwierigkeiten gegeben. Vielleicht stehen uns noch mehr bevor. Aber mit . . . Gottes Hilfe werden wir sie überwinden.«

Der Chauffeur leckte sich über die Lippen. »Tut mir leid, Sir«, sagte er. »Ich weiß nicht, was Sie meinen.«

»Welches Zimmer hat sie?«

Der große Mann wirkte wie ein Tier in der Falle. »Bitte, Mr. Mainwaring«, sagte er. »Sie bringen mich in Schwierigkeiten . . .«

»Welches Zimmer hat sie?«

Jemand drehte sich um und zischte ärgerlich. Hans sagte: »Ich verstehe nicht ganz.«

»Um Himmels willen, Mann, Sie haben doch ihr Gepäck hinaufgebracht. Ich habe es selbst gesehen!«

»Nein, Sir«, sagte Hans.

Einen Augenblick lang schien sich der Aufenthaltsraum um ihn zu drehen.

Hinter der Bar gab es eine Tür. Der Chauffeur trat zurück. Er sagte: »Sir, bitte . . .«

Es war eine Vorratskammer. Weinflaschen, lagerten in Gestellen, auf einem Regal standen Gläser mit Oliven, Walnüssen, Eiern. Mainwaring schloß die Tür hinter sich und versuchte sein Zittern in die Gewalt zu bekommen. »Sir«, sagte Hans. »Sie dürfen mich diese Dinge nicht fragen. Ich kenne keine Miß Hunter. Ich weiß nicht, was Sie meinen.«

»Welches Zimmer hat sie?« fragte Mainwaring. »Ich verlange, daß Sie antworten.«

»Ich kann nicht!«

»Sie haben mich gestern von London hierhergefahren. Bestreiten Sie das?«

»Nein, Sir.«

»Sie haben mich zusammen mit Miß Hunter gefahren.«

»Nein, Sir!«

»Zum Teufel mit Ihnen, wo ist sie?«

Der Chauffeur schwitzte. Eine lange Pause; dann sagte er: »Mr. Mainwaring, bitte. Sie müssen verstehen. Ich kann Ihnen nicht helfen.« Er schluckte und riß sich zusammen. »Ich habe Sie von London hierhergefahren«, erklärte er. »Es tut mir leid. Ich habe Sie . . . *allein gefahren.«*

Die Tür zum Aufenthaltsraum schloß sich hinter Mainwaring. Halb ging, halb rannte er zu seinem Zimmer. Er schlug die Tür hinter sich zu und lehnte sich keuchend dagegen. Mit der Zeit verlor sich das Schwindelgefühl. Er öffnete langsam die Augen. Das Feuer brannte; der Geißler stand im Regal. Nichts hatte sich verändert.

Er machte sich methodisch an die Arbeit. Er verschob Möbel, spähte dahinter. Er rollte den Teppich auf, klopfte jeden Quadratzentimeter Boden ab. Er holte eine Taschenlampe aus seinem Koffer und untersuchte minutiös das Innere des Kleiderschranks. Er fuhr mit den Fingern leicht über die Wände, Abschnitt für Abschnitt, klopfte auch sie ab. Schließlich holte er einen Stuhl und nahm den Beleuchtungskörper an der Decke auseinander.

Nichts.

Er begann von vorne. Mitten im zweiten Durchgang erstarrte er und schaute auf die Dielen. Er ging zu seinem Koffer und zog den Schraubenzieher aus der Pistolentasche. Kurz das Blatt angesetzt, dann ließ er sich auf die Fersen nieder und starrte in seine Handfläche. Er rieb sich das Gesicht und legte seinen Fund vorsichtig auf den Nachttisch.

Ein winziger Ohrring, einer von dem Paar, das sie getragen hatte. Er saß eine Weile schweratmend da, den Kopf in die Hände gestützt.

Das Licht des kurzen Tages war verblaßt, während er gearbeitet hatte. Er knipste die Stehlampe an, riß den Schirm herunter und stellte die nackte Glühbirne mitten in den Raum. Er begann erneut die Wände abzusuchen, mit den Augen, mit den Fingern, klopfend, drückend. Am Kamin klang schließlich ein kleines Quadrat hohl.

Er hielt die Lampe dicht an die Stelle und untersuchte die haarfeine Fuge. Er schob vorsichtig den Schraubenzieher hinein und drehte ihn herum. Dann noch einmal. Ein Knacken, und die Platte fiel herunter.

Zitternd griff er in die Vertiefung und zog den Recorder heraus. Er stand eine Weile still da, hielt ihn in der Hand, dann hob er die Arme und schmetterte ihn auf den Boden. Er trat dagegen und trampelte darauf herum, keuchend, atemlos, bis nur noch Splitter übrig waren.

Das Dröhnen wurde zu einem Brüllen und fegte niedrig über das Haus hinweg. Der Hubschrauber sank langsam tiefer, wobei die Schweinwerfer an der Rumpfunterseite gleißten, und wirbelte den Schnee zu einer riesigen Wolke auf. Er trat ans Fenster und starrte hinaus. Die Kinder stiegen ein, umklammerten Schals und Handschuhe, Koffer, Schachteln mit neuem Spielzeug. Die Treppe wurde weggezogen, die Luke verriegelt. Erneut wirbelte Schnee auf; die Maschine erhob sich schwerfällig und schwebte in Richtung Wilton House davon.

Das Fest konnte beginnen.

Lichter strahlen längs- und breitseits des Hauses. Orangerot erhellte Fenster werfen lange Streifen Helligkeit auf den Schnee. Überall ist ein hastiges Kommen und Gehen, ein Trippeln von Füßen, das Klirren von Silber und Glas, eilige Befehle. Kellner huschen zwischen den Küchen und dem Grünen Saal, wo das Dinner gegeben wird, hin und her. Gang um Gang wird hineingetragen, herumgezeigt. Fasane, gebraten und vergoldet, prahlen mit ihrem Gefieder in Schatten und Kerzenschein, alkoholgetränkte Dochte flammend in den Schnäbeln. Der Minister erhebt sich lachend; ein Trinkspruch nach dem andern wird ausgebracht. Auf fünftausend Panzer, zehntausend Kampfflugzeuge, hunderttausend Kanonen. Die Zwei Reiche bewirten ihre Gäste königlich.

Der Höhepunkt naht. Der Eberkopf, garniert und dampfend, wird in Schulterhöhe hereingetragen. Seine Hauer glänzen; in seinen Kiefern steckt das goldene Symbol der Sonne, die Orange. Hinter ihm marschieren die Weihnachtssänger und Maskierten mit ihren Laternen und Sammelbechern. Das Lied, das sie singen, ist weitaus älter als die Zwei Reiche; älter als das Reich, älter als Großbritannien.

*»Alive he spoiled, where poor man toiled, which made kind Ceres sad . . .«**

Das Stimmengewirr wird lauter. Münzen werden glitzernd geworfen; Wein wird eingeschenkt. Und mehr Wein, noch mehr und noch mehr Wein. Schalen mit Obst werden herumgereicht, und Platten mit Süßem; Gewürzkuchen, Lebkuchen, Marzipan. Bis auf ein Zeichen der Cognac gebracht wird, und einige Kisten mit Zigarren.

Die Damen erheben sich und verlassen den Raum. Sie ziehen erhitzt und schwatzend durch die Korridore des Hauses, wobei

* ›Sein Lebtag lang verpraßte er alles, während die Armen schufteten, was die gütige Ceres traurig machte.‹ Ceres ist die römische Göttin der Feldfrüchte. – *Der Übers.*

ihnen uniformierte Fackelträger den Weg weisen. In der Großen Halle warten ihre Kavaliere. Jeder der jungen Männer ist hochgewachsen, jeder blond, jeder makellos in seiner eleganten Uniform. Auf der Empore hebt sich ein Taktstock; über die weiten Flächen dringen von fern die wirbelnden Töne eines Walzers.

Im Grünen Saal, wo nun Rauchschwaden hängen, werden die Türen wieder aufgerissen. Diener eilen herein, tragen Schachteln, große buntverpackte Pakete mit blutroten Seidenschlaufen. Der Minister erhebt sich und hämmert auf den Tisch, um Ruhe zu schaffen.

»Meine Freunde, teure Freunde, Freunde der Zwei Reiche. Für Sie ist mir nichts zu viel. Für Sie die kostbarsten Geschenke. Heute nacht ist nur das Beste gut genug; und nur das Beste ist hier. Genießen sie, meine Freunde. Fühlen Sie sich wohl in meinem Haus. *Frohe Weihnachten . . .*«

Er geht mit schnellen Schritten in den Schatten und ist verschwunden. Hinter ihm wird es still. Ein Warten; dann beginnt sich der große Stapel von Geschenken langsam, geheimnisvoll zu regen. Papier platzt knisternd. Hier taucht eine Hand auf, dort ein Fuß. Eine atemlose Pause; und das erste der Mädchen richtet sich langsam auf, nackt im Lichterschein, und schüttelt das glänzende Haar.

Am Tisch bricht wieder Jubel aus.

Das Geräusch drang schwach zu Mainwaring herauf. Er zögerte am Fuß der Haupttreppe, ging weiter. Er wandte sich nach rechts und links, eilte eine Treppenflucht hinunter. Er kam an den Küchen und Gesindeunterkünften vorbei. Aus dem Aufenthaltsraum plärrte ein Plattenspieler. Er ging zum Ende des Korridors und entriegelte eine Tür. Die Nachtluft blies ihm kalt ins Gesicht.

Er überquerte den Hof und öffnete eine weitere Tür. Der Raum dahinter war hell erleuchtet; es roch schwach und muffig nach Tieren. Dort blieb er stehen und wischte sich das Gesicht. Er war in Hemdsärmeln; aber trotz der Kälte, die hier herrschte, schwitzte er.

Mit festen Schritten ging er weiter. Auf beiden Seiten des Ganges standen Käfige. Die Hunde warfen sich krachend gegen die Gitter. Er beachtete sie nicht.

Der Gang mündete in eine würfelförmige Betonkammer. Auf einer Seite des Raums befand sich eine Rampe. Davor war ein fensterloser schwarzer Lieferwagen geparkt.

Auf der anderen Seite zeigte sich unter einer Tür ein Lichtspalt. Er klopfte laut, und noch einmal.

»Hundemeister . . .«

Die Tür öffnete sich. Der Mann, der zu ihm heraufsah, war so runzelig und dickbäuchig wie ein Weihnachtsmann. Als er das Gesicht seines Besuchers sah, wollte er zurückspringen, aber Mainwaring packte ihn am Arm. *»Hundemeister«,* sagte er, »ich muß mit Ihnen sprechen.«

»Wer sind Sie? Ich kenne Sie nicht. Was wollen Sie . . .?«

Mainwaring zeigte seine Zähne. »Der Lieferwagen«, sagte er. »Sie haben ihn heute morgen gefahren. Was war drin?«

»Ich weiß nicht, was Sie meinen . . .«

Der Stoß schleuderte ihn zurück. Er versuchte davonzulaufen, aber Mainwaring packte ihn wieder.

»Was war drin?«

»Ich rede nicht mit Ihnen! Gehen Sie!«

Der Schlag landete klatschend im Gesicht. Noch einmal hieb Mainwaring zu, mit dem Handrücken, stieß ihn zum Wagen.

»Öffnen Sie . . .!«

Die Stimme hallte in dem engen Raum scharf wider.

»Wer ist da? Was geht hier vor?«

Der kleine Mann wimmerte und rieb sich den Mund.

Mainwaring richtete sich schweratmend auf. Der DDP-Hauptmann trat vor, die Daumen am Koppel, und starrte ihn an.

»Wer sind Sie?«

»Das wissen Sie verdammt gut«, sagte Mainwaring. »Und sprechen Sie englisch, Sie Bastard: Sie sind ebensosehr Engländer wie ich.«

Der andere funkelte ihn wütend an. »Sie haben kein Recht, hier zu sein. Ich sollte Sie festnehmen. Sie haben kein Recht, den *Hundemeister* zu belästigen.«

»Was ist in dem Lieferwagen?«

»Sind Sie verrückt geworden? Der Wagen geht Sie nichts an. Gehen Sie. Auf der Stelle.«

»Öffnen Sie!«

Der andere zögerte und zuckte dann mit den Achseln. Er trat einen Schritt zurück. »Zeigen Sie ihn ihm.«

Der Hundemeister hantierte mit einem Schlüsselring. Die Hecktüren des Wagens knarrten. Mainwaring trat langsam vor.

Das Fahrzeug war leer.

»Sie haben gesehen, was Sie sehen wollten«, sagte der Hauptmann. »Das dürfte reichen. Gehen Sie.«

Mainwaring schaute sich um. Es gab noch eine Tür, die tief in eine Mauer eingelassen war. Daneben befand sich eine Steuertafel wie bei einem Banktresor.

»Was ist in diesem Raum?«

»Sie gehen zu weit«, sagte der DDP-Mann. »Ich befehle Ihnen, zu verschwinden.«

»Sie sind nicht mein Vorgesetzter!«

»Kehren Sie in Ihr Quartier zurück!«

»Ich weigere mich«, sagte Mainwaring.

Der andere griff nach seiner Pistolentasche. Er hielt mit ausgestreckten Armen die Walther, die Handgelenke zusammengepreßt, die Beine gespreizt. *»Dann werden Sie erschossen«,* sagte er.

Mainwaring ging verächtlich an ihm vorbei. Das Heulen der Hunde verklang, als er die Außentür zuwarf.

Die Saat war zuerst im Mittelstand gesät worden, und im Mittelstand ging sie auf. England war lange genug eine Nation von Krämern genannt worden; nun blieben die Kassen für eine Weile geschlossen, die Jalousien heruntergelassen. Über Nacht, so schien es, wurde aus einem weibischen Symbol sozialer und nationaler Uneinigkeit der Einsatzgruppenführer, und der Stacheldraht für die ersten Straflager wurde gespannt . . .

Mainwaring las die Seite zu Ende, riß sie aus dem Buch, zerknüllte sie und warf sie ins Feuer. Er las weiter. Neben ihm vor dem Kamin standen eine halbvolle Flasche Whisky und ein Glas. Mechanisch griff er nach dem Glas und trank. Er zündete sich eine Zigarette an. Einige Minuten später folgte eine neue Seite der vorigen.

Gleichmäßig tickte die Uhr. Das brennende Papier knisterte ein wenig. Schatten tanzten an der Decke des Zimmers. Einmal hob

Mainwaring den Kopf und lauschte; einmal legte er das ruinierte Buch zur Seite und rieb sich die Augen. Das Zimmer und der Korridor draußen blieben still.

Gegen unermeßliche Stärke müssen wir Verschlagenheit setzen, gegen unermeßlich Böses den Glauben und den festen Entschluß. In dem Krieg, den wir führen, ist der Einsatz hoch; es geht um die Würde des Menschen, die Freiheit des Geistes, das Überleben der Menschheit. In diesem Kriege sind bereits viele von uns gefallen und ohne Zweifel werden noch viele ihr Leben lassen. Aber nach ihnen werden immer andere kommen; und noch mehr. Wir werden weitermachen, bis dieses Unheil von der Erde getilgt ist.

Inzwischen müssen wir neuen Mut fassen. Jeder Schlag, der jetzt geführt wird, ist ein Schlag für die Freiheit. In Frankreich, Belgien, Finnland, Polen, Rußland stehen die Streitkräfte der Zwei Reiche einander drohend gegenüber. Habgier, Eifersucht, gegenseitiges Mißtrauen, dies sind die Feinde, und sie wirken von innen heraus. Das wissen die Reiche sehr wohl. Und weil sie es wissen, empfinden sie, zum erstenmal in ihrer Geschichte, Furcht . . .

Das letzte Blatt, zerknüllt, zerfiel zu Asche. Mainwaring lehnte sich zurück und starrte ins Leere. Schließlich regte er sich und blickte auf. Es war drei Uhr früh, und man hatte ihn noch nicht geholt.

Die Flasche war leer. Er stellte sie auf die Seite und öffnete eine zweite. Er ließ die Flüssigkeit im Glas kreisen, hörte das überlaute Ticken der Uhr.

Er durchquerte das Zimmer und nahm die Luger aus dem Koffer. Er fand Reinigungsbürste, Lappen und Öl. Eine Weile saß er dumpf da, den Blick auf die Pistole gerichtet. Dann zog er das Magazin heraus, zog das Verschlußstück zurück, drückte auf die Verriegelung, löste den Lauf heraus.

Sein erschöpfter Verstand begann ihm ärgerliche Streiche zu spielen. Seine Gedanken streiften umher, erinnerten sich an Szenen, Episoden, Einzelheiten, die Jahre zurücklagen, banal und zusammenhanglos. Zwischen den Irrungen tauchte immer wieder der alte, traurige Text des Liedes auf. Er versuchte die Worte wegzuschieben, aber es gelang nicht.

*»Living he spoiled where poor men toiled, which made kind Ceres sad . . .«**

Er schob den Haltestift heraus und entfernte das Verschlußstück, den Schlagbolzen. Dann bereitete er die Teile vor sich aus, säuberte sie mit Öl und Wasser, trocknete sie ab, fettete sie ein. Er setzte die Pistole sorgfältig wieder zusammen, drehte den Lauf herum, schüttelte den Haltestift vor den Haken, schloß die Verriegelung und prüfte die Spannfederwirkung. Ein volles Magazin schob er hinein, lud durch und drückte den Sicherheitshebel auf *GESICHERT.* Er entfernte das Magazin und lud erneut.

Dann holte er seine Aktentasche und legte die Pistole, mit dem Griff nach oben, vorsichtig hinein. Er füllte ein Ersatzmagazin, legte den Verlängerungskolben und eine Schachtel mit fünfzig Parabellum-Patronen dazu. Er schloß die Aktentasche und sperrte sie ab, stellte sie neben das Bett. Danach gab es nichts mehr zu tun. Er lehnte sich im Sessel zurück und füllte sein Glas.

*»Toiling he boiled, where poor men spoiled . . .«***

Der Feuerschein erlosch endlich.

Als er erwachte, war das Zimmer dunkel. Er stand auf und hatte den Eindruck, als würde der Boden leicht schwanken, und er begriff, daß er einen Kater hatte. Er tastete nach dem Lichtschalter. Es war acht Uhr.

Ein wenig schuldbewußt stellte er fest, ziemlich lange geschlafen zu haben.

Er ging ins Badezimmer, zog sich aus und duschte, ließ das Wasser so heiß laufen, wie er es ertragen konnte. Das brachte ihn wieder ein bißchen zu sich. Er trocknete sich ab und sah an sich hinunter. Ihm kam zum erstenmal zu Bewußtsein, was für seltsame Gebilde diese Körper doch waren; manche mit gelblichen Zylindern, andere mit Einbuchtungen.

Er kleidete sich an und rasierte sich. Ihm war eingefallen, was er tun wollte; als er seine Krawatte knotete, versuchte er sich zu erinnern, warum. Es gelang ihm nicht. Sein Gehirn schien tot zu sein.

* »Er brachte alles durch in seinem Leben, während die Armen schufteten, was die gütige Ceres traurig machte.« – *Der Übers.*

** »Eifrig wütete er, wo arme Menschen sich kaputtmachten.« – *Der Übers.*

In der Flasche war noch zwei Finger breit Whisky. Er goß ihn ein, schnitt eine Grimasse und trank. Ein schnelles, kaltes Beben durchzog ihn. Er dachte: ›Wie der erste Morgen in einer neuen Schule.‹

Er zündete sich eine Zigarette an. Sofort stieg es ihm die Kehle hoch. Er ging ins Badezimmer und erbrach sich. Noch einmal. Endlich kam nichts mehr nach.

Sein Brustkorb schmerzte. Er spülte sich den Mund aus und wusch sich noch einmal das Gesicht. Dann setzte er sich eine Weile ins Schlafzimmer, den Kopf zurückgelegt, die Augen geschlossen. Mit der Zeit ließ das Zittern nach. Ohne zu denken, lag er da, hörte die Uhr ticken. Einmal zuckte der Mund, bewegten sich seine Lippen. »Sie sind nicht besser als wir«, sagte er.

Um neun Uhr ging er ins Frühstückszimmer. Sein Magen, das spürte er, würde nur wenig aufnehmen können. Vorsichtig aß er eine Scheibe Toast, trank etwas Kaffee. Er bat um ein Päckchen Zigaretten und kehrte auf sein Zimmer zurück. Um zehn war er beim Minister angemeldet.

Er blickte noch einmal in seine Aktentasche. Ein Gedanke veranlaßte ihn, ein paar gestrickte Autohandschuhe hineinzulegen. Wieder saß er da und starrte auf die Asche, wo er den Geißler verbrannt hatte. Ein Teil von ihm wollte die Uhrzeiger zwingen, sich nicht zu bewegen. Um fünf vor zehn griff er nach der Aktentasche und trat auf den Flur hinaus. Für einen Augenblick blieb er stehen und schaute sich um. ›Es ist noch nichts passiert‹, dachte er. ›Ich lebe noch.‹ Es gab immer noch die Wohnung in London, in die er zurückkehren konnte, immer noch sein Büro; die hohen Fenster, die Telefone, den khakifarbenen Schreibtisch.

Er ging durch sonnenbeschienene Korridore zur Suite des Ministers.

Der Raum, in den er geführt wurde, war breit und lang. Ein Feuer knisterte im Kamin; daneben standen auf einem niedrigen Tisch Gläser und eine Karaffe. Über dem Sims hing, ganz wie es üblich war, das Porträt des Führers. Von der anderen Seite des Raums sah ihn Edward VIII. an. Hohe Fenster umrahmten die Aussicht auf eine hügelige Parklandschaft. In der Ferne, blau am Horizont, war der Wald.

»Guten Morgen, Richard«, begrüßte ihn der Minister. »Bitte setzen Sie sich doch. Ich gaube nicht, daß ich Sie lange aufhalten muß.«

Er setzte sich und stellte die Aktentasche neben sich auf den Boden.

An diesem Morgen wirkte alles merkwürdig. Neugierig betrachtete er den Minister, als sähe er ihn zum erstenmal. Er hatte die Art von Gesicht, die man früher einmal für typisch englisch gehalten hatte; schmal, mit kurzer Nase und hohen, gutgeformten Wangenknochen. Das Haar, blond und kurzgeschoren, ließ ihn beinahe jungenhaft erscheinen. Die Augen waren klar, nicht sehr tief, dunkel umrandet. Er sah so wenig arisch aus, beschloß Mainwaring, wie irgendein wildes Spielzeug für Kleinkinder; ein reißender Teddybär.

Der Minister blätterte in seinen Papieren. »Es haben sich einige Dinge ergeben«, sagte er, »unter anderem, fürchte ich, haben wir auch wieder Ärger in Glasgow. Die einundfünfzigste Panzerdivision ist in Alarmbereitschaft versetzt worden; bisher ist noch nichts an die Öffentlichkeit gedrungen.«

Mainwaring wünschte sich, sein Kopf möge sich weniger hohl anfühlen. Es hätte seine Stimme nicht so sehr dröhnen lassen. »Wo ist Miß Hunter?« fragte er.

Der Minister hielt inne. Die blassen Augen starrten ihn kurz an, dann sprach er weiter.

»Ich fürchte, ich muß Sie bitten, Ihren Aufenthalt hier abzukürzen. Ich fliege zu einer Sitzung nach London zurück, vielleicht morgen oder auch erst übermorgen. Ich will Sie natürlich dabeihaben.«

»Wo ist Miß Hunter?«

Der Minister legte die Hände flach auf den Schreibtisch und betrachtete seine Fingernägel. »Richard«, sagte er. »Es gibt Aspekte in der Kultur der Zwei Reiche, die weder erwähnt noch diskutiert werden. Gerade Sie sollten das wissen. Ich bin geduldig mit Ihnen; aber es gibt Grenzen für das, worüber ich hinwegsehen kann.«

Mainwaring öffnete die Lasche der Aktentasche und stand auf. Er legte den Sicherheitshebel um und zielte mit der Pistole.

Einen Augenblick lang herrschte Stille. Das Kaminfeuer knisterte leise. Dann lächelte der Minister. »Das ist eine interessante Waffe, Richard«, sagte er. »Woher haben Sie die?«

Mainwaring antwortete nicht.

Der Minister schob die Hände bedächtig auf die Armlehnen seines Sessels und lehnte sich zurück. »Es ist natürlich das Marine-Modell«, meinte er. »Das ist inzwischen recht alt. Trägt es vielleicht sogar den Erfurt-Stempel? Das würde seinen Wert beträchtlich erhöhen.«

Er lächelte wieder. »Wenn der Lauf in Ordnung ist, kaufe ich es. Für meine Privatsammlung.«

Mainwarings Arm begann zu zittern. Er umfaßte das Handgelenk mit der Linken, um es zur Ruhe zu bringen.

Der Minister seufzte. »Richard, Sie können so stur sein«, sagte er. »An sich eine gute Eigenschaft, aber Sie übertreiben es.« Er schüttelte den Kopf. »Haben Sie auch nur einen Augenblick angenommen, ich wüßte nicht, daß sie hergekommen sind, um mich zu erschießen? Mein lieber Freund, Sie haben viel durchgemacht. Sie sind überreizt. Glauben Sie mir, ich weiß, wie ihnen zumute ist.«

»Sie haben sie umgebracht«, sagte Mainwaring.

Der Minister breitete die Hände aus. »Womit?« meinte er. »Mit einem Gewehr, einem Messer. Sehe ich wirklich aus, als wäre ich so ein schäbiger Typ?«

Die Worte erzeugten kalte Qual und eine Enge in der Brust. Aber sie mußten ausgesprochen werden.

Der Minister zog die Brauen hoch. Dann begann er zu lachen. Schließlich sagte er: »Endlich verstehe ich. Ich hatte schon verstanden, konnte es aber nicht glauben. Also deshalb haben Sie unseren armen kleinen *Hundemeister* bedrängt, was nicht sehr ehrenwert war, und unseren *Hauptmann* ernsthaft gereizt, was nicht sehr klug war. Wegen dieses Hirngespinstes, das sich in Ihnen festgesetzt hat. Glauben Sie das wirklich, Richard? Vielleicht glauben Sie auch an den *Struwwelpeter.«* Er beugte sich vor. »Die Jagd fand statt. Und getötet . . . wurde eine Hirschkuh. Sie hat uns schön gehetzt. Und was Ihre kleine Jägerin angeht . . . Richard, sie ist fort. Sie hat nie existiert. Sie war ein Produkt Ihrer Einbildung. Am besten vergessen Sie sie.«

»Wir haben uns geliebt«, sagte Mainwaring.

»Richard, Sie ermüden mich langsam«, sagte der Minister. Erneut schüttelte er den Kopf. »Wir sind doch beide erwachsen«, fuhr er fort. »Wir wissen beide, wieviel dieses Wort wert ist. Es ist nur eine Feder im Wind. Eine Kerze in einer Sturmnacht. Ein leerer Ausdruck, der nichts besagt. *Lächerlich.«* Er legte die Hände aneinander, rieb eine Handfläche. »Wenn das vorbei ist, möchte ich, daß sie verreisen. Für einen Monat, sechs Wochen vielleicht. Mit Ihrem neuen Wagen. Wenn Sie zurückkommen . . . nun, wir werden sehen. Kaufen Sie sich eine Freundin, wenn Sie so dringend eine Frau brauchen. *Einen Schatz.* Ich hätte mir das niemals träumen lassen; Sie sind so distanziert, Sie sollten mehr über sich selbst sprechen. Richard, ich verstehe das; es ist ja auch nicht so schlimm.«

Mainwaring starrte ihn an.

»Wir treffen eine Vereinbarung«, sagte der Minister. »Sie bekommen ein Apartment gestellt, ein sehr hübsches. Damit Ihre Herzensdame in Ihrer Nähe ist. Wenn Sie genug von ihr haben . . . kaufen Sie sich eine andere. Sie sind zumeist unbefriedigend, aber vernünftig. Und jetzt setzen sie sich brav hin und stecken Ihre Pistole weg. Sie sehen so albern aus mit Ihrer finsteren Miene.«

Es schien ihm, als spürte er das ganze Leben, alle Erfahrungen wie ein graues, lastendes Gewicht auf sich. Langsam ließ er die Pistole sinken. ›Zuletzt haben sie sich doch getäuscht‹, dachte er. ›Sie haben sich den falschen Mann ausgesucht.‹ Er sagte: »Ich nehme an, ich habe sie jetzt auf mich selbst zu richten.«

»Nein, nein, nein«, sagte der Minister. »Sie verstehen immer noch nicht.« Er legte die Fäuste aneinander und grinste. »Richard, der *Hauptmann* hätte Sie gestern abend festgenommen. Ich ließ es nicht zu. Das bleibt unter uns. Niemand erfährt davon. Ich gebe ihnen mein Wort.«

Mainwaring spürte, wie seine Schultern herabsanken. Die ganze Kraft schien ihn verlassen zu haben; die Pistole war für seinen Arm zu schwer geworden.

»Richard, warum so düster?« sagte der Minister. »Das ist ein großer Augenblick, Mann. Sie haben Ihren Mut gefunden. Ich freu mich sehr.«

Er senkte seine Stimme. »Wollen Sie nicht wissen, warum ich Sie mit einer Waffe hier habe hereinkommen lassen? Interessiert Sie das gar nicht?«

Mainwaring blieb stumm.

»Schauen Sie sich um, Richard«, sagte der Minister. »Betrachten Sie die Welt. Ich brauche Männer in meiner Nähe, die mir dienen. Jetzt mehr denn je. Echte Männer, die vor dem Sterben keine Angst haben. Geben Sie mir ein Dutzend . . . aber Sie kennen den Rest. Ich könnte die Welt beherrschen. Aber zuerst . . . muß ich sie beherrschen. Meine Männer. Verstehen Sie jetzt? Begreifen Sie?«

›Er hat alles wieder in der Hand‹, dachte Mainwaring. ›Aber so war es immer. Ich bin sein Eigentum.‹

Das Arbeitszimmer drehte sich ein wenig.

Die Stimme fuhr gelassen fort: »Was diese amüsante kleine Verschwörung der sogenannten Freiheitsfront betrifft, auch da haben Sie sich bewährt. Es war schwer für Sie. Ich habe es beobachtet; glauben Sie mir, mit viel Sympathie. Jetzt haben Sie Ihr Buch verbrannt. Aus eigenem, freien Entschluß. Das hat mich sehr gefreut.«

Mainwaring blickte abrupt auf.

Der Minister schüttelte den Kopf. »Der richtige Recorder«, sagte er, »ist viel besser versteckt, da haben Sie sich zu schnell zufriedengegeben. Außerdem gibt es eine Fernsehkamera. Mir tut das alles sehr leid, ich entschuldige mich. Aber es war notwendig.«

In Mainwarings Kopf begann es zu singen.

Der Minister seufzte wieder. »Noch immer nicht überzeugt, Richard? Dann sind da einige Dinge, die Sie sehen sollten. Darf ich meine Schublade öffnen?«

Mainwaring sagte nichts. Der andere zog langsam die Schublade heraus und griff hinein. Er legte einen Telegrammdurchschlag auf die Tischplatte. »Gerichtet an Miß D. J. Hunter«, sagte er. »Die Mitteilung besteht aus einem einzigen Wort: ›AKTIVIEREN.‹«

Das Singen wurde schriller.

»Und das hier«, sagte der Minister. Er hielt ein Medaillon an einer dünnen Goldkette hoch. Die kleine Scheibe trug das ineinanderverschlungene Symbol der Freiheitsfront. »Reiner Exhibitionismus«, sagte er, »oder ein Todeswunsch. So oder so ein höchst unerwünschter Zug.«

Er warf das Ding hin. »Sie war hier natürlich unter Beobachtung«, meinte er, »wir wußten seit Jahren über sie Bescheid. Sehen Sie die Absurdität? Sie glaubten wirklich, Sie seien eifersüchtig genug, um Ihren Minister zu ermorden. Das meinen sie in ihrem lächerlichen kleinen Buch, wenn sie von Raffinesse sprechen. Richard, wenn ich wollte, könnte ich fünfzig blonde Frauen haben. Hundert. Weshalb sollte ich die Ihre haben wollen?« Er drückte die Schublade wieder hinein und stand auf. »Geben Sie mir jetzt die Pistole. Sie brauchen sie nicht mehr.« Er streckte den Arm aus; dann wurde er heftig zurückgerissen. Gläser zersplitterten auf dem Beistelltisch. Die Karaffe platzte; ihr Inhalt ergoß sich dunkel über das Holz.

Über dem Schreibtisch hing dünner, bläulicher Rauch. Mainwaring trat vor und blickte hinunter. Da waren Blutspritzer und ein bißchen Fleisch. Die Augen des Teddybärs zeigten noch weißes Glitzern. Der Aufprall hatte die Brust zerrissen; dreimal ging abgehackt der Atem und erstarb. ›Ich habe den Knall nicht gehört‹, dachte er.

Die Verbindungstür ging auf. Mainwaring drehte sich um. Eine Sekretärin starrte herein und stürzte bei seinem Anblick davon. Die Tür schlug zu.

Er schob die Aktentasche unter den Arm und lief durch das Vorzimmer. Hastige Schritte waren im Korridor zu hören. Er öffnete vorsichtig die Tür. Irgendwo unten im Haus ertönten laute Rufe.

Der Flur war durch eine rote Kordel abgesperrt. Er stieg hinüber, eilte eine Treppe hinauf, eine zweite. Hinter den Privaträumen blockierte ein schweres Metallgitter den Weg. Er lief darauf zu und rüttelte. Von unten drang Grollen herauf. Er schaute sich wild um. Jemand hatte die Notfallsperren betätigt; das Haus war abgeriegelt.

Neben der Tür war eine Eisenleiter an der Wand befestigt. Er kletterte keuchend hinauf. Die Falltür in der Decke war mit einem Vorhängeschloß gesichert. Er klammerte sich mit einer Hand daran, ungeschickt die Aktentasche unter dem Arm, und hielt die Pistole über den Kopf.

Durch zersplittertes Holz schimmerte Tageslicht. Er drückte die Schulter gegen die Luke und stemmte sich dagegen. Knarrend öffnete sie sich. Er schob den Kopf und Schultern hindurch und kletterte hinaus. Wind strich über ihn hinweg und dickflockiger Schnee.

Sein Hemd war unter den Achseln feucht. Er lag bäuchlings da, zitternd. ›Das war kein Zufall‹, dachte er. ›Nichts davon war Zufall.‹ Er hatte sie unterschätzt. Sie verstanden etwas von Verzweiflung.

Er schob sich hoch und schaute wild um sich. Er war auf dem Dach von Wilton House. Neben ihm ragten mächtige Kamine auf, etwas weiter entfernt ein Funkgittermast. Der Wind summte in den Haltedrähten. Rechts von ihm verlief das Geländer über der Fassade. Dahinter befand sich eine von Schnee verstopfte Dachrinne.

Er robbte über eine Dachschräge, lief geduckt weiter. Von unten ertönten Rufe. Er warf sich flach hin, rollte zur Seite. Eine Maschinenpistole ratterte. Er schob sich wieder vor, wobei er die Aktentasche mitzerrte. Vor ihm ragte einer der Ecktürme dunkel vor dem Himmel auf. Er kroch darauf zu und kauerte sich in einen windgeschützten Winkel. Er öffnete die Tasche und zog die Handschuhe an. Er befestigte das Verlängerungsstück an der Pistole, legte das Ersatzmagazin und die Schachtel Munition neben sich.

Wieder wurde geschrien. Er schaute durch die Balustrade hinunter. Laufende Gestalten hetzten über den Schnee. Er zielte auf den erstbesten und drückte ab. Unten Aufruhr. Eine Maschinenpistole sägte; Steinsplitter flogen heulend davon. Eine Stimme rief: »Nicht ohne Not die Deckung verlassen.« Eine andere antwortete.

»Sie kommen mit dem Hubschrauber . . .«

Er starrte wild um sich, zum gelbgrauen Horizont. Den Hubschrauber hatte er vergessen.

Ein Schneewirbel fegte ihm ins Gesicht. Er zuckte zusammen und duckte sich. Er glaubte, vom Wind herangetragen, ein fernes Dröhnen zu hören.

Von seinem Platz aus konnte er die vordersten Bäume des Parks sehen, dahinter die Mauer und die Wachtürme. Hinter diesen stieg das Gelände zum Wald hin an.

Das Dröhnen kam wieder, lauter als vorher. Er kniff die Augen zusammen und entdeckte den schwarzen Punkt, der über den Baumwipfeln dahinhuschte. Er schüttelte den Kopf. »Wir haben einen Fehler gemacht«, sagte er. »Wir haben alle einen Fehler gemacht.«

Er legte den Kolben der Luger an die Schulter und wartete.

Nachwort

WELTEN WIE SANDKÖRNER AM MEER

Reisen in eine andere Zeit gehören seit eh und je zu den Wunschträumen der Menschen. In unzähligen Science-fiction-Kurzgeschichten und -Romanen schweifen Chrononauten (griech. chronos, »Zeit«), also Zeitreisende, nach Belieben durch alle Zeitalter. Sie gewinnen Einblick in die Vergangenheit oder Zukunft, tauchen dort durch fiktive Zeitkorridore auf, verändern den Ablauf der Geschichte, beschleunigen oder verzögern die Gegenwart. Ihre Versetzung in andere Epochen beruht nicht auf einer subjektiven Einbildung, geschieht nicht etwa im Traum oder im Unterbewußtsein, sondern sie stellt sich als objektive Zeitreise dar, als eine richtige »Fleisch und Blut«-Erforschung der Vergangenheit oder der Zukunft. Meistens verfügen die Menschen über eine neue Erfindung, eine Zeitmaschine, die sie in vergangene Jahre oder zukünftige Zeiträume hineingleiten läßt.

Das klassische Argument, das als logischer Einwand gegen Streifzüge in die Vergangenheit immer wieder gebraucht wird, ersteht den SF-Autoren im sogenannten Zeitparadoxon. Was geschieht, wenn jemand in die Vergangenheit hinabsteigt und dort einen seiner Vorfahren, z. B. seinen Urgroßvater, gewaltsam beseitigt? Im gleichen Augenblick müßte dann logischerweise auch der Zeitreisende zu existieren aufhören, denn dieser bringt ja einen seiner direkten »Lebensspender« um.

Wie namhafte SF-Romanciers das Zeitparadoxon zu widerlegen oder zumindest zu umgehen versuchen, schildert Arthur C. Clarke sehr anschaulich:

> »Einige gescheite Autoren (besonders Robert Heinlein und Fritz Leiber) haben das aufgegriffen und allen Ernstes gesagt ›Schön, nehmen wir an, daß etwas so Paradoxes wirklich passieren kann. Was dann?‹ Eine der Lösungen, auf die sie verfallen sind, ist die Idee der parallelen Zeit-Gleise. Sie halten die Vergangenheit nicht für unabänderlich und meinen, man könne zum Beispiel ins Jahr 1865 zurückfahren und im Fordschen Theater in Washington den Revolverlauf des Attentäters John Wilkes Booth aus der

Zielrichtung ablenken. Aber wenn man das täte, würde man unsere Welt aus den Angeln heben und eine andere schaffen, deren Geschichte so weit von der unseren, der tatsächlich erlebten, abwiche, daß sie am Ende völlig von ihr verschieden wäre.

Vielleicht existieren wirklich alle überhaupt möglichen Welten in einem gewissen Sinn nebeneinander wie die Gleise auf einem riesigen Rangierbahnhof. Aber wir fahren trotzdem stets nur auf einem der Schienenstränge. Könnten wir zurückfahren und ein entscheidendes Ereignis der Vergangenheit ändern, dann hieße das nichts anderes, als daß wir uns zu einer bereits passierten Weiche begäben und dort auf ein anderes Zeit-Gleis überwechselten.

So einfach wird es indessen nicht gehen. Andere Autoren haben die Auffassung vertreten, die ›Trägheit‹ der Geschichte sei so gewaltig groß, daß selbst die Änderung einzelner Ereignisse keinen Unterschied ergeben könne. Man würde vielleicht Lincoln vor der Kugel des Herrn Booth retten, nur um zu erleben, daß schon ein anderer Attentäter mit einer Bombe im Foyer auf ihn wartete – und so weiter . . .«

Die interessanteste Variante der Zeitreise ergeben sonder Zweifel die »time track«-Storys und -Romane. Diese gehen von der Voraussetzung aus, daß die Geschichte sich möglicherweise an entscheidenden Wendepunkten spaltet und wie auf abzweigenden Gleisen weiterläuft. In der einen Richtung treten die historischen Ereignisse so ein, wie wir sie kennen. Die andere Gabelung jedoch führt zu einer parallelen Entwicklung der Geschichte mit einem uns unbekannten Verlauf der Geschehnisse.

In *Bring the Jubilee* (1953, Der große Süden) von Ward Moore gewinnen die Südstaaten den amerikanischen Bürgerkrieg, wodurch die Geschichte der USA eine unerwartete Wendung nimmt.

The Man in the High Castle (1962, *Das Orakel vom Berge*) von Philip K. Dick enthält die Vision einer alternativen Welt, in der die Achsenmächte im Zweiten Weltkrieg die Oberhand behalten, die Japaner die Westküste Amerikas besetzen und die Deutschen sich im amerikanischen Osten breitmachen. In diesem Alptraum-Universum gibt es für die Unterdrückten nur einen Hoffnungsschimmer: das Buch eines geheimnisumwitterten Schriftstellers, der von einer anderen, unmöglich erscheinenden Welt berichtet, in der die Alliierten den Sieg davontrugen.

In *The Iron Dream* (1972, *Der stählerne Traum*) schildert Norman Spinrad Hitler als einen Mann, der in den zwanziger Jahren eine Parteikarriere anstrebte, dann jedoch von der Entwicklung enttäuscht nach New York auswanderte, wo er Englisch lernte, sich als Comic-Zeichner verdingte und seine arischen Großmachtansprüche in den Mittelpunkt des großen Epos *Lord of the Swastika (Herr des Hakenkreuzes)* stellte, für das er 1955, zwei Jahre nach seinem Ableben, posthum mit dem Hugo Gernsback Award ausgezeichnet wurde. Mit dieser boshaften Satire und Hitler-Persiflage, die in einer Alternativwelt angesiedelt ist, in der das 20. Jahrhundert einen ganz anderen Verlauf nahm, zeigt der Amerikaner Norman Spinrad, Jude und linksintellektueller Kritiker, die erschreckenden Parallelen auf zwischen dem Faschismus und Rassismus im Dritten Reich und den zweifelhaften Produkten mancher Autoren.

Ward Moores *Bring the Jubilee*, Philip K. Dicks *The Man in the High Castle* und Norman Spinrads *The Iron Dream* sind die Geschichten einer anderen Geschichte. Derartige historische Entwürfe, die nicht der geschichtlichen Wirklichkeit entsprechen, von der sie zumindest in einem wichtigen Punkt abweichen, nennt man Uchronie. Dabei handelt es sich um die Neuschreibung der Vergangenheit, die so geschildert wird, wie sie nicht gewesen ist, sondern wie sie hätte sein können.

Wenn wir den Grundgedanken, auf dem jede Uchronie fußt, bis zum Ende durchdenken und uns die Idee Arthur C. Clarkes, daß alle überhaupt möglichen Welten, die sich aus der ständigen Aufspaltung der Geschichte ergeben, nebeneinander existieren, zu eigen machen, dann kommen wir unweigerlich zur wahnsinnig scheinenden Schlußfolgerung, unser Universum könne nichts anderes sein als die Summe aller unserer eigenen Vorstellungswelten, unserer Privatkosmen, wodurch wir zu regelrechten Weltenmachern avancieren würden, zu wirklich göttlichen Schöpfern, die nach Belieben Sterne auflodern und erlöschen lassen, die Gesetzmäßigkeiten ihrer Welten selbst ersinnen und hinter der Bühne die Fäden ziehen.

Welten wie Sand am Meer – eine ungeheuerliche Vorstellung, die auf den ersten Blick befremdlich erscheint, jedoch mit den jüngsten Forschungsergebnissen der modernen Physik in Einklang gebracht werden kann.

Die Wirklichkeit, die wir kennen, zerfließt im Bereich des Mikrokosmos zu einem Meer sich überlagernder und beeinflussender Möglichkeiten, aus dem wir die »Realität« erst durch unsere Beobachtung als konkrete Erscheinungsform herausfischen.

Daß die Welt, in der wir leben, nur eine von unendlich vielen Eventualitäten darstellt, daß sie sich aus Komponenten unzähliger Nachbarwelten zusammensetzt, ist lediglich eine Schlußfolgerung aus der modernen Quantenphysik, in der die Bewegung eines mikroskopischen Teilchens durch eine Welle beschrieben wird:

> »Die Welle ist aber kein physikalisches ›Ding‹, das wir beobachten können, da es sich um eine Wahrscheinlichkeitswelle handelt. Nicht einmal das Teilchen selbst können wir als selbständiges Objekt mit unabhängigen Eigenschaften ansehen. So beschreibt die Mathematik im Bereich der Quantenphysik reichlich abstrakte Dinge, ja ist letztlich eine Rechenmethode, mit deren Hilfe man Beobachtungsergebnisse lediglich kalkulieren kann. Niels Bohr hat die Materiewelle tatsächlich nie als ein objektives Etwas angesehen, sondern nur als Rechenmodell. Er sagte, Physik habe nicht die Aufgabe herauszufinden, wie die Natur ist, sondern lediglich, was wir über die Natur aussagen können. Und Heisenberg meinte, daß die Mathematik ›nicht länger das Verhalten der Elementarteilchen beschreibt, sondern einzig und allein unser Wissen um dieses Verhalten‹.« (Paul Davies: *Mehrfachwelten, Entdeckungen der Quantenphysik*)

Die amerikanischen Physiker Hugh Everett und Bryce De Witt teilten jedoch Bohrs und Heisenbergs Auffassung nicht. Ihr Vorschlag, die Materiewelle als Bestandteil der Wirklichkeit, als Beschreibung der wahren Welt zu betrachten, wurde von so manchen Fachkollegen begrüßt. Wenn man die Wahrscheinlichkeitswelle, die die Elektronenbewegungen im Atom steuert, als ein »objektives Etwas« ansieht, das wirklich existiert, dann kommt man unweigerlich zu dem Schluß, daß auf eine seltsame, wellenähnlich überlappende Weise Myriaden von Welten miteinander verknüpft sind, eine ungeheure Vorstellung, von der unsere konkrete Alltagswelt natürlich Lichtjahre entfernt erscheint.

Dieser verrückt klingende Geistesblitz wird gewöhnlich seit der 1957 veröffentlichten Doktorarbeit des Princeton-Physikers Hugh Everett als »Everettsche Metatheorie« bezeichnet, was soviel heißt wie halb Theorie und halb Spekulation.

Laut Everett sind die von ihm ersonnenen »Mehrfachwelten« nicht bloße, bislang unverwirklichte Möglichkeiten, sondern real vorhandene Paralleluniversen, die durch eine beständige Zersplitterung unserer Welt in zahllose, einander fast gleiche Universen entstehen.

Seit der Geburt des Universums soll sich also die Wirklichkeit in verschiedene Zustände aufgespalten haben. Die »Everettsche Metatheorie« besagt nämlich, daß es keine absolute Grundordnung der Realität gibt, wie unsere alltägliche Erfahrung uns vielleicht vorgaukeln könnte, sondern nur eine unendliche Anzahl »relativer Zustände«. In jenem relativen Zustand, in dem wir heute leben, haben zum Beispiel die Alliierten im Zweiten Weltkrieg den Sieg davongetragen. Parallel dazu existiert aber noch ein anderer relativer Zustand, eine alternative Welt, in der der japanische und deutsche Imperialismus die Oberhand behalten hat und Hitler Amerika zu kolonisieren beginnt. Damit aber noch nicht genug: Da sich die Wirklichkeit in jeder Mikrosekunde angeblich in eine andere Richtung verzweigt, muß es notwendigerweise unzählige relative Zustände geben, was Adrian Berry in seinem Buch *Die eiserne Sonne* zu der Bemerkung veranlaßt hat:

> »Also gibt es noch einen weiteren relativen Zustand, in dem Hitler 1923 beim Marsch zur Feldherrnhalle erschossen wurde, die Nazipartei sich in mehrere feindliche Fraktionen aufsplitterte und der Weltkrieg niemals stattfand. Es gibt dann noch einen vierten, fünften und sechsten relativen Zustand, die alle fremdartiger und unverständlicher werden.«

Fredric Brown geht gedanklich noch einen Schritt weiter, wenn er schreibt:

> »Wenn es unendlich viele Universen gibt, dann müssen alle denkbaren Kombinationen existieren. Irgendwo muß alles wahr sein. Es gibt Universen mit Daseinsformen, die wir mit

Worten nicht beschreiben und mit Gedanken nicht erfassen können.«

Wie soll man sich diese Aufspaltung der Realität in zahllose Parallelkosmen nun vorstellen?

Daß jeder subatomare Prozeß imstande ist, die Zahl der Welten zu vergrößern, vielleicht sogar unendlich oft, bringt der Physiker Bryce De Witt zum Ausdruck, wenn er sagt: »Unser Universum verästelt sich fortwährend weiter.« Aber es kommt noch besser: »Jedes Quantenereignis, auf jedem Stern, jeder Galaxie und in jedem Winkel des Universums zerteilt auch unsere hiesige Welt in Myriaden von Kopien. Das ist Schizophrenie im Extrem.«

Nicht nur die Welten verdoppeln sich ständig, auch wir selbst – unser Körper, unser Gehirn und unser Bewußtsein, die als Teil dieser Welt immer »mitkopiert« werden, wobei jedes Duplikat unserer selbst zu einem denkenden und fühlenden menschlichen Wesen wird, das in einer anderen Welt lebt, einer Welt, die unserer sehr ähnlich ist und lediglich im Zustand einiger Atome von ihr abweicht.

Nach dem Modell von Everett und De Witt sind diese vielen Nachbarwelten völlig voneinander getrennt. Niemand vermag von der einen in die andere Welt zu reisen, Kommunikationsmöglichkeiten existieren keine.

Die Gesamtsumme all dieser Welten ergibt eine ganzheitliche Struktur, über die der englische Physiker Paul Davies Erstaunliches zu berichten weiß:

> »Wenn wir bezüglich dieser Thematik gedanklich bis ins letzte vordringen, dann müssen wir annehmen, daß jede nur denkbare Möglichkeit, die sich in der Entwicklung unseres Universums ergeben hat, in irgendeiner anderen Welt verwirklicht worden ist. Jedem Atom werden durch den Quantenzufall Millionen und Abermillionen unterschiedliche Bahnen angeboten, die es nach der Vielwelten-Theorie alle akzeptiert und verwirklicht. Entsprechend muß es Welten geben ohne Ende, ohne Sonne, ja selbst ohne Milchstraße. Andere mögen sich so sehr von unserer Welt unterscheiden, daß sie überhaupt keine Sterne oder Galaxien enthalten. Wieder andere zeichnen sich durch ein dunkles Chaos aus, in dem Schwarze Löcher die letzten Reste noch verbliebener

Materie verschlucken, während anderswo die Welten in überheller Strahlung verglühen.

Es wird Welten geben, die genauso aussehen wie unsere Welt aber andere Sterne und Planeten enthalten. Selbst jene, die den gleichen astronomischen Aufbau aufweisen wie die Welt, in der wir leben, können ganz andere Lebensformen enthalten: in manchen wird die Erde unbewohnt sein, in anderen wird sich unsere Zivilisation viel rascher entwickelt und ein für uns utopisch erscheinendes Niveau erreicht haben. In weiteren ›alternativen‹ Welten haben wir uns durch Kriege längst selbst ausgerottet, während wieder ›anderswo‹ die ganze Milchstraße und auch die Erde von fremden Wesen kolonisiert wurde. Die Liste möglicher Alternativen ist unbegrenzt.«

Die neue Physik der Mehrfachwelten-Theorie krempelt unser ganzes philosophisches Selbstverständnis um. Zum einen löst sich der Begriff der Wirklichkeit in Zufall und Wahrscheinlichkeit auf, zum anderen bekommt der Mensch eine zentrale Stellung zugewiesen:

»Er ist nicht mehr nur Beobachter des Universums, ein zufälliges Produkt, das im Strom des kosmischen Dramas mitgetrieben wird, sondern wesentlicher Bestandteil des Ganzen.« (Paul Davies)

Auf diese Weise bleibt er nicht länger fremdbestimmt im mechanischen Sinn Newtonscher Physik. Dadurch, daß er nicht passiver Zuschauer des kosmischen Geschehens, sondern aktiv verändernder Teilnehmer ist, wird er zum »Schöpfer« einer eigenen Realität im endlosen Bereich möglicher Welten.

René Oth

ANHANG

Autoren und Werke

COX, Jr., Irving E.

Über Irving E. Cox, Jr. liegen keine biographischen Angaben vor.

Bibliographie:

In the Circle of Nowhere (Universe Science Fiction, July 1954; »Fantastic«, January 1960)

EKLUND, Gordon (*1945)

Gordon Eklund erblickte 1945 das Licht der Welt in Seattle, Washington, und lebt seit 1967 in San Francisco. Nach seinem Dienst in der US-Air Force veröffentlichte er 1970 im Magazin »Fantastic« seine erste Kurzgeschichte, *Dear Aunt Annie.* 1973 erschrieb er sich seinen bislang größten Erfolg mit der Erzählung *If the Stars are Gods,* die er zusammen mit Gregory Benford verfaßte und die ihm 1974 den »Nebula Award« einbrachte. Darin geht es um die Begegnung mit außerirdischen Intelligenzen, die dem Glauben anhängen, die Sterne seien Götter. Das beachtliche Niveau dieser, später zum Roman ausgeweiteten Novelle konnte Gordon Eklund jedoch auf die Dauer nicht halten.

Die zehn Romane, die er in den siebziger Jahren schrieb, zeigen ihn als Autor unterschiedlicher Qualität. *The Eclipse of Dawn* (1971) handelt vom politischen Zerfall der USA. *All Times Possible* (1974) erweist sich als eine Parallelweltgeschichte über die Vereinigten Staaten in einem anderen 20. Jahrhundert. Beide Romane befassen sich mit den möglichen gesellschaftlichen und politischen Entwicklungen in den USA und wirken weitaus seriöser als die einfachen Abenteuergeschichten *The Grayspace Beast* (1976) oder *Inheritors of Earth* (1974), in denen Gordon Eklund sich seicht und ohne Originalität gibt.

In seinem ins Deutsche übersetzten Fantasy-Garn *The Twilight River* (1979) scheint die Menschheit am Ende. Die Menschen fristen ein erbärmliches Dasein als Sklaven der außerirdischen Herrscher der Erde, den Rangels, und müssen sich zudem gegen Werwölfe, Vampire, Magier und andere Wesen aus dem Reich der Fabel wehren, die ihnen ihren Platz streitig machen. Auf der Suche nach der legendären »Heimstatt der freien Menschen«, der letzten Hoffnung menschlicher Ehre und Würde in einer verfallenen und zerstörten Welt, fliehen der Schreckliche Sam, Spielmann von Beruf und aus Leidenschaft, und Trina, die Tochter eines Hexers, vor dem schrecklichen Zorn der Rangels den Dämmerfluß hinunter . . .

Bibliographie:

Dämmerfluß (The Twilight River, 1979), Bastei-Lübbe Verlag, Reihe »Science Fiction/Abenteuer«, Bergisch Gladbach 1983

ELGIN, Suzette Haden (*1936)

Suzette Haden Elgin – mit richtigem Namen Patricia A. Suzette Elgin – stammt aus Louisiana, Missouri, wo sie 1936 geboren wurde. An der Universität von San Diego, wo sie auch promovierte, studierte sie Sprachen und Linguistik. Dort lebt sie heute mit ihrem Ehemann und ihren vier Kindern und lehrt als Linguistin Indianersprachen.

1969 veröffentlichte sie im »Magazine of Fantasy and Science Fiction« ihre erste SF-Story, *For the Sake of Grace.* Anfang der siebziger Jahre schrieb sie ihre Coyote-Jones-Trilogie (*The Communipaths,* 1970; *Furthest,* 1971; *At the Seventh Level,* 1972), in deren Mittelpunkt der galaktische Geheimagent Coyote Jones und Kommunikationsprobleme mit fremden Kulturen stehen.

Neben der Schriftstellerei war sie auch noch u. a. als Sekretärin, Dolmetscherin, Übersetzerin, Modell, Lehrerin und Sängerin tätig.

Daß Suzette Haden Elgin wie Kate Wilhelm und Johanna Russ zu den feministischen SF-Autorinnen gehört, beweist ihr 1984 erschienener Roman »Native Tongue«, der sich auf faszinierende Weise mit den linguistischen Problemen bei der Begegnung mit nichtmenschlichen Intelligenzen beschäftigt und gleichzeitig Kritik übt an der Unterdrückung der Frau in einer von Männern dominierten Gesellschaft.

Bibliographie:

Der Q-Faktor (The Communipaths, 1970), Fischer Taschenbuch Verlag, Reihe »Fischer Orbit«, Frankfurt/Main 1972;

Amerika der Männer (Native Tongue, 1984), Wilhelm Heyne Verlag, Reihe »Science Fiction«, München 1987.

LAFFERTY, R(aphael) A(loysius) (*1914)

R. A. Lafferty wurde 1914 in der Kleinstadt Neola, Iowa, geboren und zog im Alter von vier Jahren mit seinen Eltern nach Tulsa, Oklahoma, wo er auch heute noch wohnt. Da sein Beruf – er ist Elektroingenieur – ihm nur wenig Freizeit ließ, kam er erst im Alter von 45 Jahren zum Schreiben. Seine erste SF-Erzählung, *The Day of the Glacier,* erschien 1960 im Magazin »Original Science Fiction Stories«. Seither hat er über 100 Erzählungen veröffentlicht, von denen nur ein kleiner Teil in seine drei Sammelbände *Nine Hundred Grandmothers* (1972, *Neunhundert Großmütter*), *Strange Doings* (1972) und *Does Anyone Else Have Something Further to Add?* Einlaß fand. Es handelt sich dabei um stilistisch hervorragende und humorvoll verfaßte, bemerkenswert skurrile, fantastische und – für das Genre selten – komische Geschichten eines Autors, der den Ruf eines ausgezeichneten SF-Erzählers wie den eines außerordentlichen Lebenskünstlers genießt. Was seine Storys neben allen literarischen Qualitäten zudem zu reinem Lesevergnügen macht, ist die Eigenart seiner Helden, den Freuden dieser und jener utopischen Welten ebenso zugetan zu sein wie ihr geistiger Vater.

Lafferty, der Kauz und Eulenspiegel unter den SF-Schriftstellern, läßt außergewöhnliche Protagonisten auf den Leser los, wunderliche Geschöpfe, voller Rauf-, Eß- und Wanderlust, Erlebnishunger und Wissensdurst, oder auch sehr menschliche Charaktere, die nicht so richtig in unsere Alltagswelt hineinpassen wollen und ihre diversen Spleens so recht mit Wonne hegen und pflegen.

Für seine Kurzgeschichte *Eurema's Dam* (1972) erhielt Lafferty 1973 den Hugo-Award. Die Erzählung *Continued on Next Rock* (1970) gilt auch als Höhepunkt seines exzentrischen Schaffens.

Weniger bedeutend als seine Short Storys, die zu einem großen Teil nur in Magazinen und Originalanthologien veröffentlicht wurden, sind Laffertys Romane, von denen die drei ersten, *Past Master, Reefs of Earth* und *Space Chantey*, 1968 nur innerhalb weniger Monate herauskamen und Aufsehen erregten.

R. A. Lafferty wird mit Samuel R. Delany, Roger Zelazny und Harlan Ellison zur amerikanischen »New Wave« der sechziger Jahre gezählt, die sich gern sardonisch und ikonoklastisch gibt.

Bei seinen SF-Autorenkollegen findet Lafferty viel Anklang. So verhehlte Alfred Bester seine Bewunderung nicht, als er über ihn sagte: »Er hat Storys geschrieben, um die ich ihn beneide. Ich wollte, ich hätte solche Geschichten schreiben können.«

Bibliographie:

900 Großmütter, Science-fiction-Stories (Band 1 und Band 2) – (*Nine Hundred Grandmothers,* 1970), Fischer Taschenbuch Verlag, Reihe »Fischer Orbit«, Frankfurt am Main 1974;

Astrobe, der goldene Planet (*Past Master,* 1968), Droemer Knaur Verlag, Reihe »Knaur Science Fiction«, München 1981.

PIPER, H(enry) Beam (1904–1964)

Der amerikanische SF-Autor Henry Beam Piper, Jahrgang 1904, stammt aus Altoona, Pennsylvania, und arbeitete lange als Eisenbahningenieur, bevor er 1947 im Magazin »Astounding« seine erste SF-Story *Time and Time Again* herausbrachte. Darin benutzte er erstmals das Konzept der Parazeit, die Idee einer Alternativwelt in einem parallelen Zeitstrom. Seine in »Astounding« veröffentlichten Geschichten *Police Operation* (7/1948), *Last Enemy* (8/1950), *Temple Trouble* (4/1951), *Time Crime* (2/1955), *Gunpowder God* (11/1964) und *Down Styphon!* (11/1965) kreisen alle um die »Paratime Police«, die auf Alternativwelten der Erde für Ordnung sorgt. Im Band *Lord Kalvan of Otherwhen* (1967) wurden zwei Erzählungen aus dieser Reihe zusammengefaßt.

Neben diesem Zyklus schrieb H. Beam Piper die Romanserie über die Terranische Föderation, zu der u. a. seine beste Arbeit *Little Fuzzy* (1962) und deren Fortsetzung *Fuzzy Sapiens* (1964; anderer Titel: *The Other Human Race*) gehören. Darin geht es um intelligente Pelzwesen, die als Ureinwohner einer irdischen Kolonie von skrupellosen Geschäftemachern in ihrer Existenz als Rasse bedroht sind.

Parallel zu den Serien um die *Paratime Police* und um die Terranische Föderation verfaßte H. Beam Piper u. a. noch zwei einfache SF-Abenteuerromane in Zusammenarbeit mit John J. McGuire: *Crisis in 2140* (1953 in »Astounding« unter dem Titel *Null ABC*, 1957) und *A Planet for Texans* (1958).

Obwohl der amerikanische Schriftsteller mit seinen Storys der *Paratime Police*-Reihe einen Klassiker der Alternativweltgeschichten und mit *Omnilingual* (1957) eine beachtliche Short Story aufzuweisen hat, war ihm zu Lebzeiten kein großer Erfolg beschieden. 1964 beging H. Beam Piper Selbstmord.

Bibliographie:

Der Mann, der die Zeit betrog (*Lord Kalvan of Otherwhen*, 1965), Winther Verlag, Reihe »Winther SF Taschenbuch«, Hamburg 1967;

Null-ABC (*Null ABC*, 1957), Verlag Ullstein, Reihe »Science Fiction«, Berlin 1972;

Der verschollene Computer (*Junkyard Planet*, 1963), Verlag Ullstein, Reihe »Science Fiction«, Berlin 1975;

Was ist los auf Planet Zero? (*Little Fuzzy*, 1962), Albert Müller Verlag, Rüschlikon-Zürich 1976;

Die Weltenplünderer (The Space Vikings, 1963), Verlag Ullstein, Reihe »Science Fiction«, Berlin 1976;

Der Uller-Aufstand (*Uller Uprising*, 1952), Verlag Ullstein, Reihe »Science Fiction«, Berlin 1977;

Der kosmische Computer (*The Cosmic Computer*, 1963), Erich Pabel Verlag, Reihe »Terra«, Rastatt.

ROBERTS, Keith (*1935)

Der britische SF-Autor und Künstler Keith Roberts wurde 1935 in Northamptonshire geboren. Nachdem er Kunstgeschichte studiert hatte, war er lange Zeit als Illustrator für Zeichentrickfilme und Werbespots tätig. Zur Science-fiction fand er als Coverkünstler der englischen Magazine »Science Fantasy« und »New Worlds«, die er mit expressionistischen Titelbildern von der hergebrachten Science-fiction loseiste und zu spekulativen Inhalten anhielt.

1964 erschienen seine beiden ersten SF-Erzählungen *Anita* und *Escapism* in »Science Fantasy«, dessen Herausgeberschaft Keith Roberts für kurze Zeit selbst übernahm, nachdem das Magazin in »Impulse« umgetauft worden war. In dieser Zeitschrift, in »New Worlds« sowie in den von Ted Carnell herausgegebenen Anthologien veröffentlichte Keith Roberts den Großteil seiner Kurzgeschichten.

Daß auf dem Gebiet der Short Story die besondere Stärke des britischen Autors liegt, ist schon allein daraus ersichtlich, daß sogar fast alle seine Romane aus zusammengefaßten Kurztexten bestehen.

In seinem Episodenroman *The Inner Wheel* (1970) schließen sich mehrere Mutanten zu einer symbiotischen Gemeinschaft zusammen, die ein totales Wesen ergibt, das als Gesamtheit der einfachen Summe der Teile weit überlegen ist. Dadurch, daß sie ihre verstreuten Einzelfähigkeiten miteinander verknüpfen, werden sie zu einem die Welt verändernden Gruppenindividuum, dem »Homo Gestalt«, dem übermenschliche Kräfte innewohnen.

Der Roman *The Chalk Giants* (1974), in dem die Mythen der Vergangenheit das Leben des Menschen auch in einer noch so fremdartigen Zukunft bestimmen, besteht ebenfalls aus einzelnen Kurzgeschichten, die wie Kapitel angeordnet sind.

Ähnlich aufgebaut ist des Autors bekanntester Roman *Pavane* (1968), eine klassische Alternativweltgeschichte, die ein Pistolenattentat auf Elisabeth I. von England im Juli 1588 zum Ausgangspunkt einer dramatischen Entwicklung der Weltgeschichte nimmt.

Neben seinem Roman hat Keith Roberts eine Reihe von Story-Sammlungen herausgebracht, in denen er sich als »Landschaftsmaler« mit mythischer Tiefe auszeichnet.

Bibliographie:

Der Neptun-Test (*The Furies*, 1966), Wilhelm Goldmann Verlag, Reihe »Goldmanns Weltraum Taschenbücher«, München 1966;

Die folgenschwere Ermordung Ihrer Majestät Königin Elisabeth I. (*Pavane*, 1966 und 1968), Wilhelm Heyne Verlag, Reihe »Science Fiction«, München 1977;

Homo Gestalt (*The Inner Wheel*, 1970), Bastei-Lübbe Verlag, Reihe »Science Fiction/Bestseller«, Bergisch Gladbach 1980;

Die Kreide-Riesen (*The Chalk Giants*, 1974), Bastei-Lübbe Verlag, Reihe »Science Fiction/Bestseller«, Bergisch Gladbach 1981;

Die Revolution der Windmühlen (*Ladies from Hell*, 1979), Wilhelm Goldmann Verlag, München 1981;

Pavane (*Pavane*, 1966 und 1968), Wilhelm Heyne Verlag, Reihe »Bibliothek der Science Fiction-Literatur«, München 1984 (*Pavane* ist die um das Kapitel *Das weiße Boot* erweiterte Neuauflage des Titels *Die folgenschwere Ermordung Ihrer Majestät Königin Elisabeth I.*);

Die neuen Götter (*The Grain Kings*, 1976), Wilhelm Goldmann Verlag, München 1979;

Maschinen und Menschen (*Machines and Men*, 1974), Wilhelm Goldmann Verlag, München 1980.

ROBINSON, Kim Stanley

Kim Stanley Robinson lehrt an der Universität of California. Nach einigen Erfolgen als Autor von eigenwilligen Kurzgeschichten gelang ihm der Sprung in die amerikanischen SF-Bestsellerlisten mit dem Erstlingsroman *The Wild Shore* (1984), in dem das einst mächtige Amerika verwüstet darniederliegt. Die Völker der Vereinigten Nationen wachen mit großer Strenge darüber, daß die wenigen, in kleinen Siedlungen lebenden Nachkommen der beinahe ausgerotteten Kriegsgeneration nie mehr eine Gelegenheit zum Wiederaufbau ihres Landes bekommen sollen. Doch eines Tages tauchen zwei Fremde in einem winzigen Fischerdorf an der kalifornischen Küste auf, und der Traum von einem starken und wiedervereinten Amerika nimmt erneut Gestalt an . . .

In *Icehenge* (1984) projiziert der amerikanische Schriftsteller seine Leser fünfhundert Jahre in die Zukunft. Obwohl Männer und Frauen jetzt Jahrhunderte alt werden, vermögen sie sich nur an ihre jüngste Vergangenheit zu erinnern. Als eine Forschungsexpedition am Pol des Planeten Pluto ein gigantisches Monument entdeckt, einen Ring monolithischer Eisblöcke, die im Licht der fernen Sonne funkeln, wird die gesamte bisherige Überlieferung der

Menschheit in Frage gestellt, denn die eisigen Säulen des Pluto wurden irgendwann vor Äonen von Menschenhand erbaut.

Bibliographie:

Das wilde Ufer, Der große Abenteuer-Roman über eine Neuentdeckung Amerikas (*The Wild Shore*, 1984), Bastei-Lübbe Verlag, Reihe »Science Fiction«, Bergisch Gladbach 1986;

Die eisigen Säulen des Pluto (*Icehenge*, 1984), Bastei-Lübbe Verlag, Reihe »Science Fiction«, Bergisch Gladbach 1987.

Rechtenachweise und Übersetzer

Irving E. Cox, Jr., *Im Kreis des Nirgendwo (In the Circle of Nowhere):* in: »Universe Science Fiction«, 1954. © by Irving E. Cox, Jr. © 1988 by Luchterhand Literaturverlag für die deutsche Übersetzung. Aus dem Amerikanischen von Sylvia Brecht-Pukallus.

Gordon Eklund, *Die Sonne geht auf (The Rising of the Sun):* in: »Beyond Time«, herausgegeben von Sandry Ley, 1976. © 1975 by Gordon Eklund. © 1988 by Luchterhand Literaturverlag für die deutsche Übersetzung. Aus dem Amerikanischen von Sylvia Brecht-Pukallus.

Suzette Haden Elgin, *Schweig stille, Mund! (Hush My Mouth).* © 1986 by Suzette Haden Elgin, in: »Alternative Histories, Eleven Stories of the World as It Might Have Been«, edited by Charles G. Waugh and Martin H. Greenberg, Garland Publishing, Inc., New York 1986. Aus dem Amerikanischen von Sylvia Brecht-Pukallus.

R. A. Lafferty, *Karl der Große, frustriert (Thus We Frustrate Charlemagne):* in: »Nine Hundred Grandmothers, 1967. © 1970 by R. A. Lafferty. © 1974 by Fischer Taschenbuch Verlag, Frankfurt/M. für die deutsche Übersetzung. Aus dem Amerikanischen von Karl H. Kosmehl.

H. Beam Piper, *Der Mann, der um die Pferde herumging (He Walked Around the Horses):* in »Isaac Asimov presents the Great SF Stories 10, 1948. © 1981 by Charter Communications Inc. © 1984 by Verlag Arthur Moewig, Rastatt für die deutsche Übersetzung. Aus dem Amerikanischen von Lore Straßl.

Keith Roberts, *Weihnachtsabend,* in: »Stars of Albion«, herausgegeben von Robert Holdstock & Christopher Priest, 1979. © 1972 by Keith Roberts. © 1988 by Luchterhand Literaturverlag für die deutsche Übersetzung. Aus dem Amerikanischen von Michael Nagula.

Kim Stanley Robinson, *Der Flug der Lucky Strike (The Lucky Strike).* © 1984 by Terry Carr. © 1988 by Bastei-Lübbe, Bergisch Gladbach für die deutsche Übersetzung. Aus dem Amerikanischen von Michael Nagula.

SCIENCE-FICTION UND FANTASY
IN DER SAMMLUNG LUCHTERHAND
(lieferbare Titel):

Als alles anders wurde. Phantastische Geschichten über die Zukunft der Frau von SF- und Fantasy-Autorinnen, hrsg. von René Oth (SL 530)
Fredric Brown, Das verlorene Paradox. Phantastische Geschichten (SL 610)
Philip K. Dick, Eine Spur Wahnsinn. Phantastische Geschichten (SL 603)
George Alec Effinger, Der Mars braucht Beatniks. Satiren und Grotesken. Phantastische Geschichten (SL 794)
Philip José Farmer, Der Dienstagsmensch. Phantastische Geschichten (SL 516)
Das Lächeln der Gioconda. Satirische SF-Geschichten, hrsg. von René Oth (SL 556)
Das Leben der Erdbewohner. Literarische SF-Erzählungen, hrsg. von K. A. Armer (SL 634)
Michael Moorcock, Der Zeitbewohner. Phantastische Geschichten (SL 707)
Der nächste Schöpfungstag. Phantastische Geschichten zur Zukunft der Biotechnik, hrsg. von René Oth (SL 701)
Christopher Priest, Der Traumarchipel. Ein Zyklus um Liebe und Krieg (SL 706)
Peter Tate, Grünsucher. Ein ökologischer Fantasy-Roman (SL 786)
Ian Watson, Kreuzflug. Politische SF-Geschichten, hrsg. von René Oth (SL 676)
Connie Willis, Brandwache. Phantastische Geschichten, hrsg. von René Oth (SL 660)
Die Zeitpolizei. SF-Kriminalgeschichten, hrsg. von René Oth (SL 546)

Mit diesem Kindheitsroman schreibt OSCAR PARLAND ein Märchen, vergnüglich, erschrekkend und bezaubernd, und zugleich das Drama vom Erwachen des Menschen. Wir sehen die Welt durch Kinderaugen, die Großmutters Tischgesellschaft in Monster verwandeln können, und den Pfau im Garten des kleinen Gutes in den Feuervogel, der nachts zum Traumtanz aller Tiere bittet. Wir finden das Kind wieder, das wir waren.

Oscar Parland
Der verzauberte Weg
Roman
Leinen. DM 28,–